大河ドラマ

べらぼう

蔦重栄華乃夢噺

森下佳子 作
豊田美加 ノベライズ

一

NHK出版

べらぼう

～蔦重栄華乃夢噺～

（一）

目次

【べらぼう】
そもそもは、「馬鹿者」「たわけ者」の意。転じて、桁外れな、常識では考えられない様を表す。

本書は、大河ドラマ『べらぼう～蔦重栄華乃夢噺～』第一回～第十二回の放送台本をもとに小説化したものです。番組と内容・章題が異なることがあります。ご了承ください。

登場人物関係図

徳川家

江戸幕府十代将軍
徳川家治《とくがわいえはる》

将軍・徳川家治の側室
千保の方《ちほのかた》

将軍・徳川家治の長男
徳川家基《とくがわいえもと》

大奥総取締
高岳《たかおか》

田安徳川家・田安宗武の子
田安賢丸《たやすまさまる》
（松平定信）

田安徳川家・田安宗武の正室
宝蓮院《ほうれんいん》

一橋徳川家二代当主
一橋治済《ひとつばしはるさだ》

将軍・徳川家斉の乳母
大崎《おおさき》

幕臣

田沼家とその家臣

老中
田沼意次《たぬまおきつぐ》

田沼意次の嫡男
田沼意知《たぬまおきとも》

田沼意次の側近
三浦庄司《みうらしょうじ》

勘定奉行
松本秀持《まつもとひでもち》

老中首座
松平武元《まつだいらたけちか》

旗本
長谷川平蔵《はせがわへいぞう》

老中
松平康福《まつだいらやすよし》

旗本
佐野政言《さのまさこと》

吉原

駿河屋

蔦重の育ての親
駿河屋市右衛門《するがやいちえもん》

駿河屋の女将
ふじ

蔦屋

蔦屋重三郎《つたやじゅうざぶろう》

蔦重の義兄
次郎兵衛《じろべえ》

蔦屋の奉公人
留四郎《とめしろう》

謎の少年
唐丸《からまる》

松葉屋

松葉屋の主人
松葉屋半左衛門《まつばやはんざえもん》

松葉屋の女将
いね

松葉屋の花魁
花の井《はなのい》（五代目瀬川《せがわ》）

松葉屋の座敷持ち
うつせみ

松葉屋の花魁
松《まつ》の井

松葉屋の番頭新造
とよしま

松葉屋の遣り手
まさ

二文字屋

二文字屋の女将
きく

二文字屋の女郎
ちどり

元・松葉屋の花魁
朝顔《あさがお》

大文字屋

大文字屋の主人
大文字屋市兵衛《だいもんじやいちべえ》

大文字屋の振袖新造
かをり

大文字屋の遣り手
志げ

大黒屋

大黒屋の女将
りつ

扇屋

扇屋の主人
扇屋宇右衛門《おうぎやうえもん》

玉屋

玉屋の座敷持ち
志津山《しづやま》

つるべ蕎麦

そば屋の主人
半次郎《はんじろう》

江戸の本屋

鱗形屋

地本問屋の主人
鱗形屋孫兵衛《うろこがたやまごべえ》

鱗形屋孫兵衛の長男
鱗形屋長兵衛《うろこがたやちょうべえ》

鱗形屋の番頭
藤八《とうはち》

須原屋

書物問屋の主人
須原屋市兵衛《すわらやいちべえ》

鶴屋

地本問屋の主人
鶴屋喜右衛門《つるやきえもん》

西村屋

地本問屋の主人
西村屋与八《にしむらやよはち》

浅草の本屋の主人
小泉忠五郎《こいずみちゅうごろう》

蔦重と関わる人々

多彩なアイデアを持つ江戸の有名人
平賀源内《ひらがげんない》

平賀源内と行動をともにする浪人
小田新之助《おだしんのすけ》

盲目の大富豪
鳥山検校《とりやまけんぎょう》

秋田藩士
平沢常富《ひらさわつねまさ》

絵師
勝川春章《かつかわしゅんしょう》

絵師
北尾重政《きたおしげまさ》

内藤新宿の煙草屋
平秩東作《へづつとうさく》

富本節の太夫
富本午之助《とみもとうまのすけ》

第一章　ありがた山の寒がらす

ふるさとのにおい、というものがある。海辺育ちなら磯の香り、百姓の子なら土のにおい。ここ吉原《よしわら》は、さしずめ生々しい人間のにおい——であろうか。

ただ今日ばかりは、焼け焦げた煤《すす》のにおいに包まれている。

「逃げろー！　早く！　逃げろー！」

吉原の突き当たり、水道尻《すいどじり》の火の見櫓《やぐら》の上で半鐘を鳴らしている若い男が、迫りくる火から逃げ惑う人々に向かって叫ぶ。縞紬《しまつむぎ》に黒大島《くろおおしま》の帯、頭は月代《さかやき》の広い本多髷《ほんだまげ》。火事のさなかで乱れてはいるが吉原らしい粋な風体で、そのわりに子供のような無垢な瞳をした男だ。

皆を誘導していた女郎屋《じょろうや》の若い衆《しゅ》が、「そろそろおめえも逃げろ！」と下から声をかける。

「おう！　もうみんな逃げたか？」

二百軒以上の女郎屋がひしめく五町《ごちょう》の隅々に素早く目を走らせると、吉原の出入り口・大門《おおもん》に向かう人の群れを逆走してくる艶《あで》やかな着物姿の女郎が見えた。

「あいつ、なんで」

男がよく知るその花魁《おいらん》は秋葉常灯明《あきばじょうとうみょう》の手前を左に折れ、廓内《くるわ》の四隅に祀られている稲荷社の一つ、九郎助稲荷《くろすけいなり》へ走っていく。さすがに打掛《うちかけ》は着ていないが、二枚重ねの小袖に錦の前帯、髷に挿した大きな櫛《くし》や簪《かんざし》も重たそうだ。

男が慌てて火の見櫓を下り尻っぱしょりで駆けつけると、花魁は二人の禿《かむろ》を狐の石像から引き剝がそうとしていた。

「何やってんだ！　お前ら！」

「この子たちがお稲荷連れてくって聞かなくて」

禿は遊女屋に身売りされた十歳前後の少女たちで、花魁について雑用をこなしながら花魁候補として教育を受ける。姉女郎の花魁は、この禿たちが一人前になるまですべての面倒をみてやらなければならない。

「だって、お稲荷さん、焼けちゃう」

九郎助稲荷は、吉原の女郎たちの信仰がとくにあつい。まだ幼い禿たちは願いが叶わなくなると泣きそうな顔だ。そばには、年かさの女郎が背負子を抱えて立っている。

「よし、焼けなきゃいんだな！」

男は板塀の非常時用の戸を蹴り倒し、狐の像を抱えると、外のどぶ――幅四メートルほどの堀の中に投げ込んだ。小ぶりなくせにかなり重いが、火事場の馬鹿力というやつだ。男はもう一体も避難させ、背負子に祠《ほこら》を括りつけて背負うと、女たちを連れて駆けだした。

火元は目黒行人坂《めぐろぎょうにんざか》らしいが、南西の風に煽られた炎が江戸城下を舐め、はるばる北まで燃え広がってきた。吉原が日本橋《にほんばし》からこの浅草《あさくさ》・千束村《せんぞくむら》へ移転して以来の大火事ではなかろうか。

火除けの神・秋葉権現も手に負えぬのか、次々と火の手が上がる中を逃げていると、燃え盛る建物を虚ろな目で見つめている少年がいた。ふらふらと炎のほうに近づいていく。男はとっさに少年の腕を摑んで引き寄せた。

「べらぼうめ！　何考えてんだ！　おとっつあんは、おっかさんはどうした」

年は十くらいだが、放心したまま何も答えない。仕方なく手を引っぱって走りだす。

大門を出て日本堤まで出ると、行手が二手に分かれた。人の群れは、左手の三ノ輪方向に流れている。男はふと、風に揺れる柳の木――通称「見返り柳」を見上げて立ち止まった。

「……風が変わった。こっちだ！　行くぞ！」

言うなり、人のいない山谷堀方面へと駆けだしていく。

「みんなあっち行ってるけど！」

花魁が指をさしたほうから、「この先はだめだ！」と叫びながら人々が戻ってきた。

それを見た花魁が「行くよ！」と皆に声をかけ、男のあとを追う。大門から逃げてきた人たち、戻ってきた人たちも「あ、あっちか！」と続き、男の後ろに長い人の列が出来上がっていく。

――明和九《めいわ》（一七七二）年二月、めいわくねん。まことメイワク極まりないこの大火は、ある無宿坊主が盗みを企て、寺に火を放ったのが事の起こりである。その「金欲しさ」の火は、三日三晩、江戸の町を焼き尽くした。

江戸幕府誕生からおよそ一七〇年、時の将軍は十代・家治《いえはる》。今や百万都市となった江戸に燃え盛るのは戦《いくさ》の火ではない。そして、江戸名物の火事の火ばかりでもない。

江戸城の大名たちは、偉くなりたい、楽したい。賭場《とば》に集まる無宿者は、一旗あげたい、儲けたい。はたまた、やりたい、モテたいで遊里《ゆうり》の女郎と駆け引きする男たち。

果ては、この世を思うがままに――己の両の手で動かしたいと野望を抱く者もいる。

高台から真っ赤に燃える江戸の町を見下ろしている、陣笠《じんがさ》に七曜《しちよう》の紋をつけた馬上の大名親子がそうだ。たいたい「たい」尽くし、万事めでたい太平の世に燃え盛るのは欲の業火、この欲深き時代を鮮やかに駆け抜けた男がいた。

そう、火の粉と熱風にあぶられながら人々の先頭を切って走っていく、吉原の若者だ。

金なし親なし家もなし。あるのはただその身一つ、ないない尽くしの吉原者は鼻を利かせて風を読み、やがて江戸のメディア王に成り上がっていく。

しかし今はまだ何者でもないこの男、その名を蔦屋《つたや》重三郎《じゅうざぶろう》――通称「蔦重」という。


吉原は男が女と遊ぶ町、幕府が公認した江戸唯一の「天下御免」の色里である。

場所は浅草の外れ、田園地帯の中にぽつんと浮かぶ四角い島といった趣。江戸市中を出た北側にあり、「北国《ほっこく》」なんていう呼ばれ方もしている。市中からさほど遠いわけではないが、場所は辺鄙《へんぴ》、大金はかかる、しきたりも多い、気軽に行くにはちと億劫《おっくう》……そんな吉原の町には、当時女郎三千人を含め、女郎屋の人々のほかに商人や職人、芸人など、ざっと一万人程度が暮らしていた。

遊廓内には商店、料理屋、八百屋に湯屋《ゆうや》（銭湯）、日常生活に必要な店がすべて揃っており、一見市中の町と変わらぬように見えても、ここは憂《う》き河竹《かわたけ》の苦界《くがい》だ。女郎の逃亡を防止するため遊廓の四方に忍《しの》び返《がえ》しのある黒板塀が張りめぐらされ、その外側を「お歯黒《はぐろ》どぶ」と呼ばれる堀がぐるりと囲む。吉原への出入り口は、非常時を除いて大門ただ一つしかない。まさに「遊廓」の由来である城廓を思わせる造りで、大門を入って左手には町奉行所の役人が常駐する面番所、右手には大門を出入りする女を見張る四郎兵衛《しろべえ》会所という番小屋があった。

吉原通いの土手道・日本堤と吉原を結ぶのは衣紋坂《えもんざか》、その衣紋坂から大門に至るまでの道を五《ご》十間道《じっけんみち》と言い、三曲がりにくねった道の両側には、小さな店が所狭しとひしめき合っている。

この五十間道の一角に、我らが主人公・蔦重が働く茶屋《ちゃや》「蔦屋」はあった。

さて、明和の大火から一年と半年ほど経った安永《あんえい》二（一七七三）年——。

寛延《かんえん》三（一七五〇）年正月七日に、お歯黒どぶの水で産湯を浸った蔦重は齢二十四になった。

「行くか、唐丸《からまる》」

蔦重は、自分の頭より高い荷を担ぎ、軒先で本や絵を整えている少年に声をかけた。火事の時に命を救った、あの少年である。唐丸は昔の記憶をなくしており、行きがかり上蔦重が面倒を見ているのだが、働き者で機転も利く。唐丸は蔦重を慕い、蔦重も唐丸を弟のように可愛がっている。

「じゃ、義兄《にい》さん、島田様と西尾様まだいらしてないんで、来たらお願いしますよ」

この蔦屋は、蔦重の義理の兄の次郎兵衛《じろべえ》が営んでいた。いわゆる吉原の案内所のような店で、客の刀や荷物などを預かったり、女郎屋の情報を教えたりする。

「島田様は鞘が赤茶、西尾様は黒ですからね！　お願いしますよ！」

次郎兵衛は鏡と睨めっこしたまま、「あいよー」と生返事を返してきた。この義兄、お洒落や流行物《はやり》に敏感、おまけに芸事が大好きという遊び人で、肝心の商売にはさっぱり身が入らない。

「……ねぇ、次郎兵衛さんってなんであんなに働かないの？」

板屋根付き冠木門の大門を潜り、両側に引手《ひきて》茶屋が並ぶ仲の町《なかのちょう》――吉原の中央部を貫く大通りを歩きながら唐丸が蔦重に聞く。

「義兄さんは鼻くそほじってても、いずれソコの旦那になれっからなー」

蔦重がソコと言ったのは、ひときわ立派な引手茶屋「駿河屋《するがや》」のことである。大門の外にある五十間道の店と違い、仲の町、ことに入ってすぐ右手にある七軒はもっとも格式が高く、店構えも凝っている。

その店先に、次郎兵衛の実父で蔦重の養父である駿河屋市右衛門《いちえもん》がいた。コワモテの顔を神経質そうに歪め、桟の埃を指で拭っている。

「じゃ、あの店はいずれ蔦重が継ぐの？」

「どうだろうな。義兄さんは実の子だけど、こっちは十把一絡《じっぱひとから》げの拾い子だからな」

駿河屋は行き所のない子を養って、大人になったら若い衆としてそこらに奉公に出す。今、埃のついた指でデコピンをくらっている少年もその一人だ。吉原は男手も必要不可欠で、奉公先には困らない。

蔦重は駿河屋の親父に「ども」と会釈し、すぐそばの木戸門を潜った。仲の町に面して作られた各木戸は五町と言われる七つの町の出入り口になっており、それぞれの表通りに女郎屋が軒を連ねる。中でも吉原を代表する女郎屋が集まっているのがこの江戸町一丁目で、蔦重は老舗の「松葉屋《まつばや》」へと入っていった。ここは伝説の名妓を輩出してきた、もっとも格式の高い大見世《おおみせ》である。女郎屋は大見世・中見世・小見世に分けられ、規模も違えば格も違う。むろん、揚代《あげだい》や遊びの費用もだ。大見世にあがるには引手茶屋の仲介が必須で、支払いをすべて引手茶屋が立て替えるため、女郎屋は客を信用に足る上客として扱った。

暖簾を潜った蔦重は、主人と女将がいる奥の内証《ないしょう》に土間から声をかけ、板の間に上がり込んだ。女郎屋は正午からの昼見世と暮れ六つ（午後六時頃）からの夜見世の一日二回営業で、朝四つ（午前十時頃）のこの時間、女郎や禿たちは張見世《はりみせ》の次の間の広間で食事をしたり文《ふみ》を書いたりおしゃべりしたり、おのおの自由気ままに過ごしている。張見世とは表通りに面した格子付きの部屋で、女郎たちがずらりと並び、直接あがる直きづけの客に見立て（品定め）をさせる場所だ。

「お姫様方、貸本屋の蔦重が参りましてございますよ〜」

いつもの口上で板の間に上がり込むと、禿たちがワッと寄ってきた。ほかの女郎たちも次々と集まってくる。女郎たちはたいてい読み書きができる。廓の外に出られないので、読書は女たちの最大の楽しみなのだ。

「今日は夢中散人《むちゅうさんじん》の新本『辰巳之園《たつみのその》』や石山軍艦《いしやまぐんかん》なんかを仕入れてきましたよ」

大きな風呂敷をほどき、細長い箱に詰めた本を並べていく。この頃の蔦重は、蔦屋の軒先を借りて茶屋の仕事の片手間に貸本屋をしていた。貸本の品揃えは、子供向けの読み物の赤本、大人向けの青本、浄瑠璃本、洒落本、読本など。女たちの好みや年齢に合わせて本を薦めたりもする。これらを一冊あたり六文から二十四文、高いもので七十二文程度で貸し出している。ちなみに蕎麦一杯は十六文。一文は現代で、約四十七円なので、ささやかな小遣い稼ぎというところだ。

「蔦重。これ、あやめちゃんから戻ってきたんだけど。どうしよ」

返却された本を帳面につけていた唐丸が、困り顔で言ってきた。

あやめは火事の時、お稲荷さんを運ぼうとしていた禿の一人だ。何をこぼしたのか、赤本が三冊、グダグダに波打っている。蔦重は唐丸から本を受け取り、あやめたちの面倒を見ている姉女房のところへ行った。炎の中を一緒に逃げた、あの美しい花魁である。

「おい、花魁。悪《わり》ぃけど、あやめが汚した赤本三冊十八文つけとくからな」

花魁は台の物——大きな台の上にのっている惣菜を容器に詰めている。台屋という遊廓専門の仕出し屋が注文に応じて運んでくるものだ。

「えー、十八文はふっかけすぎだろ」

花魁の名は花の井。蔦重とは幼馴染みの間柄で、この松葉屋では松の井花魁に次ぐ上級女郎である。そのくせに、なんやかやと文句をつけて金を払おうとしない。

「ケチくせえ。お前それでも江戸っ子かよ」

「は？　そっちこそそれでも江戸っ子かい？」

「おめぇはそれこそ一晩で十両二十両稼ぐだろうが！」

花魁にも階級があって、最上級は昼夜とも揚代が金三分の「昼三《ちゅうさん》」、花の井はその中でも格が上の「呼出昼三《よびだし》」——張見世はせず、引手茶屋を通した上客の指名しか受けない最高位の花魁なのである。

「このあと浄念河岸《じょうねんがし》行くんだろ？　朝顔姐さんに、これ、届けとくれよ」

鼻っ柱の強さは昔からで、問答無用で料理を詰めた容器を押しつけてくる。

「おう。じゃ、届けたら払うか、十八文」

花の井は、耳を疑うと言わんばかりの冷たい眼差しを蔦重に向けてきた。

「あんたとわっちの朝顔姐さんだよ。あんた、そんなこと言う男なのかい?」

「あーったよ! うっせえな!」


蔦重がお使いを頼まれた「浄念河岸」とは、大門を入って右手のお歯黒どぶに沿った一帯のことだ。ちなみに左手の一帯は「羅生門河岸《らしょうもんがし》」。いずれも吉原の場末で、行き場のない女郎たちを抱える河岸見世《かしみせ》という最下層の女郎屋が並ぶ。女郎たちの揚代は「線香・本燃え尽きる間」一つ切で百文。吉原の中は、今で言うところの結構な格差社会だったのである。

唐丸を先に帰らせ、蔦重は一人で河岸見世の「二文字屋《にもんじや》」に入っていった。

「どうもー。お姫様方」

薄汚れた見世の中から、脂粉と汗の入り混じった饐《す》えたにおいがモワッと押し寄せる。

「重三《じゅうざ》ー、待ちかね山ー! 遊んでって、遊んでっとくれよ!」

年季の明けた年増の女郎たちから、たちまち両の腕を取られる。吉原で女郎として働けるのは二十七歳までと決まっていたが、ここ河岸見世はその限りではない。達者な口さえ閉じていれば見目のいい大家の若旦那といった風貌の蔦重は、どこの女郎屋でも女たちの人気者だ。

「仲良くしてぇとこですが、姐さんがたに手ぇ出したら、ここんいられなくなっちまいますんで。どうか、そこは堪忍」

吉原の男が女郎に手を出すことは禁忌。手を出せば、きつい折檻が待っている。

三日もお茶っぴき――つまり、客が来ないという女郎たちからおもちゃにされている間に、まだ年若い女郎のちどりが、花の井から預かってきた容器を勝手に開けている。ちどりは、愛想のなさゆえ河岸見世に転落した変わり種だ。薄い粥だけでは腹がもたないのだろう、口にしたことのないご馳走に喉がゴクリと鳴った。

「おや、台のモンじゃないか」

女将のきくが言ったものだから、ほかの女郎たちが一斉に台の物に殺到する。「どうか、ご勘弁を！」。蔦重は必死に取り戻そうとしたが、貞操の代わりに台の物は少しつまれてしまった。

「くそ。あいつら。……姐さん、入るぜ」

朝顔は、最奥にある暗い行灯《あんどん》部屋《べや》で横になっていた。眠っている顔の色は青白く、頬はげっそりこけている。胸の病は悪化するばかりのようだ。

やがて朝顔が咳き込み、目を覚まして半身を起こした。「おぉ、大事ねぇか」。背をさすろうとした蔦重を、朝顔がさっと手で制する。

「悪いね。あんまり近寄るとね」

「こっちこそ気ぃつかわせて悪かった。あ、これ花の井から。ちょいと食われちまったんだけど」

朝顔に容器を渡す。中には台の物だけでなく、高価な薬まで入っていた。

「花魁の金繰りも楽ではないんしょうに」

朝顔は料理に手をつけないまま蓋を閉じ、かたわらに置いた。蔦重が食べるよう勧めたが、「あとでゆっくり食べるよ。それより早くアレ頼むよ」と急かす。

「そんな遠慮せず」

「食べるときにむせちまうんだよ。男前には見られたくありんせん」

「……そか。んじゃあ。アレやるか」

病人の戯れが痛々しくもあり、蔦重は今江戸で大人気の戯作本『根南志具佐《ねなしぐさ》』を取り出した。

「人間界を探りにいったサザエが龍王に報告するところからだよ」

「おっと合点承知の助だ」

こうして朝顔に物語を読み聞かせるのが、最近の蔦重の日課になっている。

風刺の効いた場面で朝顔が小さく笑う。それが嬉しく、蔦重も笑顔になって本を読み続けた。


蔦屋に戻ると、蔦重の帰りを待ちかねていた次郎兵衛が鉄砲玉のように店を飛び出していった。行き先は、最近入れ込んでいる深川の女郎のところだ。

腹が減ったので唐丸と向かいの「つるべ蕎麦」に行き、外の縁台で通りを見ながら蕎麦を食う。

「そんなにまずいのかい。河岸のほう」

蕎麦屋も暇なのか、主人の半次郎はさっきから蔦重と世間話に興じている。

「ありゃ、風呂もろくに入ってねぇよ。飯も粥になってるし。三日も客が来ねえって」

「昼見世とはいえ、これだもんなぁ」と半次郎はがらんとした道をため息交じりに見やった。

昼見世の客は参勤交代で江戸に来ている国侍が多く、門限があるので基本的に客は少ない。

「岡場所と宿場には勝てん、ってとこか」

岡場所は今で言う無許可営業の風俗街、宿場は飯盛女《めしもりおんな》という名の売春婦を置いていた。どちらも吉原のライバルである。

「深川、本所、音羽、ほかにも神社や寺の境内、岡場所は数え切れねぇほどあるし、宿場は品川、新宿、すぐそこにも千住がある」

蔦重が唐丸に教えていると、半次郎が「ひとっ風呂浴びるついでに女買えるのに、わざわざ吉原まで来ねぇよなって話だ」と付け加える。

「唐丸、千住はもう連れてってもらったか？」

きょとんとする唐丸に、「吉原の男はみんな千住に行くんだよ」と半次郎。蔦重は「まだ早ぇよ」と半次郎を横目で睨み、先に唐丸を店に戻らせた。

「何もてめえの幼名《おさなな》つけなくてもいいんじゃねえの？　お侍でもあるめぇし」

半次郎がからかう。もっとも、読みは同じ「からまる」でも蔦重の幼名は「柯理《からまる》」と書く。

「俺だってそう言ったわ！　だいたいてめえの名前なんて呼びにくくて仕方ねぇし。けど、あいつがそれがいいっつうんだからよ」

昔のことをちょいちょい聞いてはいるのだが、唐丸は自分の名前すら思い出せない。

蕎麦の代金を払って蔦屋のほうを見ると、唐丸がごろつきと思しき集団に難癖をつけられている。蔦重は小走りで店に戻った。

「旦那様がた失礼いたしました。吉原はお初にございますか？」

「あ？　悪ぃかよ！」

初手から喧嘩腰のごろつきに、蔦重は大げさにかぶりを振る。

「滅相もないことにございます。よくぞ！　よくぞお越しくださいました」

慇懃に応対しながらこっそり目を走らせると、男たちの中に二本差しの武士らしき者がいた。一団の兄貴分のようで、無頼漢《ぶらいかん》を気取ってはいるが、顔つきや着こなしにどこか真面目さが漂う。

「では、まずお腰のもの、お預かりしましょうか」

「てめぇ、兄ぃの刀盗もうってか？　あ？」

「いえ！　吉原には決まりがございまして、いかなるお方といえども見世にあがる時にはお刀をお預かりすることになっておりまして」

「深川でも品川でもンなこと言われなかったぜ！　なあ！」

まああ年のいったこの喧嘩っ早いごろつきは、皆から「磯八《いそはち》」と呼ばれている。

「申し訳ございません。吉原は天下御免、面倒がございましてはお上《かみ》の名を汚すことになりますので」

武士は舌打ちして「は。おらよ」と刀を差し出した。派手な拵《こしら》えの立派なものである。

「兄ぃ！　差したままの奴いますぜ！」

別の若い子分が声をあげた。皆が一斉に振り返ると、刀を差した武士が悠々と大門のほうへ歩いていく。蔦重は慌てて言った。

「あ！　あの方は中に馴染みの引手茶屋がおありなのです。大身《たいしん》のお武家様は大門の中の引手茶屋に刀をお預けになるんで」

「――馴染みや大身は中」。武士がなんとも言えぬ表情で呟く。

次の瞬間、磯八がいきなり蔦重を殴り飛ばした。

「てめえ、誰に向かって口きいてんだよ！　このお方はなぁ！」

「おい、そのへんでやめとけよ」

武士は磯八を止めて蔦重の前に屈み込み、「お前もさ、人見る目持ったほうがいいぜ」と鼻で笑って去っていった。

蔦重が冷めた目で見送っていると、唐丸が「大事ない？」と心配そうに寄ってきた。

「鼻から屁が出る病になればいいんだ、あんな奴ら」

「鼻から屁？」

「くさくってたまんねえだろうが！」


さして客の来ない昼見世が終わり、暮れ六つ（午後六時頃）。仲の町の提灯、そして表通りの「誰哉行灯《たそやあんどん》」に火が灯され、いよいよ不夜城・吉原の本番、夜見世が始まる。昼間とは打って変わって客も多く、それなりに賑わっている。

仲の町で客たちのため息が漏れた。花の井の花魁道中だ。高下駄で見事な外八文字《そとはちもんじ》を描いて歩くその姿は、朝方と同一人物とは思えぬ気高さである。

客に指名を受け、新造《しんぞう》や禿を連れて引手茶屋まで出向く花魁道中を踏める女郎は、ほんの一握りだ。花簪を挿し豪奢な着物に身を包んだ禿のあやめとさくらも、一丁前に女郎の顔で花魁に付き従っている。

日本橋の魚河岸、堺町・葺屋町の芝居町と並び、吉原は日に千両の金が落ちたと言われる。その稼ぎ頭となったのが、花の井のような最高位の呼出だった。

「おお。花の井、待ちかねたぞ、待ちかね山じゃ！」

「お待たせいたしんした。和泉屋様」

客は「大通《だいつう》」と呼ばれる、身元も財布も確かな選ばれた金持ちばかりである。中でも、札差《ふださし》など羽振りのいい通人たちは「十八大通」と呼ばれてもてはやされた。

客はまずは引手茶屋で一席、その後、女郎屋でも芸者や座を盛り上げる男芸者の幇間《ほうかん》などを呼び宴席を張る。最低でも一晩十両、中には百両張り込む大通もいたとかいないとか……。

さて、蔦重が松葉屋に客を引き渡していると、中から怒声が聞こえてきた。

「あの女とはやれねえってどういうことなんだよ！」

聞き覚えのある声だと中を覗いてみれば、果たして磯八たちが主人の松葉屋半左衛門と揉めている。入り口の妓夫台《ぎゅうだい》に座っている見世番に聞くと、あの見栄張り武士が仲の町の花魁道中で見初めたらしく、花の井花魁とやらせろと言ってきたという。

「本日は馴染みのお客様がいらしておりまして」

「あんな爺、すぐにへたるだろ。そのあとこっちに回せって言ってんだよ！」

「あと！　あの方のあとっておっしゃいますと明日の明日の明日の昼までお待ちいただくことになりんすがよござんすか？　いやぁもう一度来たら居続けの長蔵で」

実質上、店を仕切っている女将のいねが早口でまくしたてる。

「テメ、誰に向かって口きいてんだよ！　いいか、耳かっぽじって聞きゃあがれ！　このお方はな、れっきとした、大《でぇ》の旗本なんだぞ！　しかも、メイワク火事の咎人《とがにん》を挙げたあの火付盗賊《ひつけとうぞく》改方《あらためかた》、長谷川平蔵宣雄《はせがわへいぞうのぶお》様！」

「えっ！」

驚く蔦重、松葉屋の親父も女将も奉公人たちもびっくり仰天で平伏する。

「……の御子息の長谷川平蔵宣以《のぶため》様だぞ！」

件の武士——平蔵はフッと笑った。今は「本所の銕《てつ》」などと呼ばれて子分を引き連れている風来坊だが、念のため解説すると、のちの「鬼平」である。

蔦重が納得顔で「そういうクチか」とボソリ。腰の刀は格別だったので、ニセ者ではなかろう。

「このたび長谷川家のご当主になられたんだからな！　頭《ず》が高ぇんだよ！」

「然様《さよう》でございましたか！　いやいや、然様にご立派なお方とは心得ず、先ほどはご無礼を」

蔦重はにこやかに言いながら中に入っていった。松葉屋の親父には目配せで合図を送る。

「いや、実は私、長谷川様のお目当ての女郎とは幼馴染みにございまして」

「まことか？」

平蔵の表情が変わったのを蔦重は見逃さない。

「いかがでしょう。お二人のご縁をとびきりのものにするべく、私に仕切り直しをさせていただけませんでしょうか。吉原一の引手茶屋の仕切りで」

「吉原一」

もう一押しとばかり、蔦重は畳みかけた。

「へぇ。ご大身の長谷川様に似合いの吉原一の引手茶屋、駿河屋でございます！」


「極上吉のカモ」

駿河屋の親父が狡猾そうに目を細める。

「ええ、イキがっちゃいるが、ありゃ、今までロクに遊んでねぇ血筋自慢のチャクチャク（嫡々）野郎でさ。いい歳した世間知らずが、親が死んで遊び回ってるって手合いかと」

まんまと蔦重に捕まったカモたちは今、駿河屋の二階の座敷に芸者と幇間を呼んでドンチャン騒ぎをしている。二人がこっそり中を覗くと、平蔵はなぜか芸者に筋肉自慢の馬鹿丸出し。駿河屋は「極上々吉」とニヤリ、勢いよく襖を開けた。

「このたびはお越しいただき恐悦至極。引手茶屋の駿河屋市右衛門にございます！」

満面の愛想笑いで平伏する。蔦重も頭を下げつつ、こっそり笑みを漏らした。

平蔵一行を首尾よく松葉屋に引き渡したあと、店に戻って唐丸と夜食の茶漬けを食べる。

「これから尻の毛までむしられんだ、あのお武家さん」

「ま、鼻から屁が出るよりよかろ」

こんな調子なので、ちょいとばかりアコギなまねはしても、蔦重には姑息さや悪辣さがまるでない。素の顔には、むしろ人情味が滲み出る。吉原育ちの処世術か、笑うとやんちゃ坊主のように愛敬たっぷりで、そこも皆から可愛がられる所以であろう。

「けど、あんなの引き合わせて花の井花魁、大事ない？」

「あいつは鬼のように手があっから、うめぇことやるさ」

売れっ子女郎の条件は一に顔、二に床、三に手と言うが、花の井の手練手管ときたら千手観音も真っ青である。

蔦重はふいに箸を止め、重いため息をついた。大見世には、なんだかんだで金は落ちる。

「……何かねぇもんかねぇ。河岸見世を救う手は」

その明け方、半鐘の音が鳴り響いた。

蔦重が飛び起きて火元の河岸見世に駆けつけると、鎮火はされた様子で、幸い火の広がりはなかったようだ。朝帰りの客と後朝《きぬぎぬ》の別れをしたのか、すでに花の井も駆けつけていた。

会所の番人が主から話を聞いているかたわらで、縄で縛られた少女の女郎が「ごめんなせえ、お許しくだせぇ」と泣きながら訴えている。蔦重は目を疑った。

「えっ、そめの！」

「腹が減ったんだって。火事のあと、仮宅《かりたく》の時は揚代が安いから客が押し寄せただろ。もういっぺんああなりゃ腹一杯食えると思ったらしいよ」

吉原もたびたび火事にみまわれた。その場合、江戸市中に家を借りて営業することになる。吉原に行くのは敷居が高くても市中なら話は別で、客がどっと押し寄せたのである。

そめのが引っ立てられていく。蔦重はあとを追いかけ、会所の番人に頼み込んだ。

「ボヤですんだんだし、穏便に済ませてやれねえんですか？　悪気はねぇみてぇだし」

「できるか、付け火だぞ！」

火事になったらどれだけの人が死ぬと思っているのか。そう言われたら、返す言葉がない。

肩を落として見送っていると、後ろから「蔦重」と声をかけられた。振り向くと、ちどりが空になった容器を持って立っている。

「あぁ、わざわざあんがとな。……よし、姐さん、ちゃんと食ったな」

「……おらが食った」

ちどりはうつむいて声を震わせ、叫ぶように言った。

「おらが、おらが飯食っちまったから！　食ったから！」

その言葉の先を知った蔦重は、しばし呆けたように立ち尽くした。

吉原近くにある浄閑寺《じょうかんじ》は、死んでいった女郎たちが葬られる場所だ。のちに、安政《あんせい》二（一八五五）年の大地震で犠牲になった女郎の遺体が投げ込まれたことから、「投込寺《なげこみでら》」との俗称がある。

蔦重は、菰《こも》も被せられず、枯れ木のような裸の体で穴のそばに打ち捨てられている朝顔を見つめていた。ほかの女郎の遺体も同じで、裸で捨てられるのは、遺体の着物を剝ぎ取って売る罰当たりがいるからだ。

蔦重は唐丸に手伝ってもらい、持ってきた着物で朝顔をくるみ直してやった。

「……姐さんは俺を救ってくれた人でな」

蔦重は涙を拭いつつ、照れ隠しに明るく笑って話しだした。

「俺ぁ、ある日いきなりふた親に捨てられたのよ。それで駿河屋の親父様が拾ってくれたんだけど、なまじ親がいただけに、拾われ子のうちでいじめられてな。そん時、そばにいてくれたのが朝顔姐さんだったんだ……」

柯理と呼ばれていた七歳の蔦重が朝顔と初めて会ったのは、九郎助稲荷だった。

「あいつら目からしょんべんが出る病になりますように！」

朝方、お稲荷さんに手を合わせていると、後ろからクスリと笑う声がした。振り返ると、美しい花魁と生意気そうな禿――当時あざみと名乗っていた花の井がいた。

「おかしなお願いをなさいんす」

温かく微笑む花魁を、柯理はいっぺんに好きになった。自分の子じゃないと柯理を捨てた実の母親の代わりに、理想の母親を重ねたのかもしれない。

それから朝顔は朝の同じ時間、九郎助稲荷で赤本の絵解きなどを柯理と一緒にやってくれるようになった。漏れなくあざみがついてきたけれど。

蔦重が本の楽しさを知ったのも、朝顔と過ごしたこの時間のおかげだった。

「柯理のおとっつあんとおっかさんも鬼退治に出かけたのかもしれんせんなぁ」

「おいらの親は色に狂って出てったんだよ」

「噂でありんしょう。まことかどうかなど分かりんせん。どうせ分からぬのなら、思いきり楽しい理由を考えてはいかが？　そのほうが楽しうありんせんか？」

戸惑っている柯理を優しく見つめ、「柯理は公方様の隠し子で」と話しだす。

「……おとっつあんとおっかさんは、実は隠密《おんみつ》でおいらを預かって」

柯理が作り話の先を続けると、朝顔は嬉しそうに笑った。


「……ほんとに優しい人でなぁ。優しいから、きつい客引き受けて、飯も食え食えって人にやっちまうんだ。最後はこんなんなっちまって」

着物からのぞく手首は、ぽきりと折れてしまいそうなほど痩せ細っている。

「吉原に好き好んで来る女なんていねぇ。女郎は口減らしに売られてくんだ。きついつとめだけどおまんまだけは食える、親兄弟はいなくても白い飯だけは食える、それが吉原だったんだ。それがロクに食えもしねぇって……そんなひでぇ話あるかよ」

寺の下働きが、朝顔の遺体を無造作に暗い穴の中に放り込んだ。

上天気の空がやるせなかった。かび臭い行灯部屋でひとり寂しく死んでいった朝顔が哀れでならない。せめて死ぬ前に一度、こんな気持ちのいい青空の下で透き通った空気を吸わせてやりたかった。

廓の外に出られない花の井は、自分の部屋でそっと手を合わせているだろうか……。


駿河屋の二階では、主だった女郎屋の主人と女将が集まって寄り合いを開いていた。江戸屈指の料亭「百川《ももかわ》」の屋号が入った折詰は贅沢なもので、遊び心のある凝った料理は目にも楽しい。

「しかし今朝は驚きましたな。腹が減ったくらいで付け火とは」

「河岸女郎の頭の中はどうなっとりますことやら」

長崎屋小平治と桐屋伊助の会話に、河岸見世から大見世に台頭した大文字屋市兵衛《だいもんじやいちべえ》が割って入る。

「あいつらにはカボチャ食わせときゃいいんですよ」

「オタクは女郎にカボチャ食わせてのし上がった店だからねぇ」

ドケチで有名な大文字屋を松葉屋が皮肉る。その時、廊下から声が飛んできた。

「河岸は今、そのカボチャにすら難儀してるのでございます！」

一同が振り返ると、蔦重が緊張した面持ちで廊下に立っている。

「けぇれ。テメェがくるようなとこじゃねぇだろ」

駿河屋が苦々しげに手で払うも、蔦重は梃子でも動かぬとばかりその場に正座した。

「松葉の親父様！　今朝、朝顔姐さんが亡くなったのはご存知で」

知らなかったようで、松葉屋の顔に一瞬だけ動揺が走る。

「女郎たちがしょっちゅう体を壊し、治るはずの病をこじらせてあっけなく逝っちまうのは、そもそもちゃんと飯が食えてねぇからです！」

親父たちは折詰を食べたり談笑したり、蔦重の話に耳を貸そうともしない。

「どうかしばらくの間、親父様たちのほうから河岸に炊き出しなりなんなりしてもらえねぇでしょうか。このままじゃ女郎はどんどん減りますよ。そうなりゃ客も減るし、店も潰れますよ。そんなの親父様たちだって望んじゃいねえでしょう？」

めげずに声を張り上げた蔦重に、大文字屋が弁当を投げつけてきた。

「うっせえな！　別に悪かねえんだよ、女郎がどんどん死ぬのは！　どんどん死んで入れ替わってくれたほうが客も楽しみなんだよ」

「百川だって、毎回同じおかずじゃねぇ」と松葉屋。

「親父様方、そりゃあまりにも情けなかねぇですか。人として、あまりにも！」

「あいにく、私たちは忘八《ぼうはち》なもんでね」

松葉屋と共に吉原を取りまとめている、大見世の扇屋宇右衛門《うえもん》だ。「忘八」とは仁・義・礼・智・忠・信・考・悌の八つの徳を忘れた外道のことで、女郎屋の主人のあだ名である。

「忘八は／丑寅《うしとら》門の／人でなし／午《うま》の出入りは／なき葦《よし》の原」

「墨河」の号を持つ扇屋が即興で狂歌を捻り、「うまいっ」「うまだけにっ！」と皆が大笑いする。

「けど！」。食い下がろうとした蔦重の襟首を駿河屋がむんずと摑み、廊下を引きずっていく。

「けど！　俺たちは女郎に食わしてもらってるんじゃねぇんですか！　吉原は女郎が神輿で女郎が仏！　俺ぁそうやって教え込まれましたぜ！　いくら忘八でも、そこだけはお題目を突っ張んねぇといけねぇんじゃねえですか？」

引きずられながら必死に訴えるも、最後はポーンと階段から投げ飛ばされてしまった。


怒りの収まらない蔦重は訴状を手に、唐丸を連れて町奉行所にやってきた。お上の許しを得ていない岡場所や宿場を「けいどう（警動）」してもらえば、吉原に客が戻ると考えたのである。「けいどう」とは町奉行が岡場所や賭場へ行う手入れのことである。

しかし、蔦重の思うようにはいかなかった。

「奉行所のトンチキがよう、この手の話は名主から持ってこいの一点張りでよぉ……」

けんもほろろに追い返された、帰り道の湯島。長屋の住人が共同で使う厠《かわや》で気張りながら、外で待っている唐丸に愚痴も垂れ流す。

「やる気ねぇんだよ。八丁堀のクソが！」

「お前さん、そりゃクソにご無礼ってもんよ」

隣の厠から、男が面白そうに話しかけてきた。

「あいつらは『屁』よ。クソは畑に撒きゃ役にも立つが、あいつらはそれ以下の屁。なんの役にも立たねえ……へへへのへっぴり野郎よ！　あいつらは金になる仕事しかしやしねぇのよ」

隣の男が厠を出た。蔦重も慌てて外に出る。月代を剃らず総髪にした四十代半ばの男で、厠の前に置いてある炭俵のほうに歩いていく。長屋住まいの炭売りらしい。

「じゃあ、旦那だったらどうします？　けいどう、やってもらおうと思ったら。俺ぁ吉原のモンなんですが、岡場所増えすぎて女郎が困ってんですよ」

「……じゃあ、いっそ田沼様《たぬま》のところに行ってみるってなどうだい？」

「田沼、様……？　え！　えぇえぇえ！」

田沼意次《おきつぐ》。江戸幕府最高職の老中ではないか！　「あん人ぁ、あんがいと町場のモンの話も聞いてくれるよ」などと男は気軽に言うが、かつがれているとしか思えない。

「兄ちゃんかついでなんの得があんだよ。それよりこれ、実は田沼様肝煎りの炭でよ。どうだい、一つ買わねえかい？」

調子よく売り込んできたが、蔦重の頭はすでに「田沼様」のことでいっぱいだった。

神田橋御門内にある田沼屋敷には、時の権力者に謁見を求める人々が行列をなしていた。官職を得たい大名や旗本、幕府御用達を狙う商人たち――皆、立派ないでたちで、とても蔦重ふぜいが入り込める雰囲気ではない。

唐丸は無理だと言ったが、蔦重は花の井の馴染みの札差《ふださし》・和泉屋三郎兵衛《さぶろべえ》の姿を見つけ、ちゃっかり荷物持ちとして潜り込むことができた。

「面《おもて》を上げよ」

座敷の廊下で平伏していた蔦重は顔を上げた。初めて見る老中・田沼意次は、想像していたよりずっとにこやかで感じがいい。

「久しいな。和泉屋。今日は新たな座地での商いの件と聞いておるが」

和泉屋は蔦重に持たせていた風呂敷包みから壺を取り出し、恭しくそれを差し出した。

「ええ、彼の地では実に良い肥《こやし》ができまして、ぜひ一つご覧いただきたく」

壺の中を見た意次は虚をつかれた顔になった。山吹色に輝く黄金がぎっしり詰まっている。

「……ふ。コレは実によう効きそうな肥じゃな」

「ええ、たわわに実りましょうぞ、山吹の実が。無事取り入れが成りましたら、もちろん相応の運上《うんじょう》、冥加《みょうが》はお納めいたします」

――今だ！　蔦重は思いきって声を張り上げた。

「恐れながら、吉原も運上冥加を納めております！」

荷物持ちが何を言い出したかと、意次も和泉屋も呆気に取られている。

「恐れながら、私もぜひ田沼様にお聞き届けいただきたい話がございまして」

目尻を吊り上げる和泉屋を制し、意次は「良い。手短に申せ」と蔦重に発言を許した。

「ありがとうございます！」

蔦重は勢い込んで、運上も冥加も納めぬ岡場所と宿場のせいで吉原の末端の女郎たちが腹を満たすことすらできぬ実情を切々と訴えた。

「コレはどう考えても道理に合いません。つきましてはどうか『けいどう』をお願いできませんでしょうか！」

「……『けいどう』は行うわけにはいかぬ」

意次は蔦重に名前を問うと、「よし、では蔦の重三」とまっすぐに目を向けてきた。

「大きな宿場と言えば板橋、品川、千住、内藤新宿あたり。この四宿は江戸へ入る五街道沿いにある宿場町だ。もしそういった宿場町が一つ潰れれば、どうなると思う？」

唐突に質問され、戸惑いながらも答える。

「宿場町から宿場町の間が長くなりますから、旅が大変になりますか。商いの機会も減ったりしましょうか」

「なかなか察しが良いな。そうだ、つまり宿場町が潰れれば、商いの機会が減り、それにより全体の利益、国益を逸することになる。裏を返せば宿場町が栄え、商いの機会が増えれば、莫大な国益を産む。では宿場町を栄えさせるのはなんだ？」

答えたくないが、意次に急かされて渋々口を開く。「……女と博打《ばくち》でございます」

「そうだ。然様なわけで、ここのところ各宿場町の飯盛女の大幅な増加を認めてきた。おかげで宿場の景気は良くなり、運上もつつがなく上がってくるようになった。それを棒に振り、今さら吉原のためだけに『けいどう』とはいかぬわけだ」

「では、岡場所だけならいかがでしょう！　深川や本所、音羽！　岡場所は商いの機会とは関わりございませぬ！　そこに『けいどう』をかけぬ理由はございませんかと！」

「かけたところで、いたちごっこだ」

「そもそも吉原が『天下御免』をいただいたのは、得手勝手に色を売り危ない目に遭う女が多かったゆえ！　そこはもはやよろしいので？　それに『天下御免』の色里が廃れたとあっては、お上のご威光に関わるのではございませんでしょうか！」

「……百川が、吉原の親父たちは上得意だと言っておったぞ」

蔦重はハッとした。さっき取次に渡されたふるまいの折詰が百川で、嫌な予感がしたのだ。

「『けいどう』を願う前に、正すべきは忘八親父たちの不当に高い取り分ではないのか？　さらに言えば、吉原に客が来ぬのはもはや吉原そのものが足を運ぶ値打ちもない場と成り下がっておるからではないか」

「女郎は懸命につとめております！」

「ならば人を呼ぶ工夫が足りぬのではないか？」

「――人を呼ぶ工夫？」。おうむ返しに問い返す。

「そうだ。何かしておるのか、お前は人を呼ぶ工夫を」

蔦重は脳天を雷に打たれた気がした。人を呼ぶ工夫……そんなことは考えもつかなかった。

座敷を出ていこうとしていた意次を思わず呼び止め、キッと顔を上げる。

「お言葉、目が覚めるような思いがいたしました。まこと、ありがた山の寒《かん》がらすにございます！」

夕方、蔦重が意気揚々と帰ってくると、五十間道に吉原の親父衆がずらりと雁首を揃えていた。

全員が怒りの形相で蔦重を待ち構えている。この不穏な空気は、もしや……。

「テメ、何やってんだコラァ」

駿河屋の面相はまさしく鬼。奉行所に「けいどう」を頼みにいったことがバレたらしい。

急いできびすを返して逃げ出そうとしたが多勢に無勢、すぐに取り押さえられる。

「あのな！『けいどう』なんか頼んだら、こっちが岡場所の女の面倒見なくちゃいけなくなんだよ！　この左前ん時にんな余裕ねんだよ！」

カボチャの大文字屋が、唾を飛ばして怒鳴り散らす。

「では……人を呼ぶ工夫をしましょう。田沼様は、人を呼ぶ工夫をしろと」

一瞬、場がシンと静まった。

「……田沼様って、まさか」

屈託なく「ご老中の」と答えた蔦重に、間髪をいれず駿河屋の拳が飛ぶ。

「このべらぼうめ！」

怒り狂った親父たちにボコボコにされたあげく、蔦重は逆さにした木桶に閉じ込められてしまった。この「桶伏せ」は金を払えない客に対する罰で、顔の部分だけは四角く穴をあけてあるが、上に大きな重石をのせた桶はびくともしない。

蔦重は窮屈な姿勢のまま、狭い木桶の中で朝も夜もひたすら考え続けた。頭にあるのは田沼意次に言われた「人を呼ぶ工夫」という言葉だ。

そして、三日三晩が過ぎた頃——。

「……これ、だ」

パッと目を開けた瞬間、桶が外された。陽光の眩しさにたまらず目をすぼめる。

「重三。生きてっか？」

心配そうに覗き込んでいるのは次郎兵衛と唐丸、半次郎もいる。

蔦重は返事もせず、よろよろと立ち上がって、まっすぐ蔦屋の店先に向かった。

「これ、だ」

蔦重が手に取ったそれは、『吉原細見《よしわらさいけん》』であった。

第二章　吉原細見『嗚呼御江戸』

湯屋《ゆうや》で風呂に入って唐丸に髪を結い直してもらい、蔦重はようやく人心地がついた。

「細見を使って客を呼ぶの？」

「このままじゃ河岸は立ち直れねぇ。けど、親父様たちも動いてくんねぇ。俺一人で何か打てる手があるとすりゃ、これしかねぇと思うんだよ」

『吉原細見』は現代風に言うと『吉原ガイドブック』で、年に二度、正月と七月に発行される。吉原で需要が多いことは言うまでもなく、蔦重は板元（版元）からこれを仕入れて販売していた。

「蔦重、まだ懲りてないの!?」

「仕方ねぇだろ。俺が言っても誰も動いてくんねぇんだから」

「蔦重って……やっぱり男前！」

そんな話をしているところへ、花を抱えた次郎兵衛が通りかかった。

「男前って何がだい？」

「蔦重が」と唐丸は結ったばかりの髷《まげ》を指し、「いい塩梅に結えたってことです！」とごまかす。

「お前、器用だねぇ。じゃ、俺ぁ花の会《けえ》に行ってくっから」

今は流行りの挿花《そうか》に熱中しているらしい。次郎兵衛がいそいそと出かけていくと、唐丸は蔦重にニヤリとした。

「ばれないようにやんないとね」

「分かってんなぁ、お前」

唐丸が次郎兵衛に細見の話をするのではと心配したが、この相棒、抜け目がない。

「けど、蔦重。細見使って客を呼ぶって、どうするの？　たくさん売るってこと？」

「たくさんも売りてえが、これ見た奴がもれなく吉原に来るようにしてえのよ」と細見をペラペラめくりながら話す。「これに載っているのは吉原の絵図、引手茶屋、女郎屋、女郎の名前、芸者の名前。まぁそんなもんだけど。ここの初めにな、『序』ってのがあんだよ。ここはまぁ、何書いてもいいんで。ここをうまく使って『いっちょ吉原に繰り出してみっか』って思わせてえのよ」

「……けど、蔦重は売ってるだけだよね。作ってるのは本屋さんだよね」

「あぁ、けどコレ作ってる鱗《うろこ》の旦那とは付き合いはあるし」

鱗の旦那とは、江戸で代々続く地本問屋《じほんどんや》の鱗形屋孫兵衛《うろこがたやまごべえ》のことだ。地本問屋は江戸で作られた本、おもに戯作《げさく》や浮世絵を出版販売する板元のことである。開府当初は何もない原野だった江戸が、大都市となった今では上方を凌駕する勢いでさまざまな分野の文化が成熟しつつあった。

その時、店先から「おい！」と偉そうな声がした。見れば、長谷川平蔵と子分たちだ。先日とは打って変わって皆、こざっぱりと洒落込んでいる。

「来たぜ」。平蔵は片頬でフッと笑った。

「いやぁ、張り込まれましたね！　皆様ずいぶんと男前に！」

平蔵たちを松葉屋に案内しながら蔦重がおだて上げる。

「花の井は〝通〟な装いに弱いって聞かされちゃあな」

いよいよ花の井と会えるとあって、平蔵の意気込みは半端でない。

「さすが長谷川様！　いやぁ、花の井花魁はなんせ気が強くって、好みじゃねぇ客は容赦なく振りつけますんで」

「ふん、花魁の『張り』ってやつだな」とまぁ、通を気取った知ったかぶり。

「今日は『初会《しょかい》』にございますから、花魁は一言も口を利かねぇしきたりですが、その花魁がひとときでも笑顔を見せれば、落ちたも同じとお考えになってよろしいかと」

とたんに平蔵が真顔で食いついてくる。「どうすれば花魁は笑顔になるんだ」

「そこは長谷川様の男の見せどころで」

「お前、幼馴染みなんだろ！　何か知ってんだろ！　花魁の好みを」

おっと磯八がいい仕事をしてくれる。蔦重は内心でほくそ笑みつつ、「そこは言わぬが花の吉野山。言っちゃあ私が叱られますんで」などと困り顔で言っておきながら、いかにも思いきったように「まぁ、えい！」と足を止めた。

「長谷川様は格別なお方だ！　花魁が間違いなく落ちるツボをお教えしましょう！」

――ゴクリ。平蔵が生唾を呑み込む音が聞こえた。

女郎屋はすべて二階建てで、中庭を取り囲むようにして建てられている。松葉屋のような大見世は当然ながら規模が大きく、紅殻格子《べんがらごうし》の壮麗な建物は随所に贅が尽くされていた。

一階は張見世と、女郎屋の主人とその家族や下級女郎、奉公人たちの生活の場で、宴会用の座敷や高級女郎の部屋はすべて二階にあった。

客は、畳敷きの広間に設けられた幅の広い階段を登って二階へ案内される。初会の客はまず引付座敷《ひきつけざしき》と呼ばれる部屋に通されて宴席を張り、目当ての女郎と初対面して盃を交わすのだが……。

幇間の滑稽な芸に腹を抱えているのは磯八たちだけで、上座に座った花の井はいかにも退屈そうだ。顔合わせだけとはいえ遠く離れて斜めに座り、平蔵のほうを一瞥すらしない。

「おいおい！　花魁もなんかやれよ」

調子に乗って花の井にちょっかいを出した下っ端の仙太《せんた》を、平蔵が思いっきりぶっ飛ばす。

「初会は花魁は口利かねえんだよ！　野暮《やぼ》なことすんじゃねえ！」

平蔵が盗み見ると、花の井は相変わらずつまらなそうにしている。平蔵の焦りを知ってか知らずか、あくびまで。とても笑顔など見られそうにない。馴染みと認められる三回目で床入りと聞くが、この調子では果たしていつになることやら……。

花の井は目の端で平蔵の様子を見て取り、かたわらのさくらに何やら耳打ちした。

「花魁はお疲れしんした。先に失礼しても良いかと申しておりんす」

平蔵はうろたえた。どうすれば花魁に気に入ってもらえるのか。そうだ、蔦重は確か……。

――花魁の好みってなぁ、江戸っ子で。とかく向こう見ずで威勢のいい男で。確か一番深くなった馴染みは、初会から紙花《かみばな》を撒いてみせるようなお方でした。

「あいや待て！　花魁！」

――一丁上がり。花の井はうつむき加減でニヤリとした。

「ほら!! 皆、受け取れえ！ 紙花じゃあ！」

平蔵が紙花を盛大に撒き散らす。紙花は今で言うチップで、現金の代わりに使われ、一枚二万円前後。新造や禿、芸者と幇間、二階の奉公人たちも集まってきて我先に紙花を拾う。その様子を、花の井は上座から泰然と眺めている。これも花魁の手柄となるのだ。

平蔵がチラッと花の井を見た。花の井が嫣然《えんぜん》と微笑む。平蔵が有頂天になったのは言うまでもない。

「皆の者、受け取れー！」

向こう見ずに威勢よく、平蔵は階下へも紙花を撒いて撒いて撒きまくったのであった。


「そんなに撒いたのか。紙花」

翌日、貸本商売にきた蔦重は、花の井から平蔵の話を聞いた。花の井に因果を含めた張本人である蔦重も、ちっとばかし気が引けてしまうほどの大盤振る舞いだ。

「あれ、馴染みになるまで金もつのかねぇ」

二回目で初会と同じ女郎を指名することを「裏を返す」というが、そこでもまた祝儀が必要になり、馴染みになればなったで女郎に床花という高額な祝儀を与えなければならないのだ。

そこへ、松の井がやってきた。風呂上がりの肌の匂いが艶めかしい。

「ちょいと重三、田沼様のところに行ったとはほんざんすか。んふ。田沼様ってなぁ、なかなかの男ぶりだって聞きんしたえ……」

なんだってそんなことを……。　呼吸のあと、蔦重はその言葉の意味に気づいた。

「無理ですよ！　連れてくるとか！」

大胆というか図々しいというか。松の井が行ってしまうと、蔦重は「そうだ、花魁」と再び花の井に向き直り、髪に挿している櫛を指さした。

「たとえばなんだけどよ。もし花魁が小間物屋で、もっとその櫛を売りてぇなぁと思ったら、誰に売り込みの口上を頼みてぇ？」

花の井は怪訝そうな顔をしつつも、「……そりゃ、あの人しかいないだろ」

「だよな！　あの人だよな！　トウザイトウザイ、ふしあわせ、商いの損あい続き」

花の井が「きくかきかぬのほど、夢中にて一向存じ申さず候」とあとを続け、二人仲良く「歯磨き嗽石香《そうせきこう》！」と口を揃える。

「何かあんのかい？」

「いや、ちょいと客の小間物屋から相談受けてよ。ありがとよ。助かった！」

花の井は腑に落ちない顔をしているが、蔦重は知らんぷりで貸本商いに戻っていった。

「嗽石香」は当時飛ぶように売れた歯磨き粉で、品の質よりも引札《ひきふだ》（広告）で売れた商品だ。「金に困って出したから、効くかどうかわかんない。でもどうか一つ、助けると思って買ってちょうだい！」……と、ぶっちゃけ過ぎの宣伝文句を考えたその人は――。

「『平賀源内《ひらがげんない》』に頼めってぇのか。次の細見の『序』を？」

鱗形屋孫兵衛は呆れ顔で蔦重を見た。夜が明けて間もない、まだ開店準備をしているところへ駆け込んできて何を言いだすかと思えば……。

「へぇ。俺、吉原に客呼びたくて」

蔦重は荒い息で言いながら、慌ただしく『吉原細見』の序を開く。

「ここ！　ここに平賀源内の序が載りゃ、間違いなく評判になると思うんです！　そうなりゃ客も来るし、細見だってもっと売れるし、鱗の旦那様にも悪い話じゃねぇと！」

平賀源内は学者としてだけでなく文芸家としても名声を博している、今、江戸でもっとも注目を集めている人物だ。ちなみに蔦重が朝顔に読み聞かせていた『根南志具佐』も源内の作である。

「……まぁ、いいぜ」

「鱗の旦那様！　あ、ありがた山のトンビがらす！」

「ただし、おめぇさんが『序』をもらって来れたらだ。俺は伝手がねぇからな。おめぇさんが平賀源内にもらってくんだ」

蔦重はあ然とした。さすが手練れの地本問屋、役者が一枚上である。


「平賀源内が見つからない？」

貸本を唐丸にまかせ、くったりしている蔦重に花の井が話しかけてくる。

「本屋は？　源内の本出してる」

「行った」

「引札を頼んだ店、芝居小屋」

「行った行ったみーんな行った！　けど、みーんな口揃えて、俺も探してるから見つけたら教えとくれってさぁ」

ここ数日、江戸じゅうを駆けずり回ったが、源内の〝げ〟の字も見当たらない。

「なんであんたがそこまですんのさ。小間物屋に自分で探せって言えばいいじゃないか」

花の井が怪しんでカマをかけてくる。適当に言い逃れていると、座敷持ちの花魁・うつせみが、二人の話を聞きつけて控えめに口を挟んできた。座敷持ちとは呼出の下の位の花魁で、客を接待する座敷を持っている中堅の女郎だ。うつせみは松葉屋の三番手である。

「あの、いっそご老中の田沼様に聞きにいってみるってのはいかがでありんす？　田沼様に源内さんを引き合わせてくれとお願いに」

「花魁？　夢でも見ておられなんした？」。とても正気とは思えず、つい廓言葉で返す。

ところが花の井も、「その手はありんすねぇ」と同意する。平賀源内が田沼老中のところに出入りしてると、和泉屋が話していたらしい。

「……あ！」

蔦重の脳裏に、炭売りの顔が浮かび上がった。

さっそく蔦重はいつぞやの湯島の長屋にやってきた。臭気に鼻をつまみつつ、このまま厠のそばで待っていれば会えるかと思ったが、夜見世が始まる時間になっても待ち人は来たらず。「そううまくは烏賊《いか》の嘴《くちばし》か」――ため息をついて去ろうとした時だ。

「おう！　新之助！　そっち終わったか！　じゃ、クソっ風呂浴びて」

炭売りの男が帰ってきた。新之助と呼ばれた若い浪人風の男は仕事仲間か。蔦重は急いで駆け寄り、「あの！」と声をかけた。

「あ、俺、覚えてねぇですか？　ここで役人はクソじゃなくて屁だって話を聞いた」

「……あぁっ！　えぇと、吉原の！　あぁ、どうした、あれから」

「あの、旦那、平賀源内って知らねぇですかい？」

若い男がエッと目を見開く。一方の炭売りの男は「そりゃ知ってるよ」と得意げな顔になった。

「あれだろ？　本草学者《ほんぞうがくしゃ》であり、蘭学者であり、浄瑠璃作家であり、戯作者でありの稀代の才人と名高い平賀源内大先生」

「そう！　その源内先生は田沼様んとこ出入りしてるって聞いて。その炭、田沼様の炭だって言ってたし、旦那、ひょっとして源内先生の居場所なんざ知らねえかと」

なんの手掛かりもないので藁にも縋る思いである。源内を探している理由を聞かれ、閑古鳥が鳴いている吉原に客を呼び戻すため『吉原細見』に序を書いてもらいたいのだと話す。

「いいよ！　会わせてやるよ！　平賀源内先生に」

「えっ！」

「俺ぁ、源内先生とは知り合いも知り合い、クソひり合った仲だからよ」

「そ、そりゃあくせえ仲にございますねぇ！」。少し怪しみつつも男に合わせる。

「おう。けど、さすがにただで会わせるってわけにゃあいかないなぁ。吉原、ずいぶん行ってねぇなぁ。なぁ、新之助！」

炭売りの男は、どうすると言わんばかりにニヤニヤしながら蔦重を見ている。

一抹の疑念は残るが、せっかく摑んだ藁。背に腹は代えられぬ。

吉原へ行くには徒歩か馬か駕籠、あるいは蔦重たちが今乗っている猪牙舟《ちょきぶね》という小舟で隅田川を山谷堀まで行き、そこで下船するという方法がある。そこからはいずれにしろ、日本堤を通って衣紋坂に向かうことになる。

「あの。えぇと」。そう言えば、炭売りの男の名前を聞いていなかった。

「あ、俺？　銭内《ぜにない》。金がねえからよ。貧家《ひんか》銭内って、どう？　よくねぇ？」と大笑いする。

「銭内さん。あの、源内先生とはどちらでお知り合いに」

「山よ。俺ぁ山の仕事してて、そこに源内先生がご指南にくるって寸法よ。……あ、馬鹿にしたね。こいつ山師かよって」

図星だが、めっそうもない……と両手を振って否定する。

「山師を馬鹿にしちゃあいけないよ。山師が金銀銅鉄とにかく掘り当てなきゃ、この国は終わっちまうんだから。この国は国を閉じるなんてトンチキをしてっだろ？　そうすっと相場ってもんが分かんなくなって、金も銀もクソみたいな値でオランダに吸い上げられちまったんだよ。そのせいで今、必死になって銅で銀を買い戻してんのよ。お上は」

「は？　か、買い戻す？」

「そうよ、どうだいこの馬鹿馬鹿しさ！　呆れがとんぼ返りで礼に来んだろ！」

「……はぁ、けど、どうしてそうまでして銀がいるのですか」

「そりゃお前さん、これよ」と銭内は懐から長方形の銀貨を取り出した。

「えと、確か、火事のあとに出始めた、南鐐二朱銀《なんりょうにしゅぎん》！」

「そそ。田沼様が出した銀貨さ。こりゃ銀に『朱』ってつけたのがとてつもなく優れモンなんだが、ま、そこはいいや。とにかく、田沼様はこれを使って金《かね》の手綱を握り直したいのよ」

しかし、一口に「金」といっても種類はいろいろ、金貨も銀貨も銭貨も、昔からのもある。何やら複雑な話で、蔦重はなかなか理解が追いつかないのであった。


江戸城の一室では、悪化する一途の幕府財政を立て直すべく、七曜の紋が入った裃姿の田沼意次が老中たちに演説をぶっていた。

「もはやこの世はすべて『金』。何をするにも金が入り用となります。にもかかわらず、幕府、武家の実入りは年貢。米は換金せねば通用せぬ。するとそこにつけこまれ札差たちに買い叩かれる。これでは武家、百姓は貧しくなるばかり。では、いかにすればよろしいか。新しい『金』を作り、武士が金の手綱を握り直せばよろしいのでございます!」

老中首座・松平武元《まつだいらたけちか》はもとより、武元の腰ぎんちゃくである松平輝高《てるたか》、松平康福《やすよし》の両老中も、蔦重と同じく意次の話に頭が追いつかない様子。

「そのためには世の金貨銀貨を凌駕し、この南鐐二朱銀に統一することが一里塚。そのためには大量の銀を備えねばなりませぬ。ゆえに天領にても盛んに銀を掘らせておるわけにございます。採掘の大事なることはお分かりいただけたでしょうか」

「分からぬ。然様なことをせずとも、米を高く買えと商人に命ずれば済む話ではないか」

白毛の筆のような太い眉毛を曇らせ、武元が憮然として言った。

——その白眉毛の下の両眼は節穴か。意次は罵倒する代わりに、丁寧に説明する。

「右近将監《うこんのしょうげん》(武元の官職)さま。今や力のある商人たちはこちらの言うことなど聞かぬのです」

「ならば上様の御威光を増すべくつとめるが本道であろう！　民草《たみぐさ》に今一度世の泰平は上様のおかげと思い出させ、その心をもって従える。それこそが武家の政《まつりごと》！　口を開けば商人のごとく金、金、金と。それが武家の範たる老中の考えか、恥を知れ！」

第八代将軍吉宗から三代仕える老中筆頭は、何より伝統と品格を重んじる。米を基本に将軍の権力を高め世を安定させるなど時代錯誤も甚だしいが、幕府が旧態依然とした身分制度に縛られているのもまた事実。意次はグッと言葉を飲み込み、「は……」と平伏した。

さて、吉原に到着した蔦重、銭内、小田新之助は、小見世が並ぶ通りを歩いていた。

「思ったより静かな。おるのは年嵩ばかりであるな」と新之助。吉原は初めてらしい。

「若ぇのは近場の岡場所や宿場に行っちまうんですよ。吉原は遠いし、金もかかるし、しきたりもうるさいし。おいそれとは行けねぇとこと思われてんじゃねえかと」

「古くせえって思われてんじゃねぇの？」と屋号を確認しつつ銭内が言う。「今どき吉原に行くのは金持ちの爺と田舎もんだけだって、俺ぁ聞いたよ」

湯屋などでそんな話がされているという。蔦重はガーンと頭を殴られた気がした。吉原は大名や豪商の接待の場であり、文人墨客が集う文化的交流の場だ。美貌と教養と知性を兼ね備えた花魁は女たちの憧れで、通人たちは粋な遊びに興じ、あらゆる流行の発信地でもある。ほかの遊里に押されているとはいえ吉原は別格、何をとっても一流の江戸っ子の誇りではないのか。

「それより蔦重、俺ぁ、松葉屋ってとこ行きてえんだけど」

ふざけんな、いくらかかると思ってんだ——あやうく怒鳴りそうになるのをこらえ、「この辺りのほうが気軽に楽しめますよ」と笑顔で誘引するも、銭内は「いいって聞いたんだよねー」と渋る。

自分の懐と吉原を天秤にかければ聞き入れるしかない。仕方なく二人を松葉屋へ案内する。

「――え、『瀬川』っていねぇの？　今はいねぇって、出てるってこと？」

銭内の目当ては瀬川だったか。初代瀬川は松葉屋お抱えの伝説の女郎で、四代目まで名跡が継承されているのだが……説明しようとした蔦重を遮り、女将のいねが早口で説明する。

「瀬川ってなぁ、かなり昔の名跡でござんして、不幸があって今は誰も継いでおらず、こちとら商売上がったりでござんすよ。はっはっは」

「そうか。ここにももう瀬川はいねぇのか。ん。じゃ、もう誰でもいいや」

そんなら小見世でも良かったじゃないか。蔦重は腹立ちを抑えつつ、「あんまり高くなんねぇように」とこっそりいねに頼み込む。

その一部始終を、たまたま内証にいた花の井が見ていた。

芸者と幇間を呼び、うつせみと番頭新造《ばんとうしんぞう》のとよしまがついてくれた。番頭新造とは身請《みう》けされないまま年季を過ぎ、廓に残って禿や禿を卒業した振袖新造の教育係を務める姉貴分のことだ。

松葉屋にあがった新之助は緊張気味だが、銭内は楽しんでいる様子。蔦重は頃合いを見計らい、「で、銭内さん、源内先生にはいつ頃お会いできますかねぇ」と切り出した。

「源内先生は頼んでも書いてくれないんじゃないかなぁ。吉原に人を呼ぶ序を書いてくれったって、これじゃあ源内先生、どこを褒めたらいいか分かんねぇと思うんだよ」

「またまた、楽しんでるじゃねぇですか」

「俺ぁ楽しんでるよ。けどさ、どうも分かんねぇっていうか。よその岡場所と比べて、吉原のいいとこってどこなんだい？」

「……そりゃ、あ、そりゃなんたって女が綺麗ですし！」

うつせみとよしまが慌てて銭内ににっこりする。

「まぁ、別に悪かないけどさ」と銭内。蔦重が「芸者や師匠方も確かで」とつけ加えれば、「深川芸者はみーんな三味うまいよ」「あ！　台の物もこのように華やかで」「味ひでぇよ、これ」——ああ言えばこう言うで蔦重は追い詰められた。そうだ、質がダメなら量で勝負だ。

「好みの女が必ず見つかります！　なんせ三千もいますから！　どんな好みの人でも、いい女が必ず見つかります！」

「じゃ連れてきてよ。俺にとってのいい女とやらをさ。そしたら源内先生に会わせてやるよ」

……騙されたかもしれない。打つ手がなくなって、逆に蔦重は冷静になった。

「分かりました。お好みは」

「そうだねぇ。この世のものとは思えねぇ天女のようなのがいいねぇ」

しばしお待ちをと座を外し、急いで松葉屋の親父を捕まえて交渉をする。

「お代はあいつらにつけろって、どういうことだよ」

「どうも一杯食わされたようで」

そこにいねが割って入ってきた。

「食った食わされたはあんたの話だろ？　あっちつけこっちつけはテメェで片つけな！」

「俺ぁ今、親父様に話してたんです！」

「んじゃま、駿河屋につけとくさ」

「え！　親父様、それは！」

桶伏せはもうこりごりだ。追いすがろうとした蔦重を無視して、二人はさっさと仕事に戻っていった。……っだあ。意気消沈していると、花の井が自分の部屋から出てきた。高位の女郎である花の井や松の井は客を迎える座敷のほか、ふだん起居する個室を与えられているのだ。

「何をどう一杯食わされたのさ」

今夜はお茶っぴきで、馴染みの客に文でも書いていたらしい。蔦重は観念して白状した。

「……平賀源内に引き会わせてくれるって言うからさ」

「馬鹿らしゅうありんすー。馬鹿馬鹿馬鹿ー、重三とは馬鹿の三段重ねでござりんすー」

「けど、ただの山師じゃねえ匂いもしたんだよ！　田沼様の話もするし、学もあって！」

部屋に戻ろうとしていた花の井が、ふと立ち止まって蔦重を振り返る。

「あんたいったい何やってんのさ。小間物屋のために走り回ってるわけじゃないだろ？」

その時、蔦重が出てきた座敷のほうから「源内先生！」と声がした。

源内先生……？　花の井と顔を見合わせ、蔦重が慌てて座敷に戻ってみると、銭内がどこかの侍と親しそうに話をしている。

「源内先生。いやぁ、その節はお世話になりまして」

「いやぁ、こちらこそ。今一つお役ん立てませんで」

廊下で呆然としている蔦重に銭内——平賀源内は、いたずらっ子のようにニヤリと笑った。

蔦重は気を取り直し、銭内改め源内と二人きりで膝を詰めて話をする。

「悪かったよ。あんまり一所懸命なんでからかってみたくなったんだよ。たまにゃ新之助にいい思いもさせてやりたかったし」

そう言えば新之助がいない。どうやら、うつせみと懇ろになったらしい。

「あいつにとってのいい女は見つかったようでね」

「……じゃあ、じゃあもう書けますよね！　吉原のいいとこその目で見たんですから！」

考えてみれば瓢箪から駒、棚からぼた餅、嘘から出た実《まこと》。願ってもない幸運だ。

「けど、真面目な話、俺じゃねぇほうがいいと思うんだよな」

「今さら何言ってんですか」

「あのさ、俺、男一筋なのよ。……その顔は、忘れてたね」

「……そうでした。あぁ、そうだ、平賀源内っていやぁ有名な男色じゃねぇか〜」

自分のうっかりに呆れて頭を掻きむしる。

「でね、実は俺、前に別口で『吉原細見』の序書いたことあんのよ。けど、気持ちが入んねぇもんだから、つまんねぇ出来でさ。遊んでみて興も乗りゃあ、また違うかなって思ったんだけども……。あ、さっきのお侍とかどうよ！　けっこう筆立つよ」

「……いや！　いやいやいや！　源内先生でなければ！　源内先生だからこそ、あの男一筋の平賀源内をも虜にする吉原！　じゃあいっぺんのぞいてみるか！　となりましょう。ま、とにかく書き出してみるってなどうです？」といつも帯にさしている矢立と紙を差し出し、「難しくお考えにならず、勢いで。ここには男一筋の俺ですら蕩《とろ》かす女がいたって！』

「……だから、それがいないんじゃなーい」

源内はパタリと大の字に寝転がった。はてどうしたものか……蔦重が困っていると、なぜか源内先生、今度はむくりと起き上がる。何やら目つきがおかしい。

「お前さん、改めて見ると、相当いい男だね」

「……え！」

「いいじゃない、いいじゃない。うん」などと熱い目で蔦重ににじり寄ってくる。「な、お前さんが花魁の格好しとくれよ。そしたら俺書けんじゃねえかなぁ、うん」

「え……。格好だけで良いんですか？」

後ずさりつつも、うっかりその気になる蔦重。

「当たりめぇじゃねえか。何もしねぇよ」

「ほ、ほんだすかえ？」

つい花魁言葉で返した時、襖が勢いよくスパーンと開いた。

「おぶしゃれざんすな（ふざけるな）！　べらぼうめ！」

蔦重と源内の目が点になった。花の井が、粋な男装姿で控えている。

花の井は源内に向き直り、優美な所作で指をついた。

「平賀様、ご無礼つかまつりんす。なれど、男を差し出したとあっては吉原の名折れ。叶うことなら、吉原はあの平賀源内をも夢幻《ゆめまぼろし》に誘ったと言われとうござりんす」

「女郎が男の格好をして、俺の気を引こうって魂胆かい？」

源内は花の井の趣向に興をそそられたようだ。

「男？　果たして男かどうか？　今宵のわっちは『瀬川』でありんす」

そう言うと、花の井は額に女形がつける小さな紫の布をつけた。源内がハッとする。

「不躾《ぶしつけ》ながら、平賀様が瀬川をご所望なさるのを耳にいたしんした。『ここにも瀬川はいないのか』と。『にも』とおっしゃるその心は、平賀様の先だってお亡くなりなられた愛しいお方、二代目瀬川菊之丞《きくのじょう》様だからではござりんせんか？　平賀様は今宵同じ『瀬川』という名の者と過ごしたかった。たとえそれが別の誰かでも……」

二代目瀬川菊之丞は、源内がこよなく愛した江戸歌舞伎の女方だ。胸の内を見事に言い当てられた源内は、なんとも言えぬ表情で黙り込んでいる。

「今の松葉屋に『瀬川』はおりんせん。けど、わっちでよければどうぞ『瀬川』とお呼びくださんし。引け四つ（午前零時頃）までのたかが戯れ、咎める野暮もおりますまい」

花の井はそう言って、源内の目を見つめた。

「……諸国大名弓矢で殺す。松葉の瀬川は目で殺す、ってとこかね」と源内。へぇ、と妖艶に微笑む花の井。二人の間に他人が入り込めないような色気が漂う。

蚊帳の外の蔦重が成り行きに戸惑っていると、源内が「んじゃ」とチラリ視線を送ってきた。

「あ！　どうぞ、お楽しみくだせえ。ご両人！」

お払い箱になった蔦重は、二人を残してそそくさと退散した。

花の井の部屋に通された源内は、布団の上に腰を下ろしてくつろいでいる。馴染みに贈られた豪華な三枚重ねの三つ布団で、塗り箪笥や鏡台、屏風など調度品も豪華なものばかりだ。

「あいつはお前さんに惚れてんのかい？」

源内の質問に、花の井は煙管《きせる》を用意しながら笑って答える。

「重三が誰かに惚れることなどござんすのかねぇ。どの子も可愛や、誰にも惚れぬ。あれはそういう男でありんすよ。己で気づいてはおらんしょうが……」

源内は「ふーん」と含みのある相づちを打ち、花の井が吸い付けた煙管を受け取って言った。

「……瀬川。一つ、頼みがあるんだよ」


店に帰って布団に潜り込んだものの、蔦重は花の井に助けられたことが情けなく、まんじりともせず夜が明けてしまった。眠い目をこすりながら店を開けにいくと、戸の間に二つ折りの紙片が挟まっている。急いで開いてみると、「瀬川に渡せり　銭内」と書いてあるではないか！

早朝のこの時間、花の井に居続けの客がいないかぎり、お稲荷さんで顔を合わせるのが昔からの日課になっている。

急いで九郎助稲荷にやってきた蔦重は、待っていた花の井から「はい」と紙を渡された。

「どうも、かたじけ茄子《なすび》」

「いいえ。源内先生とお近づきになりたく、でしゃばったのはわっちなんで」と疲れたように自分の肩を叩く。「源内先生。男一筋だけあって求めが変わっててさぁ……」

花の井は肩をトントンしながら、昨夜の出来事を話し始めた。

「一つ、舞っちゃくれねぇか？」

花の井は面食らった。床入りした客にこんな注文をされたのは初めてだ。

「……ではお三味を」と言いつつ立ち上がろうとした花の井を制し、源内は優しく目を細めた。

「あぁ、ちゃんとしてなくていいんだ。菊之丞はね、時どきうちで稽古してたんだよ。私ゃそれを見てるのが好きでね。そういうのが見たいんだよ」

「……へぇ。では」

鼻歌で節を歌いながら舞い始める。やがて源内も節を重ねてきた。花の井はちょっと笑い、少し震えている源内の声に気づかぬふりで踊り続けた……。

あの時、源内の脳裏には、在りし日の菊之丞の姿が思い浮かんでいたのかもしれない。

「それから風に当たってくるって出てっちまって、戻ったらそれを書いてくれたってわけさ」

「なんか、すげぇな、お前……すげぇわ、花魁って」

蔦重は大きなため息をついた。花の井の言うとおり、重三は馬鹿の三段重ね、いや十段重ねだ。

「じゃ、まぁ、せいぜいお励みなんし」。花の井が笑って行こうとする。

「あ！　花の井！　あ、ありがとな。なんだかんだで助かった」

「……朝顔姐さんのこと、悔しいのはあんただけじゃないから」

花の井はふいに真剣な顔になり、感情を押し殺したような低い声で言った。

「吉原をなんとかしなきゃって思ってんのもあんただけじゃない。籠の鳥にできることなんて知れてるけど……あんたは一人じゃない」

最後は蔦重の目を見て言うと、美しい鳥は自らの籠へと戻っていった。

源内の「序」は、次のようなものだった。

『女衒《ぜげん》、女を見るに法《ほう》あり。一に目二に鼻筋三に口四にはえぎわ、ついで肌は、歯は……と、なるそうで、吉原は女をそりゃ念入りに選びます。とはいえ、牙あるものは角なく、柳の緑には花なく、知恵のあるは醜く、美しいのに馬鹿あり、静かな者は張りがなく、賑やかな者はおきゃんだ。何もかも揃った女なんて、ま、いない。それどこか、とんでもねぇのもいやがんだ。骨太に毛むくじゃら、猪首獅子鼻棚尻《いくびししばなたなっちり》の虫食栗《むしくいぐり》。ところがよ！　引け四つ木戸の閉まる頃、これがみな誰かのいい人ってな、摩訶不思議《まかふしぎ》。世間ってなぁ、まぁ広い。繁盛繁盛、ああお江戸』

それこそ吉原のすべてをつぶさに観察しなければ書けない内容であり、大見世から河岸見世まで、女郎たちを生き生きと活写した見事な文であった。

「まぁ、よく書いてもらえたもんだ。ありがたく使わせてもらわぁ」

鱗形屋も、まさか蔦重がやり遂げるとは思ってもみなかったようだ。

「あの！　この序を取るのに、それなりに金がかかりまして。その、お代をいくばくかいただけるなんてことは」

「おめぇさんが勝手にしたことだしな」

鷹揚に笑う鱗形屋に、「でさぁね」と自虐笑いで返す。

「では！　せめて細見をきちんと改めていただけぬでしょうか？」

蔦重はこの春に出た細見をめくり、鱗形屋に黒塗りだらけの頁を見せた。

「たとえばこういうとこです。潰れた店が黒になってて、こりゃあ流行ってねぇんだなって行く気を削いじまう。それに、今はもういねえ女郎の名もあちこちに残ってる。どうかこういうとこだけはきちんと改めちゃもらえませんか？」

「……お前さんがやるならいいよ」

「え！　……お、俺が？」

「おめぇさんがやるってんなら、俺ぁまったく構わねえよ」

また夕ダ働きさせようって肚か。蔦重は手の中にある『吉原細見』に目を落とした。

——けど、この「細見改《あらため》」の仕事、吉原を知り尽くす俺なら完璧にこなしてみせる。

「……やります。やらせてもらいますぜ！」


それからの蔦重は、貸本商売の合間を縫って女郎の情報収集に奔走した。

「お、忠さんどうも」

松葉屋で小泉忠五郎《こいずみちゅうごろう》に出くわす。長年細見改を請け負っている浅草の本屋だ。

「ああ、蔦重、貸本かい？」

「へぇ！」

物陰に隠れて女郎の有無や格上げ情報を細見に書き込む。駿河屋の親父に細見改のことを知られようものなら、三日三晩桶に閉じ込められるだけでは済まない。

蔦重はごまかしごまかし、密かに細見改の作業を続けた。そして——。

「できた……できたぁ!!」

題して『細見鳴呼御江戸《ああおえど》』。鱗型屋で摺り上がったばかりの細見を受け取った蔦重は、歓喜の声をあげて天高くそれを掲げた。

蔦重が初めて作った細見を手にした頃、江戸城内で一人の赤子が誕生した。将軍・家治のいとこの一橋治済《ひとつばしはるさだ》の嫡男、豊千代《とよちよ》である。今日はその祝いの席が設けられていた。

招かれたのは、同じく家治のいとこの田安家当主・治察《はるあき》と弟の賢丸《まさまる》、家治の弟で清水家当主の重好《しげよし》。要するに親戚一同である。その後ろには、松平武元を筆頭に老中たちがずらり並ぶ。能舞台では、義太夫の語りに合わせて人形芝居が演じられていた。

「ところで当の一橋様は?」「はて。田沼殿もおりませぬな」——武元と輝高がコソコソ話していると芝居が終わり、人形を操っていた傀儡師《かいらいし》がパッと能面を取った。

現れたるは一橋治済、続いて黒子が頭巾を取って顔を出す。なんとこっちは田沼意次だ。

「今日は皆、我が嫡男の祝いによう参られた。近頃、傀儡に凝っておっての。田沼に話したところ、地方《じかた》まで揃えてくれての!」

皆に人形遣いの腕前を褒められた治済はご満悦で、「いっそ傀儡師にでもなるか!」などと冗談を言って皆を笑わせる。その時だ。

「恥を知れ!」。賢丸が顔を朱にして立ち上がった。

「いやしくも吉宗公の血を引く身が傀儡師になろうかですと? 一橋様、御身に流れるお血筋をいかに心得ておられる! 武家が精進すべきは学問、武芸! 遊芸《ゆげい》に溺るるまえに我らにはなすべきことがあるとは思われぬか!」

「ん? 子なら生《な》したぞ」と治済が茶化し、皆がまた大笑いする。

幼少の頃より聡明で、良く言えば真面目、悪く言えば融通がきかぬ。そんな賢丸には耐えられなかったのだろう。口を固く引き結び、その場からプイッと立ち去ってしまった。

「ご、ご無礼を！　若輩者の言葉！　どうかお許しくださいませ！」

兄の治察が慌てて治済に頭を下げる。

「なすべきことと言われてものぅ。子をなす以外、我らになすべきことなど」

「然様然様。まさかのことが起こらぬかぎり、我らの出番はございませぬ」

治済と重好は鷹揚に笑っているが、二人とも腹の中では何を考えているものやら。一橋家・田安家・清水家の三家は「御三卿」と呼ばれ、将軍家の血筋が絶えそうになった折に後継者を差し出すことが役目だ。つまり「まさかのこと」とは、現将軍・家治の薨去《こうきょ》である。

「しかし賢丸殿も少し遊びを覚えたほうがよいかもしれぬ」

治済の揶揄に反応したのは武元で、「それがしは感服いたしましたがの」と威嚇するように白眉毛を動かし、「誇り高く武家たらんとするあのお心がけをむしろ見習うべきと……。ああ、お許しを。時の流れについていけぬ年寄りの差し出口でございます」と嫌味たっぷりに意次を見やる。

「田沼主殿頭《とのものかみ》、右近将監さまの言葉にこそ、感服いたしましてございます！」

意次も頭を下げてやり返す。二人の間で、目に見えぬ火花がバチバチと散った。

第三章　千客万来『一目千本』

「これが蔦重の作った細見」

唐丸が、出来たてホヤホヤの『細見鳴呼御江戸』を興味津々でめくっていく。

「まぁ、俺のってのは言い過ぎだけどな」

最後の頁を開いた唐丸が、ある箇所に「ん？」と目を留めた。

「……蔦重。これ、入れちゃっていいの？」

なんとそこには、『細見改　蔦屋重三郎』と堂々たる署名が入っている。

「なんで、俺の名が」

「蔦重、鱗形屋さんに隠れてやってること言った？」と唐丸。

蔦重の目が大きく見開く。肝心要の大元に口止めし忘れるとは……もはや馬鹿の百段重ねだ。

「じゃ、よかれと思って入れてくれたんだね」

「よかれ……」と、そこで蔦重はハッとした。「細見のお披露目！」

その頃、駿河屋の二階で『細見鳴呼御江戸』のお披露目が行われていた。引手茶屋と女郎屋の海千山千の親父たちがずらりと並び、その向かいに鱗形屋孫兵衛と息子の長兵衛、手代の徳兵衛が居住まいを正している。これが現代なら、まるでやくざの盃事《さかずきごと》のような物々しい雰囲気だ。

「正月の吉原細見にございます。どうぞお改めくださいませ」

鱗形屋が徳兵衛に合図する。積み重なった『細見嗚呼御江戸』が親父たちの前にずずいっと押し出された。親父たちはそれぞれ手に取り、じっくりと中に目を通す。

「なんかスッキリ仕上がっちゃねぇか」「名もちゃんと直っててねぇ」――親父たちは満足げな様子。当時、吉原では馴染み客に贈呈する『吉原細見』を、一定部数前もって買い取っていた。鱗形屋も満面の笑みである。発行元からすれば、必ず儲かるありがたい商品だ。

「極上吉の出来でございますな」と駿河屋も相好を崩す。

もちろん吉原側としてもありがたいガイドブック、お互いうまくやりたいところである。

「鱗形屋さん。この序の『福内鬼外《ふくちきがい》』というのは、確か」

吉原随一の教養人である扇屋がいち早く気づいた。

「えぇ。戯作、浄瑠璃、本草学者としても名高い、あの平賀源内先生にございます」

一同がどよめいたのは言うまでもない。松葉屋は源内が見世に来たと自慢し、カボチャの大文字屋は「おい、これ売れんじゃねぇの？　客も増えるんじゃねぇの！」と鼻の穴をふくらませて大興奮。それだけ、平賀源内の影響力は大きかった。

「蔦重が序をお願いしてくれたのですよ」

鱗形屋はよかれと思って言った。吉原の貸本屋ふぜいが、なぜあんな大物と……一同、またまた仰天する。

「……ウチの重三郎がでございますか」

駿河屋は柔和な仏顔を装っているが、実は動揺を押し殺すのに必死である。

「えぇ、吉原に客を呼びたいと必死で、女郎や店もずいぶん丁寧に改めてくれまして」

「おぉ！『改　蔦屋重三郎』だ！」

扇屋が奥付に蔦重の名前を発見し、よかれと思って駿河屋に見せる。

「はぁ！『改　蔦屋重三郎』ですか！」

湧き上がる怒りを溜め込みつつ、駿河屋は仏顔を崩さず寛容に笑った。


飛んできた花瓶が壁にぶつかって砕け散る。間一髪でかわしたが、蔦重はびっくり眼《まなこ》で固まった。駿河屋の激怒っぷりは凄まじく、花を立てていた次郎兵衛と唐丸も凍りついている。

「テメなんだコラ俺に断りもなく……あ、あ、あ？」と懐から出した細見を丸めて蔦重のおでこを小突く。「なんだコラ細見改重三郎って！」

細見でパーン！　額に強烈な一撃を食らい、蔦重はたまらず尻餅をついた。

「細見の改は続けさせて……」と最後まで言い終わらぬうちにパーン！

「貸本の次は改か。テメいつから本屋になったんだ、あ？」

「き、客はどんどん岡場所や宿場に流れてんです！　しかもお上も取り締まらねぇ。テメエらで何かしなきゃ、吉原に客は戻って来ねぇんですよ！」

「は。こんなもんで客が戻ってくるってのか」

「来ます！　平賀源内の序は必ず、吉原まで客を引っ張ってきます！」

「あめぇんだよ。こんなもんで客を引けるわけねえだろ！」

駿河屋は鼻で笑い、座り込んでいる蔦重の頭目がけて足を上げた。

――殺される！　蔦重はとっさに両腕で頭を抱えた。

「やめてー！」

止めようとした唐丸は駿河屋の着物を掴み損ねてすっ転び、結局蔦重は蹴り飛ばされ、震えながら父親に突進した次郎兵衛は顔面に裏拳を食らい、三人揃ってあえなく撃沈したのであった。


雷親父が暴れまくったせいで部屋は滅茶苦茶、まるで嵐が過ぎた去ったあとのようである。

部屋を片付けていた蔦重は、ヨレヨレになった細見を拾い上げてじっと見つめた。

「重三。もうソレやめとけ、な」と次郎兵衛が忠告する。

「けど、客が来たら、親父様も認めてくれたりしませんかねぇ」

「お前、まだ懲りないの？」

「だって、このままじゃ廃《すた》れるばっかりじゃねぇですか、吉原は」

蔦重は細見を開き、源内の序に書かれた〝吉原〟を愛おしそうに指でなぞった。


その正月、源内は手土産を持って、田沼意次の屋敷に新年の挨拶に訪れた。

「思いのほかいけましょう。この雑煮」

白味噌仕立てのあんころ餅の雑煮は、源内が生まれた讃岐（現在の香川県）の郷土料理だ。

「うむ。甘味と塩気が思いがけぬ取り合わせだ」

「あ、忘れておりました。こちらお年玉にございます」と『細見嗚呼御江戸』を差し出す。「こちらも思いがけぬ出会いから、序を書くことになりまして」

同席していた意次の嫡男・意知《おきとも》が細見を手に取り、パラパラと目を通す。

「時に源内、秩父《ちちぶ》の山はどうなっておる」

「残念ながら銀は埋まっておらぬかもしれませんな。しかし、鉄は出る。鉄も掘っておいて損はございませんかと」

事実、仙台の伊達藩などは鉄銭を鋳造して大儲けしている。

「父上、この者、昨年いきなりやってきた吉原者では？」

意知が意次に奥付の名前を見せた。なぜ蔦重を知っているのかと言えば、以前蔦重が無謀にも「けいどう」の嘆願にきた時、たまたま庭の茂みから一部始終を見ていたからだ。

「……ありがた山の寒がらすか！　あぁ、それで、そなたに序を！　ならば吉原も人が来るようになるか！」

「そりゃもう、どっさどっさにございますよ！」

源内は胸を張って太鼓判を押したのであるが……。


一方、蔦重は目下の状況を報告するため、大伝馬町の鱗形屋に来ていた。

「細見そのものはよく売れてんだけどな」と鱗形屋は首をひねる。

吉原の賑わいは一向に戻らず、聞こえてくるのは相変わらず閑古鳥の鳴き声ばかりなのだ。

「こりゃどういうカラクリなんでしょう」

「『源内か、ならちょいと読んでみよう』と細見を買うものの、読んだだけで終わっちまうのかもしんねぇな」

駿河屋の親父様の言うとおり、細見で客を引こうなんて甘かったのかもしれない。ため息をつく蔦重に、鱗形屋は笑いながら言った。

「で、次はどうする。駿河屋さんは『改』におかんむりなんだっけ？」

「そうなんでさ」

「しかしなんでかね。改は茶屋に差し障りがあるような仕事とも思えねぇんだが」

「まぁ、俺ぁ親父様に拾われなきゃ死んでたかもしれねぇ身の上ですから。そんなヤツが出過ぎた真似をすんのが気に食わねえんでしょう……」

蔦重のため息は重くなるばかりである。


「白河《しらかわ》松平家が田安の賢丸《まさまる》様を養子に？」

その夜、父から話を聞かされた意知は、不得要領に眉根を寄せた。

「諦めきれぬようでな。なんとかならぬかと再び言ってきた」

意次が意知に書状を渡す。そこには、奥州《おうしゅう》白河藩主・松平定邦《さだくに》の訴えが切々と書かれていた。

「なにゆえ、白河様はこれほどまでに賢丸様を」

「吉宗公に近いお血筋の婿をもらって、とにかく家格を上げたいんでしょうな」

そばに控えていた三浦庄司《みうらしょうじ》が、やれやれというように小さく首を振る。三浦は農民の出でありながら田沼家用心の養子となり意次の側近となった男で、意次の良き相談相手である。

「しかし、先の折にはそれこそ当の田安家のみならず、白眉毛、上様までもが難色を示され、断りを入れたのではなかったか」

意知の疑問に三浦が答える。

「あの時はまだ田安の先代が生きておられ、先代は将軍の座へ未練が深いお方であったゆえ、『白河へなどやるか！』と、それはまぁけんもほろろで」

その先を意次が続けた。「その先代も今や亡くなられた。ゆえに今一度、ということであろう」

「……しかし、この一件蒸し返せば、相当に煙たがられるのでは？」

近い将来、父が主導する幕政の一翼を担うであろう有能な後継者であるが、まだ経験の浅い意知の頭には次々と疑問が湧いてくる。

「だが、見返りもなかなかに大きくてな。さて、どうしたものか……」

意次は思案顔になり、膝がしらを指でトントンと叩いた。


「上様から直々に、兄上に問いかけがあったのですか……」

田安家の一室で、賢丸は治察と向かい合っていた。そばには尼頭布を被った治察の生母・宝蓮院も控えている。庶子の賢丸には養母に当たる、公家の近衛家から輿入れした高貴な女性だ。

「上様はそなたの才をいたく買っておられてな。ほかならぬそなたのために白河へ行き、領内の仕置きに腕を振るうほうが良いのではないかと」

治察はむしろ自慢げで、賢丸は答えられずにいる。代わりに宝蓮院が血相を変えて訴えた。

「甘言にございます！　上様はそうやって我ら田安を退けたいのです！」

「母上。上様は然様なお方ではございませぬ。心から賢丸のことを」

「そなた、無念のうちに逝かれた父上のことを忘れたのか！」

治察は返事に詰まった。第八代将軍吉宗の次男だった父の宗武は、渇望した将軍の座に就くことなくこの世を去った。

「兄上。返事は兄上が後継を得てから、とは参りませぬか。将軍家はいざ知らず、私が家を出てはまさかの折に田安を継ぐ者がいなくなってしまう。申し上げにくいですが、兄上はお体もお強くないわけですし」

「そこは私も案じてな。まさかの折はそなたを呼び戻してよいとのお言葉を上様から直々にいただいて参った」と書状を示す。「そのうえで、どうする？　賢丸よ」

家治直筆の書状を見つめ、賢丸はゴクリと息を呑んだ。


「それは承服しかねる！　この一件すでに決したはず！　なにゆえいきなりかような話になる！」

意次から老中たちへ賢丸の白河行きが告げられると、武元は烈火のごとく怒りだした。

「は。此度は白河松平家より『私《わたくし》』のほうに再度訴えが参りましたゆえ、側用人としてまず上様にお取り次ぎ申し、上様より田安家へお話が」

意次はもともと将軍と老中の間を取り持つ側用人で、家治の信頼厚く、老中に昇進した今もなお役職を兼任していた。意次が幕府の実権を握る所以である。

「黙れ！　黙れ黙れ！　そなたが甘言を弄し、上様を丸め込んだのであろう！」

「今のお言葉、上様が私ごときに丸め込まれたということになりますが、お取り次ぎ申し上げたほうがよろしうございましょうか」

武元がグッと詰まる。この勝負、軍配は意次に上がったようだ。


さて、蔦重は貸本の荷を背負い、唐丸と仲の町を歩いていた。

「蔦重、細見の改、このあとどうすることにしたの？」

「親父様の様子を見つつ、鱗の旦那も一緒に三人で話す場を持とうって言ってんだけど」

二人が話しながら歩いていると、女衒の男に連れられていく女郎の姿が見えた。

「――嘘だろ」。あれは……二文字屋の音羽だ。蔦重は弾かれたように駆け寄った。

「おい！　おい、姐さん！　これ、まさか」

「あぁ、重三。世話になったねぇ」

先を歩いていた女衒が振り返って「何やってんだ！」と怒鳴る。

「じゃあね、新潟の古町にいるからさ、おさらばえ！」

音羽はいつもの明るい笑顔で吉原を去っていった。河岸見世にもいられなくなった女郎はこうして田舎に売られていくか、夜鷹《よたか》と呼ばれる最下層の街娼になって辻に立つしかない。

蔦重の足は自然と二文字屋に向かった。行灯部屋には五人もの女郎が寝かされていて、若いちどりもひどく咳き込んでいる。胸の病か梅毒か……いずれにしろ栄養失調には違いない。

きて、朝顔の最期が思い出される。蔦重が痛ましそうにその様子を見ていると、女将のきくがやってきて、「もう、見世畳んじまおうと思ってんだ」と疲れ果てたように言った。

「女郎なんて、売られてきてほかに生きる術がない。とりわけここに来るのは大店なんかじゃ弾かれちまう女たちさ……。この妓《こ》らはわっちが手を放したら終わりだって思ってやってきたよ。けど、もう、わっちが手を握ってるから命を縮めちまうって体たらくでさ」と声を詰まらせる。

かつて自らも吉原の女郎だったきくにとって、見世の女たちは娘も同然なのだろう。

「女将さん。もうちょいと、ちょいとだけ耐えてもらえませんか。俺がなんとかしますんで」

「は。あんたにどうにもできるわきゃないだろ」

「どうにかします！　俺もやっぱりこんな吉原よかないと思うんで」

その帰り、蔦重は九郎助稲荷に立ち寄った。

「どう思う。もうこれしか中橋《なかばし》だと思うんだけど」

何事か相談されたお稲荷さんは心なしか困ったような顔つきで、「なかなか危ない橋だと私ゃ思いますけどね」と言っているよう。しかし、蔦重は心を決めた。

「……おし。じゃ、行ってくらぁ！」

数日後、花の井からの文を握り締め、日本堤を必死の形相で走っている平蔵の姿があった。

松葉屋の二階の座敷に通され、やがてさくらとあやめを引き連れた部屋の主――花の井が入ってきた。

「花の井！　一世一代の頼みとはなんだ！」と文を突き出し前のめりになって聞く。

「長谷川様、実はこのような話が持ち上がっておりんして」

今度は花の井が何やら書いてある紙を見せる。平蔵の目に、「入銀《にゅうぎん》」の文字が飛び込んできた。

「女郎の絵姿を集めた入銀本？　入銀というのはアレか？」

「金を募って作る本でござりんす。どうも入れた額で並びが決まるようで……。わっちの好かない女郎がもう三十両も入れなんして」

「さ、三十両？」。平蔵の声がひっくり返った。

花の井は目を潤ませ「悔しいおす！　わっちは、なんとしても本の頭《かしら》を飾りとおす！」としなだれかかり、さくらとあやめも「おがみんす！　長谷川様！」と両手を合わせてくる。

なに、三十両ぽっちのはした金、ここで見捨てては男がすたる。文一枚で釣られた男、もとい花魁に選ばれし男・平蔵はふーんと奮い立った。

袖で顔を覆った花の井の耳に、チャリーンと銭の落ちる音が聞こえた。


このからくりを考えたのは、むろん蔦重である。まず入銀本の企画をでっち上げ、花の井に協力を頼んで平蔵から金を巻き上げ、唐丸を使いに立ててそっくりそのまま二文字屋に届けさせた。

「ご、五十両？　ご、五十！　五十！」

積まれた小判を前にしたきくは腰を抜かさんばかりである。

蔦重は、さらにそのでっち上げ企画を女郎たちに話して回った。

手始めは玉屋の志津山《しづやま》、噂と悪口を吹聴して回るのが趣味の花魁だ。

「ちなみにもう誰か入銀しんしたかえ？」

「まぁ、花の井花魁は金を早々に入れて、本の頭を決めましたか」

「どうなんしょう。花の井のような床下手が頭って」

お次は気位の高い桐びし屋の亀菊《かめぎく》、四つ目屋では無口な勝山《かつやま》、魔性の女郎・角か那屋の常磐木《ときわぎ》、扇屋の陽気な嬉野《うれしの》、角たま屋は美声の玉川《たまがわ》……あの手この手で花魁たちを丸め込む。

こうして蔦重はかなりの入銀を確保し、そのうえで親父たちに話を持ちかけたのである。

駿河屋の二階で、今日はコワモテ親父たちが優雅に茶会を催している。亭主役は駿河屋だ。

「実は長谷川様から配り物の絵本を作ってほしいと頼まれまして」

蔦重は廊下に正座し、ガチガチになって説明を始めた。

「ちょうどお役が決まったそうで。『珍しい吉原本でございます』と挨拶がわりにお渡ししたいとのことで」

カツーン！　蓋置の上に柄杓をのせる音が大きく響き、蔦重は震え上がった。今にも熱湯をかけられそうで、駿河屋のお点前のいちいちが恐ろしい。

「長谷川様からそんな話、聞いてねぇけどな」

「あ、花魁と内々に話されたようで」

駿河屋としては面白くないだろうが、蔦重は気づかぬふりで話を続けた。

「そこでほかの女郎衆にも試しに話を持っていったところ、皆、乗り気で。このように金も集まっておりまして、どうかこのまま進めさせていただけぬかと」

満を持して入銀の目録を見せる。真っ先に反応したのは、やはりカボチャの大文字屋だ。

「こ、こんなに集まってんのか！　じゃコレ、俺らは一文も出さねぇでいいってことか？」

「もちろんでございます。親父様方はビタ一文払わずです！」

ドケチの大文字屋にとって、これ以上はない惹句である。

「出来上がった本をお客様に配れば喜ばれましょうし」

「じゃ、やってもいいんじゃねぇか！　なぁ！」

親父たちは茶碗の代わりに入銀目録を順に回し、わいわいと盛り上がっている。手応えを感じて蔦重はひそかに拳を握った。

「実はウチの馴染みからも、配り物の本作って欲しいとせっつかれててな」

「お前の細見も評判がいいぞ。序もいいし、見やすくなったと」

扇屋と松葉屋から、思ってもみなかった嬉しい言葉が出てくる。

「あんた、本作るの向いてんじゃないかい？」とは大黒屋の女将・りつだ。

あながち世辞でもなさそうで蔦重が少しばかりいい気になっていると、

「こんなもん、鱗形屋に頼め！」

駿河屋もちっとは褒めてくれるだろうと思いきや、逆に雷が落ちてきた。

「……し、しかし、長谷川様から私にと」

「テメェは本屋なのか？　あ？　チゲェだろ！　テメェの本分は茶屋だろが！」

「なにカッカきてんだよ。重三は別に茶屋を怠けてるわけじゃねぇだろ」

扇屋がかばってくれるが、怒り心頭の駿河屋は無言で蔦重を睨みつけている。

「怠けてるったら、こいつのほうだよな」

大文字屋が茶化して指をさしたのは、茶会の手伝いに駆り出されていた次郎兵衛だ。

「そこだけは言うてもおくれな小夜嵐《さよあらし》」

流行りのしゃれでおどける次郎兵衛にバーン！　駿河屋はまたも息子の顔面に裏拳を放ち、間髪をいれず蔦重の襟首をぐいっと摑んで廊下を引きずっていく。

「親父様！　なんで！　なんでそんなに頑なに！　皆様もいいって言ってくださってるわけですし！　吉原にとっても決して悪いことにはなりませんし！」

必死に訴えるが、駿河屋はまるで聞く耳を持たず階段に向かう。

「俺の話もちぃとは聞いてくだせえよ！」

思い余って身を翻したのがまずかった。虚をつかれた駿河屋は体勢を崩し、そのまま階下へゴロンゴロンゴロン……。主人が転がり落ちてきたので、店の者たちは大騒ぎだ。

蔦重が階段の上から呆然と見ていると、店を揺るがすような駿河屋の怒声が響き渡った。

「……出てけ。出てけーー！」


行くあてのない蔦重は、唐丸を連れて二文字屋に転がり込んだ。

「河岸はあんたの味方だからね。手伝えることがあったらなんでも言っとくれ」

きくは蔦重に感謝していた。あの金でしばらくは女郎たちに炊き出しをしてやれる。

きくが去り、蔦重が振り返ってみると、唐丸は薄汚れた部屋を見回していた。

「悪《わり》ぃな。巻き添えくらわして」

「平気さ。おいらこういうとこ慣れてるし」

「……慣れてる？　お前、思い出したのか？　前はこういうとこにいたのか？」

矢継ぎ早に質問を浴びせると、なぜか唐丸は慌てたように首をブンブン横に振った。

「違うよ。こんなのそんなに珍しいモンでもないからってこと」

蔦重は「……そっか」と納得し、荷物の中から絵や本を出して並べ始めた。

「何すんの？　虫干し？」

「いや、絵本の絵師選ばなきゃなって」

「このまま続けたら、旦那様、蔦重を決して許さないってならない？」

唐丸は心配してくれるが、これしきのことで蔦重の決意は揺るがない。

「親父様の機嫌より、河岸が食えるようになるほうが大事じゃねぇか。もっと吉原に客が来るようにすることのほうがさ」

「吉原に客が来る？」。唐丸はきょとんとした。

「あ、言ってなかったか。どうせ作んなら、客を呼べるような本にできねぇかと考えててよ」

「え、けど、この本って、お金出したお客さんに配るだけのもんだよね。それで客呼ぶって」

「いっそ、本屋に並ばないことを逆手に取れねぇかなって。つまりさ、その本が欲しい、手に入れてえと思っても本屋じゃ買えない。手に入れる方法はただ一つ。吉原の馴染みになること。そうなりゃ、この本もらいたさに『吉原行くぞ』ってなんねぇかなって」

本もらいたさに皆を吉原に来させる――蔦重の逆転の発想に唐丸は心底驚いている。

「けど、そうなるためには、皆が欲しがるような本にしねぇとダメなんだよ。果たして俺にそんなもん作れるかって話なんだけど……。そこはまぁ、やってみるしかねぇわな」

絵と本を並べ終わり、さっそく一冊を手に取る。唐丸はそんな蔦重をじっと見つめ、「できるよ。蔦重ならできる。おいらそんな気がするよ」と言った。

「……よし。じゃあ一緒に絵師選んでくれ！」

唐丸の励ましに力づけられ、蔦重は奮起して絵師探しに取りかかった。


「またどうして私に女郎の絵本を」

蔦重が白羽の矢を立てたのは、人気浮世絵師の北尾重政《きたおしげまさ》。独自の画風で描く美人画や役者絵は広く庶民に愛されており、板本（板木に彫って印刷した本）の挿し絵を得意としていた。

「へぇ、北尾重政先生なら、女郎の描き分けができるんじゃねぇかと思ったんです。実は、のりてえって女郎が百二十ほどになっちまいまして」

「――ひゃ、百二十？」

「ちと入銀が集まりすぎちまいまして。こんな数の女郎を描き分けできんのは、とにかく絵が確かだって評判の北尾先生しかいねぇかなって」

「見込んでくれたのは嬉しいけど」

「礼は弾みますんで！　なんとかお願いできませんかねぇ」

「いや礼の話じゃなく、ええと、これ墨摺で？　それで人を描くとね」と積み上げてある本の中から墨摺の絵本を見せる。「一枚絵ならまだしも、本にすると似たような絵が延々続くだけになるよ。あんまし面白くないんじゃないかなぁ」

「そっか……あぁ～じゃ、なんならいいですかね、どんな本なら欲しいって思ってもらえますかね。俺ぁこの本を見たみんなに欲しいって思ってもらいてぇんですよ！」

せっぱ詰まった蔦重の様子を怪訝に思いながらも、重政はちょっと考え、「……見立てる、とか？」と案を出した。「たとえば、動物とか。キャンキャンうるさい女郎は小さい犬とかね」

「なるほど！　見立てることで女郎の性分も表しちまうわけですね！」

蔦重はふと、床の間に飾られている投げ入れ花に目を留めた。

「……先生。花に見立てるってなぁどうです？　投げ入れ花になってる形で。近頃流行ってるって言いますし！　どうですかね！」

「ツーンとしてる女郎は、ワサビの花とか」

蔦重の提案を面白く思ったらしく、重政はすぐさま乗ってきた。

「夜冴えないのは昼顔とか！」「無口なのはクチナシな！」「文ばかり書くカキツバタ！」――二人の口からどんどん案が出てくる。話がまとまり、吉原を知り尽くす蔦重がどの女郎がなんの花かを考え、重政が絵を描くことになった。

こうして、蔦重初めての本作りが始まったのである。


彫師が重政の下絵を貼り付けた板木を彫っていく。次に摺師が板木に墨を染み込ませ、その上に紙をのせて丸いバレンでこする。するとあら不思議、紙に重政の絵が――。

「おぉお！　おぉおお！」

摺り上がった絵を見た蔦重は、疲れも眠気も吹っ飛んで歓喜の声をあげた。

しかし、本の形になるまでの作業はまだまだ続く。唐丸と二人では間に合いそうになく、二文字屋のきくと女郎たちの手を借りることにした。炊き出しのおかげで元気になったちどりや、ほかの女郎たちも手伝ってくれる。

折り台で折ったり、頁を整えたり、糊付けをしたり……夜を徹しての作業の末、蔦重はようやく最後の本を綴じ終えた。

「できた……できた！」

蔦重の手の中には、念願の本――吉原から世に出る史上初の本となる『一目千本《ひとめせんぼん》』があった。

皆が歓声をあげて寄ってくる。

「すごい！　いいのできたねぇ、蔦重」

「なんだかめっぽう粋じゃないかい？　ねぇ！」

唐丸やきくが褒めてくれる。蔦重も満更でなく、「へへ、ねぇ」と改めて本を見つめた。

奥付には『書肆《しょし》　蔦屋重三郎』の文字。書肆とは本屋のこと。貸本屋でも、改でもない。

胸いっぱいになって動けずにいると、唐丸が「どうしたの、蔦重？」と聞いてきた。

「なんか、俺、すげぇ楽しかったなって。やる事は山のようにあって、寝る間もねぇくらいだったけど。てぇ変なのに楽しいだけって。そんな楽しいこと世の中にあったんだって……。俺の人生にあったんだって……。なんかもう、夢ん中にいるみてぇだ」

目の下には黒い隈ができていたけれど、その瞳はキラキラと輝いている。

この日、吉原に稀代の本屋・蔦屋重三郎が誕生した。安永三（一七七四）年七月のことである。

駿河屋の親父が店先にいる。蔦重は遠目から確認し、よし、と覚悟を決めて近づいていった。

「親父様。あの、これ俺の作った入銀本です。駿河屋に置いてくださいませんか」

背を向けている駿河屋に、上下巻を紙できれいにくるんだ『一目千本』を差し出す。

「いらねぇよ。入銀もしてねぇし」

「そんなこと言わねぇで。ほら！　客の手持ち無沙汰にもよろしいでしょうし」

駿河屋は知らん顔で店の中へ入っていく。まぁ、そうやすやすと許しちゃあもらえまい。

「気が向いたら見てくださいね！」

声をかけて外の縁台の上に本を置き、荷物を背負い直すと駿河屋をあとにした。

次に蔦重がやってきたのは松葉屋だ。『一目千本』を十組ほど置き、「こちらは入銀くださった皆様にお渡しくだせえ。それから、こちらは新しく馴染みになった方などに渡してください」とさらに十組。女将のいねが「ん？　新しく馴染みってどういうことだい？」と首を傾げる。

「新しい客づけに使ってくださいってことです」

蔦重は「よし、唐丸、次行くぞ」とやる気満々で店を出ていく。

いかにして世間にこの本を広めるか。蔦重の頭が目まぐるしく回転する。

「これをウチに？」

突然やってきた蔦重に立派な本を渡され、湯屋の主人は面食らった。

「へえ、差し上げますんで、客の皆さんにお好きにめくっていただければ」

男湯の二階では、入浴後の男たちが与太話をしたり、囲碁や将棋を楽しんでいる。

「……こりゃ、すごい。こりゃなんてぇか、粋だねぇ！」。湯屋の主人はただただ感嘆した。

「ありがとうございます！　で、こりゃ『見本』なんで」

表紙には「見本」と書いた紙、裏表紙にも自筆の書き付けが貼ってある。その内容を今風に言えば「吉原の馴染みになったらもらえるよ！　欲しい人は吉原に行こう！」てな感じだ。

蔦重は、髪結い床、茶店、居酒屋……男たちがたむろしそうな市中のありとあらゆるところに見本を配り、宣伝して回った。今で言うところの、「サンプルプロモーション」だ。この頃の本屋は、企画、プロデュース、営業、時には創作まで担うこともあった。そんな中で、蔦重は次々と新しい発想を繰り出していったのである。


駿河屋が店の外に出ると、扇屋が縁台にあった『一目千本』を開いていた。

「どうぞいるんなら持ってってくだせぇ」

「まだ続けんのかよ。こんなくだらねぇ喧嘩。片手間に本作るくらい、いいじゃねぇか」

「じゃあ息子が今日から八百屋もやりますってったら許しますかい？」

駿河屋は憮然としている。これじゃあまるで本物の父親ではないか。

「……重三だけよそに出さなかったのは、駿河屋を継がせる心づもりだからか」

駿河屋の顔が強張る。答えを聞くまでもなかった。

「ま、滅多にいねぇもんなぁ、あんなの。目端が利いて、知恵が回って、度胸もある。何より、てめぇがなんとかしなきゃってあの心根。誰だって手放したくねぇよなぁ。どうすんだい。このまま重三が戻らなかったら」

「そもそも親でも子でもねぇんだ。吉原から追い出すだけでさね」

頑として突っぱねる。が、江戸っ子の意地っ張りばかりでもあるまい。

「それが『らしくねぇ』と思うんだよなぁ。可愛さ余って憎さ百倍なんて、お前さん、まるで人みてぇなこと言ってるよ。忘八のくせに」

痛いところを突かれたようで、駿河屋は黙り込んだ。

「うまい話じゃねぇか。細見もコレもタダで走り回ってんだろ。そんな奴追い出すなんざ、どう弾いたって算盤が合わねぇ。忘八なら忘八らしく、一つ損得づくで頼むわ。とにかく、店には置いたほうがいいと思うぜ、これ。おもしれぇから」

本を置いて扇屋が去ると、駿河屋は縁台に腰掛け、周囲に誰もいないのを確認してから、おもむろに本を手に取った。

「一目千本、花すまひ？」

書名の意味は、一見でたくさんの花を見ることができるという意味だ。しかし、すまひ（相撲）とは……。最初の頁には土俵が描かれていて、土俵脇に置かれた大きな木桶にさまざまな花々が挿してある。どうやら花が相撲をとるらしい。興をそそられて本を繰ると、取り組み形式で投げ入れ花が描いてあり、それぞれに花の名前と女郎たちの名前が添えてあった。

「……亀菊はワサビか。ツンツンしてやがるもんなぁ」

駿河屋はクスリと笑った。取り組み相手は「葛」の花、女郎は噂好きの志津山だ。「志津山はクズって」と思わず噴き出す。すると、隣で笑い声がした。いつの間に来たのか、妻のふじがもう一冊の本を開いていた。見てごらんよとばかりに駿河屋にそれを差し出す。

「……常磐木がトリカブト。食らうと死ぬってか！」

腹上死した男は数知れぬ、魔性の女郎。ちげぇねえ。駿河屋は大笑いした。

「まぁ、よくこんだけ見立てたもんだよねぇ。誰よりもこの町を見てんだね、あの子は」

駿河屋の扱いは、やはり扇屋より古女房のほうが上手のようである。

「思いつくかぎりのことはやった。こっからはもう、神頼みしかねぇからな」

蔦重と唐丸が九郎助稲荷に『一目千本』を供えて手を合わせていると、蕎麦屋の半次郎が「蔦重！」と息せききって走ってきた。半次郎の話を聞いた蔦重と唐丸が弾かれたように駆けだす。

仲の町に出た二人は、目の前の光景にあんぐりと口を開けた。

――いつぶりだろうか、大通りが大勢の人で溢れ返っている！

「馴染みんなるって、どの店でもいいのかねぇ」「安い店なら俺たちでも行けっかな。ちょいと聞いてみっか」

初めてなのだろう、ソワソワと緊張している三人組の若い男たち。

「やっぱりヒマワリの女郎が気になるよ」「俺ぁ、クチナシの妓が見てぇさね」――書き留めた紙片を手に、楽しそうに歩いてくる二人連れ。

みんなみんな、『一目千本』を見て吉原にやってきた客たちだ。

「……なんかいつもの道じゃないみたいだね」

唐丸の声は震えている。大門の外の五十間道の茶屋も大賑わいだ。

「やったね。……やったね！　蔦重！」。叫びながら唐丸がぴょんぴょん跳ねる。

これで吉原は救われる。女郎たちが飢えずに済む。蔦重は男泣きの涙を拭った。

「おー―！　やったぞ――！　やった、ちくしょうめ、やった――！」

両拳を天に突き上げた時、後頭部にパーンと衝撃が走った。振り返ると、駿河屋の親父様だ。

「わめいてんじゃねぇよ、べらぼうが。さっさと戻れ。回ってねぇだろ、義兄さんがよ」

蔦屋の店先では、次郎兵衛が押し寄せる客からぶうぶう文句を言われている。

「よ、良いのですか？」

駿河屋は懐から『一目千本』を出し、「志津山のクズ、最高だった。ま、せいぜい吉原んために気張ってくれ」。ニコリともせずそう言うと、さっさと踵を返した。

――認めてくれた。親父様が俺を、俺の作った初めての本を。

蔦重は大門を入っていくその背に一礼し、「よし！　戻るぞ唐丸」と張りきって駆けだした。


「文が来てさ。親の遺した蓄え食い潰したから、もう来られないって」

貸本商いにやってきた蔦重は、花の井から切ない話を聞いた。皆すでに忘却の彼方であろうが、花の井に唆されて最初に入銀した平蔵――改めて言うが、のちの「鬼平」の話である。

「……いつか返さなきゃな。五十両」。さすがに蔦重も罪悪感を感じる。

「でも、本当のこと知ったら、あんがい返すなって言うかもよ。五十両で吉原の河岸を救った男なんて、粋の極みじゃないかい？」

「確かに、そりゃ大通だ」

見ると、女郎たちは『一目千本』を開き、ああだこうだ楽しそうに品評会をしている。

「……なぁ、朝顔姐さん」。二人同時に声に出し、同じことを考えていたと分かって小さく笑った。

「きっと喜んでくれてるよね」

ようやく明るい光が差し始めた吉原。けれどその裏側で暗い情念がのそり、のそりと動きだしていたことを、蔦重は気づかずにいた。

第四章 『雛形若菜』の甘い罠

安永三（一七七四）年秋。御三卿の田安家当主・治察《はるあき》がこの世を去ったことで、江戸城には波紋が広がっていた。病弱ではあったが、あまりに突然の死である。

「賢丸《まさまる》様の養子の一件を白河に断れとは」

中奥の御座の間で家治から命を受けた田沼意次は、荒らげそうになった声を抑えて問い返した。

「生前、治察と約したのだ。田安にもしものことが起こった折には賢丸を田安に呼び戻して良いと。治察には子がなく、賢丸がいなくなっては田安が絶えてしまうかもしれぬ。然様な心配を抱えたままでは、賢丸も奥州白河行きを踏み切れぬかと思うてな」

家治のそばには、田沼派の御用取次・稲葉正明《いなばまさあき》が控えている。

「……然様な慈悲のお心からにございましたか。主殿頭《とのものかみ》（意次の官職）、心得ました」

「では主殿。速やかに頼む。この件、大奥からも願い出があってな。このままでは田安はお家断絶と、女たちはいたく哀れんでおるそうじゃ」

平伏しながら意次は腹の中で苦り切った。賢丸か宝蓮院か。その意を受けた白眉毛が、奥御殿で権勢をふるう筆頭老女――大奥総取締の高岳《たかおか》に翡翠《ひすい》の香炉でも渡して取り込んだに違いない。

その白眉毛こと松平武元《たけちか》は、江戸城田安門内にある田安邸で賢丸と向き合っていた。

「爺。此度はまこと助かった。礼を言う。私が当主となった暁には、兄、そして、吉宗公の名を汚さぬよう、武家の範たるべくいそしむ所存じゃ」

賢丸は江戸幕府の中興の祖・吉宗の直孫であり、上に立つ者としての資質も申し分ない。だが、江戸城の魑魅魍魎《ちみもうりょう》を相手にするにはまだまだ青い。

「賢丸様。どうぞ今後は田沼にお気をつけくださいませ。この白河行、そもそも田沼が賄賂欲しさに強引にまとめたものでございます」

「兄からは上様が私の身の上を慮ってのお沙汰と聞いたぞ!」

意気揚々としていた賢丸の表情が崩れ、一瞬にして顔が強張った。

「あれは山師も同然な者。上様を手玉に取り己の思うがままに事を動かしておるのでございます」

「……足軽上がりが、徳川の者を手玉に取るだと。つけ上がるにも程があろう!」

賢丸——のちの松平定信が意次の政敵として立ちはだかるのは、もう少し先の話である。ともあれ、江戸時代を代表する政治家であり改革者だった二人の浅からぬ因縁は、ここから始まった。

意次は脇息にもたれて白河からの書状を読み直し、何か良い策はないかと考えていた。

「意知。幕府が田安に与えておる知行を知っておるか?」

「確か十万石」

「そう、十万石、十万両が毎年毎年、無益に消えておるということだ。お血筋が途絶えるというまさかの折に備えるため『だけ』に家を三つも養うなど無駄の極みだ」

「――まさか殿は田安を潰しておしまいになりたいのですか？」と三浦が口を挟む。

「そもそも御三家もあるのだぞ。なにゆえ御三卿がいるのだ」

「幕府は倹約令をしいております。御三卿までをも倹約しようとする父上は『忠義』者の極みとも言えるかもしれませぬな」

苛立っている父に反して、この息子は冷静かつ従順だ。意次はふっと笑みを漏らした。

「我が家の跡取りは頼もしいことよ。よし。意知、やるぞ」


千代田でどす黒い陰謀が渦巻いていたその頃、吉原の駿河屋では――。

「女郎の錦絵を？」

にゃあ、と猫の鳴き声が返ってくる。蔦重は親父たちの猫自慢の会に呼びつけられていた。

「おぅ。『一目千本』はよかったが、まぁ、人出ってのは引いてくもんだ。早めに次のうまい餌を撒いちゃどうかにゃってことで」

大文字屋の腕の中で三毛猫がゴロゴロ喉を鳴らす。その錦絵を蔦重にやれと言うのだ。

「にゃって……」と言いつつ駿河屋のほうをうかがうと、愛猫の蚤取りに全神経を集中している。

仕方なくまた親父たちに向き直ると、すでに自分の猫自慢に夢中である。

「しかし錦絵ってのは墨摺とは比べものにならぬほど金がかかるそうなのですよ」

一番大事なことをスッ飛ばして押しつけられたんじゃたまらない。

「そのかかりは親父様たちが負ってくださると考えてよいのでしょうか！」

声を張り上げると親父たちはやっとこさ振り向き、「んにゃもんは任しとけ！」「大船に乗った気でいにゃ！」と真面目なんだかふざけてんだか。

「まことですね！　信じてよいのですね！」

「猫に二言はにゃあぁぁあああ」

扇屋が猫に見得を切らせ、親父たちが大喜びで手を打つ。

どうにも不安で仕方ない。蔦重は駿河屋にそっと近づいた。

「あの、親父様。この話、進めていいと思われますか」

「俺に頼んのか。こんにゃ時だけ」と蚤を取りながらニヤリとする。

いつまでもネチネチと……蔦重は息を吸い、親父たちに半ばヤケクソで言い放った。

「分かりました……この話、やらせてもらいにゃすぜ！」


——と啖呵を切ったまではよかったが、蔦重は松葉屋の一角であちこちの女郎たちからつるし上げを食った。

「あんたわっちらにどれだけ入銀させせりゃあ済むのさ」

「こちとら、あんたがなんかする度に都合してばっかいられないってんだよ！」

常磐木、志津山、玉川、亀菊、勝山、嬉野、みな花魁にあるまじき阿修羅の形相だ。相棒の唐丸はいつものごとく道連れ、花の井と松の井は親父と女将の目につかないよう辺りを見張っている。

「わっちらはねぇ、旦那に頼まなきゃいけないものが山ほどあんだよ。着物、小間物、布団に家具調度。揚代二倍の紋日《もんび》の支度」

紋日とは五節句など市井の行事に加え、吉原独得の行事を加えた祝日である。紋日に客のつかない女郎は倍になる揚代を自分で払わなければならない決まりで、なんとしても馴染み客に来てもらわねばならないのだ。

「あんたの入銀までいちいち面倒見てられないって話なんだよ！」

ほかの見世の女郎たちは、松葉屋の二人に権高な会釈をくれて帰っていった。花魁たちの気位の高さときたら富士の御山もビックリだ。

「……花魁、俺ゃ話がまったく見えねぇんだけど」

花の井によると、次は蔦重が錦絵を出すから入銀しろと親父たちから話があったという。

「しかも此度は一人五両」

「五両？　五両なんてかかんねぇぞ！」

「自分たちが中抜きする分も入ってるってことだろ」。花の井は、さもありなん、といった顔。

「とにかく、女郎は打ち出の小槌ではありんせん。やるならやるで、わっちらにお鉢が回ってこないような工面の手を考えておくんなんし」

松の井にもしっかり釘を刺され、錦絵に着手するまえから蔦重は途方に暮れてしまった。


「そりゃお前が腹くくって借金するしかねぇんじゃねえの？　ドーンと売り上げて返す」

蔦屋の軒先で蕎麦を食べながら、次郎兵衛は簡単に言ってくれる。

「借金はなぁ……」と気重なため息をつく蔦重に、唐丸が不思議そうに聞く。

「花魁たち『五両くらい』出せないの？　だって、花魁って一晩十両、もっと稼ぐんだよね」

「そりゃ客の支払う値さ。そっから食い物、酒、芸者、師匠方、茶屋の手引き代、見世の取り分を引かれたら花魁にはたいして残らねぇ。で、それもそのまま見世にしてる借金の返済に持ってかれんのさ」

「え！　花魁って見世に借金あるの？」

「さっき言ってたろ。着物、小間物、布団に家具調度、旦那に頼むって。あれ頼めなかったら見世に借金して自前になんだよ。飯代風呂代髪結代も付けられるし。禿《かむろ》っていんだろ？　あれの着物、小遣い、稽古事、一人前のお披露目まで一切合切、花魁が工面するしきたりでよ」

「稼いでも稼いでも金が出ていくのが花魁さ」と次郎兵衛。

原則は「年季十年、二十七歳まで」だが、年季明けまでキッチリつとめても借金が残っている女郎などザラで、朝顔のように最下層の河岸見世などで働かざるをえなくなる。

唐丸は「地獄のようだね、女郎屋の仕組みって」と気の毒そうにため息をついた。

「まぁ、だから忘八ってんだよ」

女郎から風呂番まで多くの奉公人を抱え、毎夜さまざまな客に対応する。女郎屋主人は優れた経営管理能力を備えながら、女郎の膏血を絞り取る冷酷非情さを持ち合わせていなければ務まらない商売なのであった。

その日、蔦重は仕入れのため大伝馬町の鱗形屋に来ていた。

鱗形屋は蔦重を見るとパッと明るい顔になり、「おぅ、見たぜ『一目千本』」とニヤリとする。

「あ！　ご覧になって。こりゃお恥ずかしい」

「いやいや見上げたもんだよ屋根屋の褌。評判もよかったそうじゃねえか。……しかしま、俺にも一言欲しかったな」

顔は笑っているが、少々機嫌を損ねてしまったらしい。

「……これはすいません。吉原の内々《うちうち》の摺物ですし、ご相談するまでもないものかと」

「遠慮しねぇで言ってくれよ。力になれることもあると思うし」

「……じゃあ、あの。錦絵をタダで作る手ってな、ねぇもんですかね。吉原で女郎の絵を作ろうってなってんですが、金がどうにも」

「んなもん女郎から入銀させればいいんじゃねぇか？」

「それはできれば避けてぇんですよ」

「となると、俺がおめぇにやれんのはてめぇの金玉くれぇだねぇ」

江戸っ子らしい冗談に蔦重は噴き出し、「いや、忘れてください」と荷造りに戻った。

鱗形屋の顔からスッと笑みが消え、観察するような目を蔦重に向けた。『一目千本』で特筆すべきは、通人の間で流行している挿花を題材にした目のつけ所だ。繊細で優美な北尾重政の画《え》と相まって、雅《みやび》で格調高い吉原を演出している。吉原の貸本屋にしては見所があると思ってはいたが……ぐんぐん伸びるという蔦の芽は、早いうち摘むに限る。


帰り道、蔦重が思案しながら歩いていると、後ろから「蔦重じゃねえか」と声をかけられた。

平賀源内だ。炭売りの時とは違い、きちんとした装いで腰には刀も帯びている。

「源内先生！　どうしたんですか！　今日は見るからに平賀源内じゃねえですか！」

「ちょいと本屋に用事があったからよ」

夜見世までまだ間があるので、源内についていくことにした。隅田川に架かる両国橋の西詰にある広小路を連れだって歩く。防火用の空き地として設けられた両国広小路には見世物小屋や水茶屋などが立ち並び、屋台や物売りのほか、大道芸人も多く集まっていた。裸で踊る願人坊主、手品を披露する芥子の助、「角力とろん」や高野行人。多様な芸に蔦重はつい目を取られてしまう。

源内はこのへんに住んでいるのだろうか。

「いや。ここんとこはほとんど山だからよ。こっちにいる時は湯島、新之助んとこに厄介になってることが多いかね。あ、そうだこれ読んだか？　俺の新しいの」と懐から本を取り出す。

「『放屁論《へっぴりろん》』！　読んでねぇわけがありますかね」

『放屁論』は屁を自在に操る曲屁芸人・花咲男の見聞記で、貸本でも奪い合いの大人気。読んだ者はみな花咲男の屁っこき芸を見てみたいと口を揃える。

ふいに源内が足を止め、「それ、ここよ」と近くの見世物小屋を指差した。

「おぉっ！　ほんとだ！　花咲男！」

『花咲男』と書かれた幟の下に人々が列をなしている。押すな押すなの大盛況だ。

蔦重が源内に目を戻すと、心ここにあらずといったふうに一人の女を目で追っている。兎の尻尾のような髷《まげ》を結ったその女は、やがて人混みに消えていった。

「お知り合いで？」

「いや、あ、路考髷《ろこうまげ》まだいんなってて」

路考というのは二代目瀬川菊之丞の俳号、今のニックネームのようなものである。

「菊之丞さんが舞台でやって、若い娘が飛びついたんでしたっけ」

「おうよ。路考髷、路考結び、あいつのやるこたなんでも流行ってよう、路考茶色の着物もよ。あれで呉服屋は大儲けしたんだ」

化粧、髪型、衣装。江戸の流行を作っているのは歌舞伎役者と吉原の女郎たちで、江戸っ子たちはこぞって真似をする。役者と女郎は呉服屋にとって最大の得意先だ。

「……これだ」。蔦重はハタと立ち止まった。

「すいません。俺ちょいと。また！　あ！　先生、あなた様、やっぱ、天下一の才です！」

吉原方面へ駆けだしながら源内に両手を合わせて拝み、風のように去っていく。

まぁねぇ、と源内は独り言の相づちを打ち、なぜか人待ち顔でその場に残った。

しばらくすると、浪人笠をかぶった若い男が源内の前に現れた。

「……これはこれは、意知様御自らとは」

「この手のことは、知る者は少なければ少ないほど良いと父が申しておりました」

意知がおもむろに風呂敷包みを差し出す。源内は企み顔でニヤリとした。


呉服屋に入銀させて、女郎の錦絵を出す。

蔦重は親父たちに集まってもらい、源内の話から閃いたこの妙案を自信満々で披露した。

「絵にする女郎に呉服屋の売り込みたい着物を着させるんです。そうすれば、呉服屋の着物の売り込みにもなる。だったらこの際、呉服屋から入銀をさせ、吉原はビタ一文払わねえ、この形で作っちまえないかって話です」

一も二もなく賛成すると思っていたのに、親父たちは渋い顔で膝を突き合わせ、何やらゴソゴソと相談を始めた。少しして大文字屋が顔だけ蔦重に振り返り、

「おい、錦絵作るのに、一枚ざっと何両だったっけ？」と聞く。

「絵師、彫、摺込みで、絵柄一枚あたり一、二両で二百枚は摺れます」

再びゴソゴソと話し合う親父たち。やがて話がついたらしく、大文字屋が蔦重に向き直った。

「重三！　じゃ呉服屋の座敷があったら声かけてやっから、お前、話つけて回れ」

「え？　お、俺が話つけるんですかい？」

「てめぇ、俺らにこれ以上働けってのかよ！」

思わず「いつ働いたんだよ」とボソリ。地獄耳の大文字屋が「あぁ？」と目を剝く。

「いえ、俺がやります！　やらせてもらいますぜ！」。もはや条件反射である。

吉原のためと自分に言い聞かせ、蔦重は翌日から呉服屋が訪れる吉原じゅうの座敷を飛び回った。


さて、ここに平沢常富《ひらさわつねまさ》なる藩士がいる。秋田藩の江戸留守居役で、若い頃から吉原通いを重ね、自ら「宝暦の色男」を名乗るまぁまぁべらぼうなこの男。のちに蔦重と深い関わりを持つことになるのだが、今はまだお互い顔も知らぬ間柄、今夜も駿河屋の前ですれ違ったが、平沢は目当ての女郎屋へ、思案に暮れる蔦重の目は地面の少し先を見つめていた。

蔦重がふと顔を上げると、駿河屋が店仕舞いをしている。立ち止まってじいっと見つめていると、駿河屋が気づいて怪訝な顔をした。

「……あの、親父様。頼ってもよいですか」。返事がないので承諾と取る。

「呉服屋が乗ってきてくんないんでさ。大店からすりゃ、三両なんて屁みたいな話だと思うんですが」

「名の通った女郎はいねぇからじゃねえか。菊之丞だから流行るんであって、どこの誰か分かんねぇ女郎に着物着せてもな」

目から鱗である。湯女《ゆな》からかつて最高位の称号であった太夫《たゆう》に登り詰めた伝説の遊女・勝山とはいかないまでも、残念ながら今の吉原に名の知れた女郎はいない。

「お前に名がねぇのもな。吉原のケチな摺物屋がまともな錦絵をあげてくるなんて思うか？」

「……あめぇってことですね。俺ぁ、まだまだ」

蔦重がガックリ肩を落とした時、「もし！」と声をかけてくる者がいた。

「西村屋の旦那様！」

西村屋与八。鱗形屋と同じ地本問屋で、錦絵で有名な遣り手の板元である。

「おや、あたしのことは知ってたかい？」

「西村屋を知らない貸本屋がありますかね！　手代の忠七さんにはいつも世話になっております！」

蔦屋でも、わずかだが仕入れをさせてもらっていた。

「大文字屋で錦絵の話を耳にしてね。一枚噛ませてもらえないかと思ってさ」

蔦重の喉がゴクリと鳴る。「噛む、と、おっしゃいますと？」

「お前さん、錦絵はどのように捌くつもりだい？」

「呉服屋の店先と吉原の内でと考えておりますが」

「そこにあたしらも加えてみるってのはどうだい？　望むならほかの本屋との取引も取り計らうこともできるよ。ちょいと聞いただけだけど、これは諦めるには惜しい話だよ」

「……ぜひ。ぜひ、お願いします！」

降って湧いたような僥倖に蔦重は舞い上がった。西村屋の参加は効果絶大で、呉服屋たちは五両に値を上げたにもかかわらず入銀を快諾。あっという間に話がまとまったのであった。

さらに西村屋の計らいで、絵師は美人絵を得意とする礒田湖龍斎《いそだこりゅうさい》に決まった。

「ところで蔦重、板元印は『蔦屋重三郎』でいくのかい？」

「板元印？」と首をひねる蔦重に、西村屋は錦絵を一枚手に取り、自らの印章を示した。

板元印は誰が出版したのかを示すためのもので、西村屋の場合は「永寿堂」の堂号と山形に三つ巴紋の意匠が入っている。

「良い印ですねぇ。洒落ているのに風格もあって」

「この際、お前さんも板元印を考えてみてはどうだい？　これだけの錦絵を出しゃ、もうお前さんは立派な板元だよ」

「そっか。俺、板元ですか……」

改めて口にすると、じわじわと喜びが湧き上がってきた。


「……これに色や模様がつくんだねぇ」

蔦重が持ち帰った礒田湖龍斎の下絵を並べ、唐丸はうっとりとそれを眺めている。

「んじゃ、ちょいと店番頼むな。夜見世には間に合うように帰れると思うから」

出かける仕度をしながら声をかけるも、唐丸は絵に目を奪われたまま、こっちを見もしない。

「絵、そこのそれに戻しといてくれよ」と下絵を入れてきた布の袋を指す。

やはり返事はなく、唐丸は絵に魂まで持っていかれた体《てい》である。

吉原から湯島まではほんの一里、蔦重は半刻足らずで源内が居候している新之助の長屋に到着した。どうも新之助は武家の家筋らしい。なぜ炭売りをしながら長屋暮らしなぞしているのだろうか。ただの酔狂とも思えないが……。

「んじゃ、その子には絵でもやらせてみたらどうだ？」

唐丸のことを聞いた源内は、「なんなら俺が教えてやろうか？」とまで言う。

「源内先生、絵もやるんですか？」

二人が話している後ろで、新之助は机の上の書類やら道具やらを風呂敷にしまい込んだりして、やけにばたついている。蔦重が気になって見ていると、源内が気を引くように声を張り上げた。

「ああー。どこいったかなぁ！　確かここらへんにあったんだけど。あった！」

そう言うと、蔦重に一冊の本を差し出した。

「『解体新書』！　これ、めちゃくちゃ高いし買えないやつじゃ！」

蘭学医の杉田玄白、前野良沢らが翻訳した日本初の西洋医学書である。

「もらったのよ。これ描いたやつに絵を教えたの俺だから」

西洋の画風を取り入れた挿絵を担当したのは、秋田藩お抱えの侍絵師・小田野直武《おだのなおたけ》。源内が秋田に銅山の視察に行った折、宿で直武の屛風絵を見て才能を見いだしたという。

「で、今日は何用よ」

「へぇ。実は、今度錦絵を出すことになったんですが」

「おおっ！　てぇしたもんじゃねぇか！」

「おかげさまで。で、一つ、俺の板元としての名前を考えてくれませんか」

「板元としての名？　堂号ってことかい？」

源内は「堂号、堂号ね」と舌を上唇に押し当て黙り込んだ。腕を組み、目を閉じる。

「……源内先生？」

居眠りしているのかと思いきや、源内はパッと目を見開き、やにわに筆を摑んだ。


「すげぇ名もらっちゃったなぁ……」

紙片に書かれた名前をためつすがめつ蔦屋に戻ってくると、次郎兵衛と唐丸が客の対応で大わらわになっていた。慌てて駆けつけ、客の荷物を受け取って中に入る。すると、投げ入れ花の花器が倒れていた。我が物顔で部屋を歩き回っている駿河屋の愛猫が倒したようだ。

「おぅ、こりゃいけねぇ」

急いで片づけようとした蔦重はギョッとなった。倒れた花の下に敷いてあるのは、下絵用の布の袋ではないか。しかも多分に水を吸っている――！

次の瞬間、五十間道に蔦重の絶叫が響き渡った。

水で濡れた下絵の線は滲み、全体が波打っている。横一列に干したそれを、蔦重は呆然と見つめていた。

猫を抱いた次郎兵衛が、「敷物だと思ったんだよ」とすまなそうな上目遣いで言う。

「分かりました」。小さな声で答えるのが精いっぱい。

「文句は親父に言ってよ！　親父が猫、置いてったんだから！」

「分かりましたって！」

その時、唐丸がおずおずと話に入ってきた。

「……蔦重。試しにおいらに直させてもらってもいい？」

唐丸は紙と筆を用意すると、滲んだ下絵をじっと見つめ、やおら絵を描き始めた。どうやら、同じものを描こうとしているらしい。

「そんなのお前に描けるわけないだろ」と次郎兵衛。

「いいよ、唐丸。もう一度頼んでみっから」

蔦重も止めたが、集中して描き進める唐丸の絵は、礒田湖龍斎の線を正確に写しとっているようにも見える。二人が黙って見守っていると、やがて絵が出来上がった。

「これじゃ、ダメかなぁ」

判断できない次郎兵衛が「ど、どうなの？」と蔦重に聞く。

「……俺には、元の絵にしか見えねぇです」

唐丸の絵を凝視したまま、蔦重は半ば放心したように言った。

「お前、なんでこんなことできんの？　絵、習ってたのか？　昔」

次郎兵衛に問い詰められた唐丸が、「どうなんだろ。つくづく見てたから。なんとなく覚えてて、それで」と、しどろもどろに言い訳を始めた時――。

「お前はとんでもねぇ絵師になる！」

感極まった蔦重がいきなり唐丸を抱き締めた。

「間違いなくなる！　いや、俺が当代一の絵師にしてやる！」

「……おいら、絵師になるの？」

唐丸の声が震えている。蔦重が慌てて体を離すと、唐丸は目に涙を浮かべていた。

「すまねぇ、勝手に決めつけて。んなこと押し付けられたくねぇよな」

「違うの。嬉しくて……。おいらそんなこと言われたの初めてだから」

――「初めて」。唐丸の言葉が引っかかる。二文字屋で唐丸が「こういうとこ慣れてる」と言った時と同じ違和感だ。

ともあれ、唐丸が下絵をすべて描き直し、上がってきた試し摺りの出来も申し分なかった。西村屋と湖龍斎も仕上がりに満足し、唐丸のおかげで窮地を脱した蔦重はホッと胸を撫で下ろしたのだった。


田沼邸の一室。厚い文書の中のある頁を確認していた意次は、感嘆のため息を漏らした。

「これは。まるで初手《はな》からここにこうあったとしか思えぬ」

「源内殿はいったいどうやってこのような細工を」。三浦も信じられぬ、という顔。

「あまり詳しいことは教えてもらえませんでしたが、使う文字を文書の中からできるだけ拾い出し似せ、墨の色を合わせ、紙に圧を加えたりなどして馴染むようにしたと」

意知が説明する。蔦重の目に触れぬよう、新之助が風呂敷にしまい込んでいたものだ。

「あの、しかし、賢丸様がこの文書をすでにお読みになってるなんてことございませんか？」

改変に気づくのではと三浦が心配する。しかし意次は余裕の笑みを浮かべて言った。

「この吉宗公の文書は書庫より借り出したのだが、厚く埃を被っておってな。『吉宗公吉宗公』と崇め奉るが、実のところお手ずからの文書にすら目を通しておらぬと言うことよ。皆もあの小僧もな」

準備が整うと、意次はすぐさま行動に出た。

江戸城の一室で、武元同席のもと賢丸と差し向かう。近くには稲葉正明も控えている。

「田安・一橋の両家は継ぐ者がない仕儀となれば、そのまま当主を置かず、お家断絶とすること」

賢丸は愕然とした。意次に示された頁にはっきりとそう書いてある。

「その昔、吉宗公が田安家・一橋家をお創りになったは、先代家重公のお体が心許なく、徳川の行く末を案じられてのこと。しかし、このこと家重公にはおもしろうない。ご機嫌を損ねられましてな。吉宗公自らが『あくまで一時の措置』と家重公にお話にいらしたことがあったのです」

だが吉宗は孫の家治に英才教育を施し、家重の将軍就任中も大御所として実権を握り続けた。

「然様な出来事、それがしにはまったく覚えがござらぬが！」

異を唱える白眉毛、意次は冷ややかに見やる。

「すべて本丸での出来事。西の丸にいらした右近将監様のお耳には入らなかったかと」

武元はムッとして黙り込んだ。当時武元は吉宗の西の丸老中で、幕政には関与せず、西の丸に住む大御所や後継者の家政を総括していたのである。

「念のためとこの度調べさせましたところ、斯様《かよう》な文書が残されておったのでございます。ちなみに賢丸様はこの文書をお手に取られたことは」

「近々見ねばと思うておった……」と心持ち顔を伏せる。

「実は上様もご存知なかったそうにございます。しかしながら、上様としては『知らぬは己の落ち度』、賢丸様があくまで田安に戻ることをお望みであれば、約束は守ると仰せです」

「……では」と安堵して顔を上げた賢丸に、意次が畳みかけた。

「あとは賢丸様次第です。賢丸様は、心服してやまない吉宗公のお定めを蔑《ないがし》ろにしてでも田安家にお戻りになりますか？　ということにございます」

賢丸の顔色が変わる。返事は急ぎませぬからと、意次は稲葉を連れ悠々と去っていった。

「あの者の言葉などお気になさらず！　上様もお構いないと仰せられるのですから、堂々とお戻りになればよろしうござる」

怒りで青ざめている賢丸を、武元が懸命に慰撫する。

「けれど、然様なことをすれば後ろ指をさされよう。賢丸は吉宗公吉宗公と申すくせに、己の都合で蔑ろにする二枚舌よと……。とても、耐えられぬ……」

賢丸の握った拳がぶるぶると震えだした。

「手玉に取られるとはこういうことか。つけ込まれ、追い込まれ……なにゆえ、足軽上がりにこごまで愚弄されねばならぬ！」

叫ぶなり脇差に手をかけ、意次を追おうとする。

「堪えてくださいませ！　賢丸様！　どうか！　どうか」

武元にすがりつかれ、賢丸はすんでのところで思いとどまった。

「……今に見ておれ！　田沼！」

いつか必ず倍にして借りを返してやる。その目から、悔やし涙がぽたりと流れ落ちた。

蔦重は、錦絵に入った「耕書堂《こうしょどう》」の印を感慨深く見つめていた。

この堂号を考えてくれた源内は、蔦重にこう言った。

――お前さんはさ、これから板元として、書をもって世を耕し、この日の本をもっともっと豊かな国にすんだよ。

それを聞いた蔦重がどれだけ感激したか、そしてどれほど気を引き締めたか――。

「では、行ってまいります！」

「行っといで！　耕書堂！」

次郎兵衛と唐丸に送り出され、錦絵の見本の入った包みを抱えた蔦重は意気揚々と大門を潜った。

駿河屋の二階の座敷には、入銀した呉服屋の主人たちと吉原の親父たちが顔を揃えていた。

蔦重も話の輪に加わって談笑する。あとは西村屋の到着を待つのみだ。

間もなく西村屋が、続いてなぜか鱗形屋が、さらにもう一人、意外な人物が入ってきた。

驚いている蔦重に、「どうも、すまないね、急に」と西村屋が気まずそうに謝る。

「いきなりのお訪ね失礼いたします。私、地本問屋の鱗形屋孫兵衛と申します」

「同じく鶴屋喜右衛門《つるやきえもん》にございます」

鶴屋は鱗形屋と並ぶ大きな板元だ。京都の書物問屋が本家というだけあって、童顔の喜右衛門は物腰柔らか。呉服屋仲間にも顔が売れているようで、親しく会釈など交わしている。今回の錦絵とは無関係の二人が、なぜこの場に現れたのだろうか。

「皆様に少々ご相談したき儀がありお邪魔いたしました。まずはどうぞお進めくださいませ」

鱗形屋の「相談したき儀」とは……蔦重は訝りながらも、とりあえず一同に向き直った。

「では、皆様、お改めくださいませ」

見本摺りが披露されると、一同は皆その美しさに感嘆した。

「なんと鮮やかな！」「花魁も美しうございますが、着物も斯様に見事に」「これは人目を引きましょうな！」等々、呉服屋たちから賞賛の声があがる。

「お気に召していただき心の荷が降りました。今後は『雛形若菜初模様《ひながたわかなのはつもよう》』と銘打ち、西村屋さんと共に作を連ねていくつもりにございます」

雛形とは見本帳のことで、若菜の初模様とは正月に初めて着る着物のことだ。つまり女郎に新作の着物を着せたファッションカタログのようなものである。

蔦重が挨拶を終えた、次の瞬間――。

「皆様、今後はこの『雛形若菜』、手前の一人の板元とさせていただけませんでしょうか！」

西村屋の大声が響いた。あまりに突飛な話で、蔦重と吉原の親父たちはあ然とした。呉服屋一同は困惑して顔を見合わせている。表情を変えないのは、鱗形屋と鶴屋の二人だけだ。

「すまない。蔦重、私、『定《さだめ》』を軽く見てたんだよ！」

西村屋は蔦重にガバッと頭を下げた。なんの話だか、蔦重は混乱するばかりだ。

「あの、おっしゃってる意味がよく」

説明を求めると、満を持したように鱗形屋が口を開いた。

「市中では、地本問屋の仲間のうちで認められた者しか『板元』はやってはならぬ『定』になってなってな」

蔦重が鱗形屋の細見をしていることに関しては、「改」は良いが、「板元」つまり発行人となることはまかりならぬと、錦絵に入った「耕書堂」の板元印に不快そうな眼差しを向ける。

「『改』はいいが『板元』は駄目——蔦重も親父たちも今一つ仕組みが呑み込めない。

「じゃあ、じゃあ『一目千本』はどうなんだい！」

「そうだ、あん時は何も言われなかったぞ！」

騒ぎ立てる大文字屋たちに、今度は鶴屋が穏やかに説明する。

「あれは吉原の内での配り物でしょう。そのようなものはどうぞお好きにおやりください。ただその本を市中で本屋、絵草紙屋などで売り広めろと言われたら、それはできかねるんです」

「……私の作った本は、市中には売り広めができぬということですか？」

まさかと思いつつ蔦重が問うと、鶴屋は「そうです」とあっさり肯定した。

「私ども板元をやります地本問屋は、お互いの作った本や絵をお互いの店で売り合い、売り広めております。それは前もって認められている仲間の本屋だけで成り立っている。つまり、仲間のうちに入っていないあなたが板元となっているこの絵は扱うわけにはいかぬ、と、こういう理屈になるのでございます」

「けど、これには西村屋さんも入っているわけで。西村屋さんは認められた仲間の内でいらっしゃいますよね？」

「だから、その、手前一人なら売り広めができるということでね」

西村屋も悔しそうで恨む気にはなれなかったが、話が見えてくると親父一同は次第にざわつき始めた。呉服屋たちの蔦重を見る目も心なしか冷たくなる。

「では、ではこれを機に、私をそのお仲間の内に認めてもらうことはできませぬか？　私はこれからも本屋をやっていきたいと思っておりますし！」

蔦重は食い下がったが、仲間だけに限っているのは共倒れを防ぐためだと、鶴屋はまた蔦重の理解できないことを言う。

「本屋の数、本の数が増え過ぎてはどこの本も売れぬようになる。かつて江戸の地本は然様な苦境に陥ったことがあり、故にこの『定』ができたのです。そこはお分かりいただきたく」

「では、あとから来た奴は決して『板元』にはなれねえってことになりませんか？」

「はい。耕書堂さんが板元になることは、今後もまずございませんかと」

蔦重は絶句した。そんな理不尽があるもんか。けれど喉がつかえて言葉が出てこない。

「ま、つまるところ、お前さえ手を引きゃ、みんな丸く収まるってこった」

大文字屋は薄情にも蔦重を切り捨てた。松葉屋やほかの女郎屋の親父たちもおんなじで、呉服屋連中は明らかにホッとしている。こいつらも忘八とご同類、人でなしの金の亡者だ。

「……ふざけんじゃねえ！　やったのみんな俺じゃねえか！　考えたのも走り回ったのも！　その俺が、なんで俺だけ外れなきゃいけねえんです？　そんなおかしな話ありますかい！」

「吉原のためだ」

この騒動を、そして蔦重を黙って見守っていた駿河屋が初めて口を開いた。

「錦絵が広く出回ることが、吉原のためだ」

それを言われたら、蔦重はもう黙るしかない。グッと拳を握り、歯を食いしばって頭を下げる。

「皆様、吉原のため、どうか良いものに仕上げてくだせぇ！　……では！」

蔦重は立ち上がって座敷を出た。腹が立って腹が立って悔し涙も出やしない。

「……何が吉原のためだよ……忘八が。手のひら返しやがって……よってたかって梯子外しやがって……やってられっか……やってられっか、べらぼうめっ！」

蔦重は怒りに任せてズンズンと大門を出ていった。


その夜、鱗形屋の一室では――。

「お前さん、いっそ中村座にでも入ったらどうだ」

「鱗形屋さんこそ。芝居がお上手で」

鱗形屋と西村屋が、火鉢を囲んで祝杯をあげていた。

「いや、ほんとさ、声をかけられた時はここまで大化けする話とは思わなかったよ」

西村屋はホクホク顔、鱗形屋の懐にも西村屋から謝礼金が転がり込む手筈になっている。

「けど、鱗形屋さんはこの先、蔦重をどうするつもりなんだい？　あんなに怒らせちまって」

鱗形屋は、部屋に置いてあった『一目千本』を見やった。目端の利く貸本屋をそれなりに可愛がってきたが、『書肆　蔦屋重三郎』の文字を見た瞬間から、それは暗い情念に変化していった。

「……俺はさ、あいつごと吉原を丸抱えにしたいのよ」

火鉢の中で、火を籠らせた炭が繋がった。

自分にはない才能への嫉妬なのか恐れなのか――。

第五章　蔦に唐丸因果の蔓

「そもそも『仲間』に入ってなきゃ商いできないなんて、当たり前のことじゃないか。そこ見落とすなんてトンチキもいいとこさ」

貸本を物色していた花の井が呆れ顔で言う。あれ以来、蔦重はずーっと仏頂面なのだ。

この時代にはそれぞれ同業者が集まって作る「株仲間」という制度があり、「株」を持たない者はその商いができない仕組みになっていたのである。

「どうせ俺ぁトンチキのべらぼうだよ」

「ふくれちゃってさぁ、別に板元でなくたって本は作れんだろ？　市中の本屋で取り扱いしてもらえないだけで」

「けど、ずるいじゃねえか。あとから来た奴は入れてやんねぇとか」

世の中たいていそんなモンだと、二親に捨てられ、苦界に沈んだ女郎は達観している。

「あんただって、吉原以外取り締まれって言いにいったじゃないか」

「――そ、そ、そこはそうだけどよっ！」

花の井に痛いところをつかれて焦っていると、松葉屋が来て蔦重に紙を差し出した。

「これ、次で改めてくんな。若むらさきが突出し《つきだ》(振袖新造が初めて客をとること)んなるから」

改――。蔦重はまたムウッとなる。鱗形屋の顔なんぞ生生世世《しょうじょうせぜ》見たくもない。

「旦那様、おいらやっときます!」

唐丸が気を利かせて紙を受け取り、鱗形屋に届ける仕事も引き受けた。何しろ蔦重、三角形を見るだけで不機嫌になる。鱗形屋の板元印が▲を三つ組み合わせた三つ鱗だからだ。

唐丸が手直しした細見は丁寧で美しく、鱗形屋はホウと感心した。

「あいつの直しより見やすいな。ところであいつぁまだ拗ねてんのか」

「ブスブス熾火《おきび》みてぇになってます」

鱗形屋から蔦重への文を預かり、帰り道を急ぐ。もう少ししたら縁起棚の鈴がジャラジャラと鳴らされ、女郎たちが張見世に出る。遊び人の次郎兵衛と機嫌の悪い蔦重では店が心配だ。

「よぉ。久しぶりだな」

突然、脇道から浪人風の男が現れた。顔には向こう傷。どう見ても堅気の人間ではない。

「ど、どなたさまで。おいら、何も覚えてないもんで」

「へぇ、じゃあ、教えてやろっか。お前がどこの誰で、あの日何をしたか」

唐丸はとっさに駆けだしたが、すぐに腕を捕まれてしまった。

「つれねぇことすんなよ。俺とおめぇの仲じゃねぇか」

蛇のような男の目がぬるりと光る。唐丸は恐怖ですくみ上がった。


蔦重が手に持った紙片をボーッと見ていると、いつの間にか唐丸が帰ってきていた。

「お。お使い、ありがとな」

「蔦重、あのさ、鱗の旦那さんから文を預かったんだけど」

「……そのへん、置いといてくれ。落ち着いたら読むから」

「あ、うん」

普段なら、唐丸の様子がおかしいことに気づいただろう。心ここにあらずの蔦重は、再び手にしていた紙片——源内直筆の「耕書堂」の文字に目をやった。源内は「書をもって世を耕すんだ」と言ってくれた。なのに、耕す鍬さえ持てないことが残念でならなかった。


さて、その源内は、火災が起きた秩父の中津川鉱山に来ていた。商売仲間の煙草商・平秩東作《へづつとうさく》と二人、名主の家に集まった地元の出資者たちに取り囲まれている状況だ。

「もう、やめてぇんだい。鉄は。もう十年もあんたの言うとおりやってらい。けど、やってもやっても売りもんになんねぇクズしかできねぇ」

出資者たちの言い分も無理はない。作業場には屑鉄の山が出来ている。

「だから、こりゃふいごの吹き方がなってねぇんだって、このあいだ正しいやり方を」

「その正しいやり方とやらをやったら、このザマなんだんべ！」

働き手の村人たちは、火事で腕や顔に火傷や怪我を負っている。

「幸い死人は出てねぇけんど、もうここいらが潮時じゃって話んなってよう」

及び腰になっている出資者たちに、源内は前のめりになって説得する。

「潮時どころか今が踏ん張りどきじゃねえですか！　ここを越えりゃ、必ずいい鉄ができる！

そうすりゃ、ざぶんざぶんと小判の波が押し寄せる！　もう一踏ん張りです！　こうしてねぇ、めでたく災難も起こったことですし！」

「めでたく災難？」

「司馬遷の『史記』にもあるじゃねぇですか！　禍転じて福となす！　これでもう悪いことたぁ起きねぇ、この先はいいことばかりだ。はぁ、なんともめでてぇ話」

　源内流のとんでもない屁理屈である。憤った出資者の一人が源内を殴りつけた。

「怪我人出てんだい！　どうかしてんのかおめぇ！」

「どうかしてんのはそっちでしょう！　ここはろくに米もとれねえ、ほかに金を稼ぐタネが欲しいってんで始めた話でしょうが！　ここでやめて困っちまうのはこの人らでしょうが！」

　一触即発の状況を、東作はヒヤヒヤしながら見守っている。

「うるせえ金返《けえ》せ！」

「金？」

「とぼけんな！　おめぇが五年で十倍にしてみせるって集めた金だ！」

　源内はため息をつき、「あぁ、あのクソのことですか」と肩をすくめた。「みなさんねぇ、金なんてなクソみてぇなもんですよ。どこの世界にひり出したのに腹に戻るクソが……」

――いよいよまずい！　東作は大声で源内を遮った。

「分かりました！　分かりました！　ではこれから江戸に戻り金策をしてまいりますので！」

「返してどうすんだよ。そんな金！」とわめく源内には、「とりあえずです」と小声でささやく。

　そこへ、新たに数人の男たちがドヤドヤと入ってきた。

「源内来やがったってホントか？」

荒っぽそうな連中はまた別口の出資者集団で、すでに臨戦態勢である。

「船は買い取ってくれんだろうな！　テメェが鉄運ぶつったから船仕込んじまったんだべ！」

船主が中心の出資者集団は名主たちよりはるかに乱暴で、後ろからむんずと襟首を摑まれた東作が「ヒッ！」と情けない悲鳴をあげる。

「十日で俺たちの出した金、耳ぃ揃えて持ってきてくれい。逃げやがったらこいつが炉に放り込まれると思え！」

舌戦なら負けない源内も、人質をとられてしまってはお手上げであった。


翌日になってようやく蔦重が文を読んでいると、奥から次郎兵衛が銭箱を持ってやってきた。

「おや、隅に置けないね。誰からだい？」

「鱗の旦那からですよ。俺に鱗形屋のお抱えの『改』になれって話でさね。そうすりゃ、吉原で作った摺物をいつでも『鱗形屋』の本として市中に売り広めてやる。俺はどう逆立ちしたって、板元にゃなれねぇんだから、お互いのためにそうしねぇかって」

「良いんじゃねぇの？　どんどん売り広めてもらえんなら」

「けど、こりゃ俺がどれだけ骨折って本作ったとこで、板木はおのず鱗形屋のもんになるって話なんでさね」

誰が聞いたって不公平な話ではないか。すると次郎兵衛がちょっとからかうように、

「なんだぁ、重三、欲が出てきたって話かい」

「よ、欲？」

「そういうこったろ？　てめぇが骨折ったもん、タダでやるのが合点がいかねぇってんなら」

「……そっか」。蔦重はムスッとした。金だけの問題ではないが、執着には変わりない。

「まぁそうでさね。『板元』にこだわってんのは俺だけ。俺が欲張りってことなんでしょうね」

「おい。俺ゃ別にそれが悪ぃなんて言っちゃいねえよ」

次郎兵衛は苦笑しつつ、袂から鍵を出して銭箱を開けた。また花でも買いにいくのだろうか。

唐丸は軒先で本を並べながら、なぜかうかがうようにその様子を見ている。その時、後ろから「よう」と声がして、唐丸はギクリとして振り返った。顔に向こう傷のある、あの男だ。

「み、店には来ないでって。約束が違うじゃない」

小声で震えながら追い返そうとしたが、客と勘違いした蔦重が中から出てきた。

「いらっしゃいませ。旦那様。吉原は初めてで？」と愛想よく言いながら、すばやく男に目を走らせる。堅気でないのは明らかだ。

「唐丸、お前向こう行ってな」

「いいよ、蔦重、おいらがやる。次郎兵衛さんと大事な話してたんじゃないの？」

唐丸は無理やり笑顔を作り、「旦那様、どうぞ、こちらへ」と男を店の隅に連れていった。男は置いてあった貸本を手に取ったが、中を見る様子もなく、唐丸と何やらコソコソ話している。

どうも気になる。蔦重が遠目から二人を見ていると、ふいに「蔦重」と名前を呼ばれた。

「源内先生！　どうしたんです？」

源内が情けなさそうに立っていた。顔には殴られた痕、着物もヨレヨレだ。

「蔦重、助けてくれ」

「源内先生？　この人が平賀源内なの？」

次郎兵衛がダダダッと凄い勢いで駆けてきた。

「まず、何か食わしてくれ」

「行きましょう！　行きましょう、唐丸、ちょいと店番頼むよ」

次郎兵衛がいそいそと源内を向かいのつるべ蕎麦に連れていく。仕方なく蔦重もついていき、店は唐丸と向こう傷の男の二人きりになった。

「おい。今ならいけそうだぜ」

男が唐丸に目配せしてニヤリとする。その視線の先には、鍵が挿したままの銭箱があった。


蕎麦を食べながら源内の話を聞くと、秩父の鉱山で揉め事があったらしい。

「で、ちぃとその山の仕事がこじれちまって、金出してた奴らに返せって言われてんのよ」

「ちなみにおいくらなんです？　お金って」と次郎兵衛。

「たぶん、千両くらいじゃねぇかなー」

源内は事もなげに言うが、蔦重も次郎兵衛も蕎麦を喉に詰まらせそうになる。

「千両？　千両って、どうやって返すんですか！」

近くで聞いていた半次郎のギョロ目も飛び出そうだ。

「返せるわけねえじゃねえか。それに、そもそも返す義理もねえんだよ。山の仕事が一発当たりゃあ金出した奴らは大儲け。こりゃそういう博打《ばくち》な話なんだから」

「じゃあ、堂々と返さなきゃいいじゃないですか」と半次郎。

「それが相方が人質に……あ、そうだよ！　で、お前さんに助けてもらいにきたんだよ！」

源内は思い出したように蔦重のほうへ身を乗り出した。

「俺、金なんてありませんよ？」

源内はチチチと舌打ちし、「俺ぁ『鉄』を『炭』に切り替えてぇのよ」と言う。

鉄を精錬する時には大量に炭を使うので、炭焼きの竈はすでにある。だったら鉄ではなく、炭を作って売る話に変えてしまおう——ということらしい。

「なるほど！」「炭は必ず売れますしねぇ」。次郎兵衛と半次郎が口々に感心する。

「そうそう。でな、その炭を売り捌くための炭屋の株が欲しいのよ」

蔦重の動きがふと止まり、「……株を買って仲間に入る」と独り言のように呟く。

「ん？」

「いえ。あれ？　けど源内さん、炭売ってましたよね」

あれは相方の東作が炭焼き事業を始めたので、公儀御用の炭の余りを捌いていただけだという。

「さすがに山のように作って売るってなると、てめぇで株買って問屋やらねえといろいろ言われちまう」

よその問屋を通して捌いてもらうと、かなりの取り分を持っていかれてしまうらしい。

「ってなわけでさ、誰か炭屋の株売りたい人いない？　吉原でそんな話してる客いねぇか？」

「ちょいと親父たちに聞いてみましょうか」と次郎兵衛は早くも腰を上げている。

ともかく駿河屋の親父に相談してみようと、三人は連れだって蕎麦屋を出た。

吉原では三味線の清掻《すががき》が夜見世の合図だ。あちこちの見世で男たちが格子に群がり、大行灯に照らされた女郎たちの妖艶な姿に惑わされている。

各女郎屋からにぎやかに三味線の音が鳴り響くなか、蔦重はようやく蔦屋に戻ってきた。

鍵が挿しっぱなしの銭箱を見つけ、「ったくもう、不用心だな」と施錠して鍵を抜く。

唐丸がホッとしたように小さく息をついたが、蔦重は気づかない。

「平賀源内が来た！　ってなもんで親父様たちゃはしゃいじまって、鯛の味噌吸《みそず》に四方《よも》の赤、飲めや歌えやチンドンチンドンドン」

四方の赤とは日本橋にある酒屋の銘酒「滝水」のことだ。楽しそうに話す蔦重を、唐丸はもの言いたげにジッと見ている。

「ん？」

「ううん。なんだか声、明るくなったから」

「へへ。まぁ、うまくいったら言うよ」

やっといつもの調子が戻ってきた蔦重である。

その翌日、銭箱から金の入った袋を出した次郎兵衛はしきりに首をひねった。

「唐丸。重三、なんか高い本でも買いやがったか？　なんか軽い気がすんだよ」

蔦重は朝から源内と一緒に出かけてしまったので、確かめようがない。

「買ってないと思いますけど。次郎兵衛さん、何か買って忘れてません？」

次郎兵衛は「うーん？」と腕組みして考えている。心当たりがありすぎるらしい。

その時、店先に例の男が現れた。唐丸は平静を装い、「いらっしゃいませ」と表に出ていく。

「よぉ。博打ですっちまってさ。もっぺん頼むわ」

「……いい加減にしないとお奉行所に言うよ。あんた死罪になるよ」

男はフッと片方の口角を上げたが、向こう傷のせいで顔を歪めたようにしか見えない。

「おぉ、言ってみろ。俺はお前があの日何したか言うけどな。そうなりゃ、お前ももちろん死罪だし、お前を匿ってたかどで、蔦重や次郎兵衛も死罪・遠島、累が及ぶだろうなぁ」

蔦重や次郎兵衛まで――唐丸の全身から血の気が引いていく。

「とっくに詰んでんだよ、お前は」


唐丸にそんなことが起きていようとは露知らず、蔦重は源内と、大文字屋に紹介された薪炭問屋を訪ねていた。主人は借金を抱えて店ごと売り払いたい様子、三百両という高値をふっかけてくる。値切る源内と主人はしまいに借金自慢を始め、交渉は決裂となった。

「悪《わり》ぃね、ずいぶん長引いちまって」

「いえ。けど、源内さん。いつもこんなことやってんですか？　儲け話考えて人集めて金集めて。いちいちてぇ変じゃねえですか」

「仕方ないじゃない。俺には抱えてくれるお家もお役目もないんだから。てめぇで声張り上げて回らねえと、何一つ始まらねぇんだわ」

「けど、山の仕事は田沼様の政を支えるもんなんですよね。だったら田沼様にお役目もらうとか」

「それが出来りゃあいいんだけどよ」と源内は立ち止まってため息をつく。

源内は出身地である高松藩お控えの藩士でもあったが、職を辞した時に高松藩が源内に対し「仕官御構《おかま》い」の措置をとったため、幕臣への登用はもちろん他家への仕官ができなくなってしまったという。

「ケツの穴の小せえ話よ。けど、そんな小せえケツの穴に俺の壮大な逸物は収まりっこねぇわけでさ。とどのつまりはそういう話よ！」

源内は蚊の食うほどにもこたえていない。蔦重は笑ってしまった。

「ま、けど『自由』に生きるってのは、そうゆうもんでさ」と源内は再び歩きだす。

「世の中には人を縛るいろんな理屈があるわけじゃねえか。親とか、生まれとか、家、義理人情。けど、そんなものは顧みず、自らの思いに由《よ》ってのみ、『我が心のママ』に生きる。我儘に生きることを自由に生きるっていうのさ」

「我儘……」

「我儘を通してんだから、きついのは仕方ねぇよ」

「……あの、源内さん。俺もちょいと本屋の株を買ってみようかと考えてんです」

「本屋の株、お前さんがかい？」。源内はなぜか訝しげだ。

「ええ。誰かそういう話のできる人、教えてもらえませんか？」

源内の紹介でやってきたのは、日本橋にある須原屋《すわらや》である。

「本屋の株を買いたい。……お前さん、漢籍は読めんのかい？」

主人の須原屋市兵衛《いちべえ》が蔦重に聞く。柔和な面立ちの品のよい老人だが、源内をはじめ蘭学者の本を数多く手がけ、あの『解体新書』を刊行した革新的な板元だ。

「あ、違います。俺が欲しいのは書物問屋じゃなくて、地本問屋の株で」

この当時、本屋は二種類あった。絵草紙や手習本、錦絵など中身も見た目も柔らかい本を扱う鱗形屋のような地本問屋と、漢籍や医学など学術書、辞書や古典、中身も見た目も硬い本を扱う須原屋のような書物問屋である。

「地本さんは『株仲間』にはなってないよ」

源内が「そうですよねぇ」とうなずく。だからさっき、怪訝な顔をしたのだ。

「え！　でも『仲間内』でって、鶴屋さんとか『仲間仲間』って言ってましたけど」

「ウチみたいな『書物問屋』は株仲間になってるけど、あちらさんが言う『仲間』は、同じ商いやってる仲良しのお仲間って意味合いだよ」

「じゃ、じゃあ、株買って、仲間の内に入るってのは！」

「そのやり方はそもそも成り立ちようがないってことだね」

なんとまあ間抜けなオチ。源内はガックリしている蔦重に同情しつつも笑っている。

「なんかねぇですかねぇ。俺が板元になる手は」

「もう勝手になっちまえばいいんじゃねぇの？」と源内。

「けど、それじゃ取引してもらえねぇじゃねえですか」

「作るもんさえよけりゃ、あとはなんとかなんじゃねぇの？　俺、なんか書いてやろっか？」

「え！」

須原屋が「まぁまぁ」と二人の話に入ってくる。

「どこか本屋の奉公に入ることじゃねぇか。うちだって暖簾分けで出来た店だしよ」

それが大人の分別だということは、蔦重にも分かっちゃいるのだが……。


吉原に帰り着く頃には、すっかり夜も暮れていた。女郎屋帰りの「宝暦の色男」とすれ違うが、今夜もまだ二人の視線が合うことはない。

「おお！　やっと帰ってきた重三！」

次郎兵衛が両手を挙げて蔦重に駆け寄ってきた。

「すいやせん。留守ばかり」

趣味に全力を注ぐ放蕩者が、こんなに長時間店にいたのは初めてかもしれない。

「俺、もう帰っていい？　働きすぎて、おかしくなっちまいそうだよ。……あ、そうだ。お前、なんか高い本買った？」

「いえ。どうしたんですか？」

「いや、銭箱の金が減ってるような気がすんだよ」

ふと繕い物をしている唐丸が蔦重の目に入った。縫い終わったようだったのに、なぜかまた糸をほどいている。

「……いやぁそりゃあ、義兄さんがなんか買ったんじゃねえですか？」

蔦重が言うと、唐丸はホッとしたように手を止めてそそくさと立ち上がった。

夜四つ（午後十時頃）、大門が閉まる時間だ。実際には脇の袖門が開いているので客は深夜まで出入りができる。夜見世が終わる時間を引け四つと言い、清掻もやんでひっそりとなる。客が女郎と床入りしてしまえば引手茶屋の仕事は終わりで、あとは翌朝の迎えまで出番はない。

「あのよ、唐丸。俺、鱗形屋抱えの『改』になる話を受けることにした」

布団を敷きながら、蔦重は言った。

「……え！　なんで？」

地本問屋にはそもそも株がないこと、暖簾分けなら道がなくもないらしいことを話す。

「だったら『改』になって鱗の旦那に認めてもらって、暖簾分けしてもらうのが一番いいんじゃねぇかって。源内先生みてぇに我儘通して生きるほどの気概はねぇし。ま、ちぃと気が長ぇ話になっちまうけど」

「ううん。おいらもそれがいいと思う」

蔦重は両手を枕にしてゴロンと布団に寝転がった。唐丸も布団の上に腰を下ろす。

「あ、けど、お前のことは約束どおり、ちゃんと当代一の絵師にするからな」

「へ？」

「約束したじゃねえか。このあいだ」

海の物とも山の物ともつかぬ子供に、本気で義理を通そうとする。なぜ赤の他人のためにそこまで……唐丸は信じられないものを見るような目で蔦重を見た。

「実はもうちょいと考え始めてんだよ。まずな、お前の錦絵を作って鱗形屋から売り出すんだよ。初めはな、『亡き春信《はるのぶ》の再来』って『春信』の画風で花魁たちを描く。でな、次はおんなじ花魁たちを『湖龍斎』の画風で描くんだよ。その次は『重政《しげまさ》』風、ってな具合で続々と続けてさ」

「面白いね、それ！」

蔦重の着想を、唐丸が形にする。想像しただけで唐丸の胸はワクワクした。

「んなことやってりゃこの絵師は誰だって評判にもなる。そこでお前をドーンとお披露目さ！」

おいらを？　というように唐丸は自分を指差す。

「世の中ひっくり返るぜ！　なんだガキじゃねえかって！　で、お前は天下一の才だってどんどんどん人気になって、あれよあれよと言う間に当代一の絵師になるって寸法さ。でな、鱗の旦那もそれを見てさすがに思うわけよ。よしよし蔦重よく稼いだ。褒美に暖簾分けてやりましょう。チョ〜ンチョン！」

唐丸は「何それ。そんなうまくいくわけないじゃない！」と笑った。

「いーじゃねえか。どうせなら、目いっぱい楽しい話のほうがよ」

「そうだね……そうなるといいねぇ」

唐丸は微笑みながら目に涙を浮かべている。それがどんな涙なのか、蔦重には判断がつかない。

「……でな」と起き上がって布団の上に座り直し、ズバリ聞く。

「お前なんか隠してねえか？」

瞬間、唐丸の表情が固まった。

「困ってることがあんなら言ってくれ。悪いようにはしねぇし、力んなる。なんせお前は俺のでぇじな相方だ」

「……ないよ。悩みごとなんて」

「じゃなんで泣いてんだよ」

「蔦重がおかしなこと言うからだよ」

唐丸がそう言うのなら、無理には聞くまい。蔦重は唐丸の頭をぐしゃぐしゃっと撫で、「そっか。よし、じゃあ休むか！」と布団に入った。


夜明けと共に大門が開き、女郎と一夜を過ごした客が暁の中を帰っていく。

ゴーン、ゴーン、ゴーン……やがて浅草寺の鐘が響き、明六つ（午前六時頃）を知らせる。

蔦重は目を覚ました。何か変だ。隣を見ると布団はすでに畳んであり、唐丸の姿がない。

そして、棚の銭箱も消えていた。


その日、源内は朝早くから田沼邸に意次を訪ねていた。

「五百両を都合しろということか」

「はい。株と店、それから炭の積み出しが始められるまでのかかりを。たびたびのお願い情けない限りですが！」と頭を下げる。

「『やめたい』と言っておる者たちを説き伏せることはできるのか？」

「それは必ず。なんとしても説き伏せます！」

「……では、金は千賀道有《せんがどうゆう》を通じて流しておく」

千賀道有は父・道隆《どうりゅう》の代から意次と親しい医師である。

「ありがとうございます！　まことに、神様仏様田沼様！」

源内はハハーッと平伏した。意次が苦笑する。

「面を上げよ、源内。礼を言うのはこちらだ。山で稼げれば土地の者たちが金を得られる。そこに水路の便が開ければ商いが盛んになる。川筋には宿場もでき、会所も開かれる。民も潤い、のちにはこちらも運上《うんじょう》、冥加《みょうが》が入るようになる。本来ならばお上が旗を振っても良い話だ。お前は商人か！　などとほざく由緒正しい方々さえおらねばな……」

意次が重いため息をつく。旧弊な江戸城で商業重視の利益を追求する政策が容認されるのはいつの日か……。

すると、思案顔をしていた源内がおもむろに言った。

「……いっそもう四方八方、国を開いちまいたいですね」

「国を、開く？」

「そうすりゃあ、いろんな話が手っ取り早く片付きますさあね。日の本じゅう津々浦々の港を開いて、誰でもどこでも外国と取引できるようになりゃ、みな異人と接する。あいつら相手にすりゃ、いろんなことがはっきり分かりますよ」

「いろんなこと」。想像がつかず、意次がおうむ返しに繰り返す。

「たとえば物の値打ちです。異人相手に米俵抱えて『それ売ってくれ』って、由緒正しい方々自らにやってみりゃいいんですよ。葡萄の酒一本売ってくれませんから。やつらが取引してくれるのは金銀銅。目の当たりにすりゃさすがに目を覚ましてくれるんじゃありませんかね。米なんか後生大事に抱えてたって仕方ねえんだって」

源内の口から言葉が奔流のようにほとばしる。

「人の値打ちだってそうですよ。俺ぁ先祖が偉いんだってまくし立てたって通じませんし、通じたとこで『はぁ、それで？』ってな話でしょう。やつらにとって値打ちがあるのは話ができるやつです。由緒ってな、屁みたいなもんだって分かりますね。けど一方で、何もねぇやつらにとっちゃこりゃ待ってましたの檜舞台ってわけでね。異人相手に商売をやっていいってなりゃあ、そりゃいろんな奴が出てきましょう。例えば幇間、物真似のうまい幇間は目がいい耳がいい。そのうち言葉を覚えちまって」

「通詞《つうじ》になってしまったりの」と意次。源内はニヤリとし、「異人は牛や豚の肉を食いますから」「供する店なぞ出てくれば、さぞ儲かろうな」「異人だって、綿や絹でできている衣を着ているわけで」「生糸を作って大儲けだ！」——二人の構想は果てしなく広がっていく。

「ほかにもいろいろ出てきましょうな。船を作る奴、異国語の塾を開く奴、上から下まで知恵を絞って、これでもかこれでもかと値打ちのあるものを考える、作り出す」

「国を開けば、自ずと世は変わる。我らが骨折ってやろうとしてることなんざ、ほっといても起こる世になるということか！」

「然様にございます！　国を開きゃあ占《し》め子《こ》の兎《うさぎ》!!　すべてがひっくり返ります！」

意次と源内は大いに盛り上がった——が、次には同時にため息をつく。

「しかし、まぁ、そうもいかぬな」

「ええ。まことに国を開くなどすれば、あっという間に属国とされて終わりましょう」

「……この国にはもう戦を覚えておる者もおらぬしな」

戦国は遠くなりにけり。だが今も乱れた世の中であることに変わりはない。

吉原の中をくまなく捜したが、唐丸の姿はどこにも見当たらなかった。

「寝ててもいいからここにいてください。お願いしますよ！」

寝ぼけ眼の次郎兵衛を店に放り込み、再びあちこちを駆けずり回る。

「唐丸ー！　唐丸ー！」

初めて唐丸と会った場所にも行ってみた。ここでぼんやり炎を見つめていた幼い少年の姿が目に浮かぶ。迷惑年《めいわくねん》の大火。けれど唐丸と出会ったことだけは幸運だと思っていた。

「あの、ガキを捜してんですけど！」

市中に出て通行人を捕まえては唐丸の特徴を伝え、それこそ江戸じゅうを走り回ったが、行方は杳として知れず。煙じゃあるまいし、いったいどこへ消えてしまったのか……。

夜もとっぷり暮れてしまい、蔦重は重い足取りで蔦屋に戻ってきた。

なぜか店の前に奉行所の同心が二人。次郎兵衛と駿河屋が相手をして、半次郎や近所の人々がそれを遠巻きに見ている。立ち止まって固唾を呑む蔦重に、次郎兵衛が気づいた。

「あぁ、重三！　土左衛門が上がったんだって！　顔に向こう傷のある男で、盗人《ぬすっと》の一味じゃねえかって噂があったんだって」

顔に向こう傷。蔦重はハッとした。いつだったか、唐丸が「自分がやる」と案内していった男ではないか。とっさに無表情を作ったが、駿河屋だけは蔦重の動揺に気づいたようだ。

「実はそやつの胸元にこれが入っておってな。これはこちらのものか」

同心の一人が水で濡れた貸本を蔦重に渡してきた。蔦重は神妙な面持ちで確認しながら、

「そいつと思われる客が一度、冷やかしにきました。その時に持ち帰ったとかではないかと」

どう答えれば怪しまれないか、計算しつつ慎重に答える。

「まことにそれだけか？　このような輩《やから》と組んで、盗人働きを助ける者もおるからな」

「……えっ！　えぇっ！　ひょっとして、唐丸って」

考えなしの義兄の足を思いっきり踏んづけ、蔦重はすかさず言った。

「絡まって俺が何かするわけねえでしょう！　冗談でもやめてもらいてぇな！」

が、同心は不審そうに蔦重を見ている。

半人前の息子たちには収拾できぬと思ったのか、駿河屋がおもむろに言った。

「八丁堀の旦那。吉原はお上に咎人を突き出す役目も負ってます。そんな輩と関わりがあるとなったら私がこいつを突き出しますんで。どうかお任せいただけませんでしょうか」

これでもかと腰を低くする。同心たちは顔を見合わせ、「……かばいだてなどすれば、どうなるか分かっておろうな」と釘を刺して帰っていった。

「……親父様」

「向こう傷と揉めて共に落ちた子どもがいるって話も出てるらしくてな」

蔦重の頭の芯がヒヤッとする。まさか、そんな馬鹿なことが――。

「たかが痩せ浪人一人、たいして調べやしないだろうが……。もし唐丸が何か絡んでたとすれば、面倒くせぇことにもなりかねねぇ。これ以上は騒ぐな」

場数を踏んできた駿河屋の言葉は、有無を言わせぬ重みがあった。

だが、人の口に戸は立てられぬとはよく言ったもので、大見世から河岸見世まで、唐丸が銭箱を持って姿を消したと言う噂はあっという間に広がった。

「……花魁。ほんに唐丸は悪党の仲間だったので？」

唐丸と仲良しだったさくらとあやめが、貸本を抱え不安げな顔で花の井に聞いてくる。

花の井は二人の肩に手を置き、まっすぐに目を見て言い聞かせた。

「噂は噂。それ以上でもそれ以下でもありんせん……」

さくらとあやめでさえこんな調子だ。ましてや蔦重は……。

九郎助稲荷にやってくると、蔦重は祠の前の石段に座り、一枚の錦絵を見つめていた。

花の井は普段と変わらぬ顔で隣に座り、「それ、なんだい？」と絵を覗き込んだ。

「これ、唐丸が描いたんだよ」

「え！　え、どういうことだい？」

「……あいつ、絵うまかったんだよ。けど、それだけでさ。それだけしか俺ぁ知らねぇんだ。あいつがどこの誰で、火事ん時、なんであんなとこにぼうっと立ってたのかも」

錦絵から視線を上げて空を見る。蔦重の吐く息と輪廓のぼやけた雲が重なり合った。

「薄々気づいていたんだよ。何も覚えてねぇのは嘘で、なんか隠してんだろうなって。けど、無理やり聞くのは野暮だって。かっこつけちまって……。聞きゃよかった。あの時、ひっぱたいてでも言わせてたら……こんなことにはならなかったんじゃねぇかって」

この寒さでもし川に落ちていたとしたら……蔦重はグッと息を呑み込んだ。

「……あいつはもう、この世にいねぇかもしんねぇ」

「ふーん。私は、唐丸は親元に帰ったんだと思ってるけどね」

蔦重は思わず花の井に目を向けた。

「まことのことが分からないなら、できるだけ楽しいことを考える。それがわっちらの流儀だろ？」

ニッと笑うその顔が、あざみと呼ばれていた禿時代の顔を思い出させた。

「……そうだな。うん。そうだ」

「唐丸は大店《おおだな》の跡取り息子だったのが、後添えの企みで家を追い出されたんだよ」

「でも、その後添えがぽっくり逝っちまって、家に戻っておいでって言われて」

「そうして戻ったものの、家業には身を入れず絵ばっかり描いてんだよ」

唐丸に絵を描いていてほしそうな蔦重のための筋立てだったが、「唐丸はそんなやつじゃねぇよ」と真面目な顔で却下される。

「唐丸は、家業はきっちりこなすさ。義兄さんじゃねぇんだから。唐丸はきちんと家業を継ぐのさ。そんでも、絵への思いのたけは消えなくて。いつか、長の年月を経て、ふらっとココに戻ってくんだ。蔦重、おいらに描かせておくれよって」

話しながら、次第に声が震えだす。

「そんで、俺はあいつを謎の絵師として売り出すんだ。初めは『春信』そっくりの絵を描かせて、『今春信』ってやって」

――うん。そうなるといいねぇ。涙を浮かべて笑う唐丸の顔が思い出されて泣けてくる。

蔦重はぎゅっと拳を握って立ち上がると、くるりと祠に向き合った。

「お稲荷さん！」

ドスの利いた声を出し、ぱん！　と手を合わせる。

「どうか俺にあいつとの約束を守らせてくれ！　頼んだぜ！」

そんな蔦重を、花の井は何も言わずに、ただ優しい眼差しで見つめていた。


翌日、蔦重は大伝馬町まで出向いて鱗形屋に頭を下げた。

「では、うちの抱えの『改』となると」

「『細見』の改はもちろん、入銀ものの本、絵草紙、とにかく、吉原に人が来るようなものを作っていけたらと考えておりやす」

鱗形屋はホッとしたような、満足げな笑みを浮かべた。

「俺ぁお前さんの才は高く買ってる。お互いうまくやってこうぜ」

「へぇ。一つよろしくお願ぇいたしやす！」

蔦重が再び前に進み始めた、その頃。

東海道筋のとある本屋で、手代を連れた旅姿の商人が一冊の古本を手に取っていた。

生活に困った武士が売ったというその本は、『新増早引節用集《しんぞうはやびきせつようしゅう》』——節用集とは字引き、つまり国語辞典のことで、当時武家では必ず置いておくべき書物だった。

「……板元、丸屋源六」

色をなして呟いたこの商人は、大坂の柏原屋という書肆であった。

第六章　鱗剝がれた『節用集』

駿河屋の前を、一風変わった格好の若者たちがのし歩いていく。

「はぁ、ありゃまたすごい金々《きんきん》ですね、女将さん」

目を丸くする若い衆《しゅ》に、物静かな女将のふじは「ねぇ」と半笑い。

「金々」というのは当世風の装いのことで、当時「イケている」と見せたい男たちの間では「疫《やく》病本多《びょうほんだ》」と言われる細い髷を結い、長い着物を引きずって歩くのが流行していた。金々集団の最後から二番目を歩いている男の裾など、花魁の裾引きなみの長さだ。

「けど、ありゃ、いくらなんでも長すぎやしませんかね」

若い衆が言ったとたん、その裾を後ろの男が踏んづけた。裾引き男がつんのめって前の男にぶつかり、またその男が前の男にぶつかって、あれよあれよと将棋倒しになっていく。

吉原では、このようにキンキンにキメた輩《やから》が「通《つう》」を気取る事態が大発生。松葉屋の座敷でも――。

「お待たせしんした。わっち」

女郎たちが現れ、一人が名乗ろうとした時だ。金々の若者客は手慣れたふうに煙管で制し、

「気遣いはよしな。花魁は初会は口を聞かぬ。そんなこた心得タヌキさ」

「あの、花魁はこちらでござんす」

振袖新造《ふりそでしんぞう》を花魁と勘違い、耳学問をひけらかしたせいでよけいに赤っ恥をかく。

「――こ、心得ておる。戯れタヌキさ」

気取って煙管を吸おうとするも煙草を落とし、大事な着物が焦げた焦げたと大騒ぎ。翌朝は決まって女郎たちの笑い話のタネになる。

「ここのとこ、ほんにそういう客が増えんしたねぇ」

「江戸への物見遊山《ものみゆさん》が増えたかららしいよ」

「田舎者が聞きかじりで『通』を気取るからおかしなことになるのでありんす」

何より野暮を嫌う女郎たちである。普通なら袖にされるのがオチだが、この金々たちが女郎に稼ぎと笑いをもたらしてくれるのもまた事実だ。

そこへ、貸本を担いだ蔦重がやってきた。花の井が気づいて寄っていく。

「重三。鱗形屋の抱えの『改』になったんだって」

「おう、俺ぁ暖簾分けを狙うことにしたんだよ。あ！　それから、お前間違ってたからな」

地本はただのお仲間で、「株仲間」にはなっていないことを伝える。花の井は「へぇ」と気のない返事。トンチキだなんだと馬鹿にしたくせに……。

「へぇって、ちったぁ驚いたりしろよ」

蔦重の言うことは意に介さず、花の井は並べた本をじいっと吟味している。

「……読む本がない。このへんは一通り読んじまったし」

花の井は無類の本好きで、暇さえあれば読書をしているのだ。

「んじゃ、これなんてどうだ？　青本」と青い表紙の絵草紙を手に取り、中を開いてみせる。「お前、青本はあんまり借りてねぇだろ」

「青本」は絵のたくさん入ったお話本で、子供も大人も楽しめる漫画のようなものである。ちなみにさくらとあやめが見ているのは子供向けの「赤本」。言わば青本は赤本のお兄さん版だ。

花の井は青本を手に取ってパラパラめくっていたが、「青本て、つまんないんだよねぇ」とすぐに本を閉じてしまった。単に好みの問題ではないようだ。

そこへ、うつせみがやってきた。目当ては貸本ではなく蔦重で、「蔦重。今日、市中に行ったりしんすか？」と小声で確かめると、天紅《てんべに》の巻紙をそっと渡してきた。

天紅は上端に紅で色をつけた紙で、女郎が客に手紙を書く時に使うものだ。

「……蔦重、うつせみが自分で花を買ってもよいとあるのだが」

蔦重がうつせみに託された文を読み終えると、新之助は不得要領に言った。

「あぁ、女郎は自腹で揚代を払うこともできるんでさ」

「それは、私の出すべき金をうつせみが肩代わりするということか？」と難しい顔になる。

「まぁ、うつせみはそこまでしても会いてぇってことですよ」

女郎が本気で惚れた男のことを情夫《じょうふ》、間夫《まぶ》とも呼ぶが、いわゆるヒモのような間夫も少なくない。しかし、新之助はそういった輩とは違う。

「あ、それから新之助さんに一つ頼みがあって」と細見を渡す。「俺ゃこれをもっと客が来る本に工夫したいんですよ」

鱗形屋孫兵衛に実力を認めさせるための第一歩である。何か良い思いつきはないかと、蔦重は自ら知恵を絞るだけでなく、会う人ごとにこうして意見を求めた。

「……で、いったいこれをどう工夫したいってんだ」

鱗形屋は真剣な顔つきで目の前の細見を見ている。

「それが……まだ何も浮かばぬのですよ！」。蔦重はあっけらかんと両手を上げ、「いやぁお手上げ！　上がったりやのかんかん坊主！」

「細見もいいが、まず、もっとこう、派手な入銀ものを考えてくんねぇか？『雛形若菜』や『一目千本』のような。こちらの手元に金がなくとも作れ、それでいて、ワッと巷《ちまた》で評判にもなるようなもんがいいんだよ。得意だろ？」

そこへ鱗形屋の嫡男の長兵衛が、「おとっつぁん、そろそろ出たほうが」と声をかけてきた。

「とにかく俺ぁ派手な当たりが欲しいんだ。頼んだぞ蔦重。ドカンドカン当たんのだぜ！」

本商いに行くらしく、鱗形屋と長兵衛は荷を背負い、慌ただしく裏口へ去っていった。

「ドカンドカンって」。呟いていると、「地本は当たってこそだから」と声がした。声の主は次男の万次郎《まんじろう》だ。年は唐丸と同じくらいだが、帳場机で手本を見つつ漢字の練習をしている。

「お。坊ちゃん、すごいな。もうこんな字書いてんのか」

「おいら、書物問屋《しょもつどんや》になるんだ」

「書物問屋？　地本じゃなくて？」

「だって、書物問屋になれば、今よりずっと儲《もう》かるんでしょ？」と手本にしている本を閉じて表紙を見せ、「こういう『物之本』は地本の十倍、二十倍の値で売れるし、中身もずっと同じでいい。物之本は地本より割よく儲かるって、おとっつあん言ってたよ」と。

「はぁ、坊ちゃん俺より詳しいんじゃねぇか？」

万次郎が字を練習した紙だろうか、何気なくそこらに落ちていた反故紙《ほごがみ》を拾うと、目の前にサッと籠が差し出された。「それ、入れとくれ」。年寄り番頭の藤八《とうはち》だ。

籠の中にはたくさんの反故紙や摺り損じがある。集めて紙屑買いに出すのかと思いきや、自前の厠紙にするという。そのほうが得だと鱗形屋に言われたらしい。蔦重は手伝いを買って出た。

「はぁ、けど、藤八さんは働きもんですね。こんなことまでやってくれる番頭さんなんて」

庭に出て、蔦重がくしゃくしゃにして柔らかくした紙を藤八が厠紙用に切り揃えていく。

「火事からこっちずいぶん暇出しちまったから、人手がな」

「……あの、ひょっとして今、店、厳しいんですか？」

聞きにくい質問だったが、藤八は気にするふうもなく内情を教えてくれる。

「ウチはついてなくてねぇ。メイワク火事で蔵も焼けちまったんだよ」

なるほど、庭の蔵は新しく建てられたものだ。

「中にあった板木、摺り出し、蓄えてた紙、墨、糸もすべてパァになっちまってね。そのうえ、店はもちろん蔵まで建て替えになっちまって。火事が終わってもどうしてどうして火の車よ」

「もしかして、坊ちゃんが書物問屋書物問屋言っててんのは」

「そうさ、おとっつあんを助けたいと思ってんのさ」

なんと健気な孝行息子か……蔦重は思わずほろりとした。

「旦那様はお前さんの才を高く買ってる。茶屋もてぇ変だろうが、ひとつうちのことも頼むよ」

先代の頃から鱗形屋を支えてきたという年寄り番頭の律儀に、またまた蔦重の涙腺が緩む。

「へぇ！」。力強く返事をすると、蔦重は力を込めて次々と紙を丸めた。


一方、鱗形屋と長兵衛は駿河小島藩《するがおじまはん》松平家の江戸屋敷に来ていた。

「お買い上げありがとうございます。それから、承っておりましたこちらを」

知り合いから譲り受けた鈴木春信《すずきはるのぶ》の枕絵を出す。明和七（一七七〇）年にこの世を去った春信は、錦絵と呼ばれる多色摺りの木版画を生んだ浮世絵師で、美人画や若い男女の恋を描いて一世を風靡した。『雛形若菜』の絵師・礒田湖龍斎は春信の弟子である。

「おお、よう手に入ったな。春信の『真似ゑもん』。これなら先様も喜ばれよう」

相手は江戸家老の斎藤で、「それからな、鱗形屋」と声を潜める。

「例のアレを、さらに倍頼むことはできるか？」

「倍でございますか？」

「金になるような名産品のない当家のような小身の大名には、アレはまことありがたい実入りとなっておってな」

「……では、また、近いうちにお持ちいたします」

鱗形屋と長兵衛は平伏した。またしばらく寝不足の日が続きそうだ。

ドカンドカン当たる本を作る。言うは易いが、闇夜に針の穴を通すような難題だ。

「義兄さんも、何かねぇですかねぇ」

その夜、半次郎が出前してくれた蕎麦を食べながら、蔦重は次郎兵衛に聞いてみた。

「俺？　俺ぁ本読まねぇからなぁ」

「そういやそうですね……」と考え込む。

蕎麦を届けにきた半次郎はいつもの長っ尻、「絵でもいいんだよ。絵は好きだろ」と話に入ってくる。「じゃあ女郎の枕絵とか？」と次郎兵衛。「横っちょに好みの技が書いてあってな」「いや、そこは得意の技じゃねぇ？」などと二人のくだらない会話が延々と続くなか、蔦重はふと気になって再び義兄に聞いてみた。

「あの、義兄さんいつから本読まなくなったんですか？　小さい頃は割に本好きでしたよね」

赤本は絵がたくさんあるが、大人の本は字ばかりだからと次郎兵衛は言う。

「青本は？　青本は赤本みてぇに絵がいっぱいじゃねえですか」

「青本はつまんねぇんだよね」

花の井とまったく同じ答えが返ってくる。

「……じゃあ、青本がつまらなくなかったら、義兄さんは本を読むってことですか？」

「まぁ、そうかもしんないねぇ」

蔦重はしばし考え込んだあと、「……これだ」と顔を上げた。その頭の中は今、青本を楽しんでいる人々で溢れ返っている。

「そうですよ！　義兄さんみてぇな人たちが読む青本を作りゃいいんですよ！」

蔦重は急いで残りの蕎麦を平らげ、新しく雇った駿河屋の拾い子の一人、留四郎《とめしろう》という若者に手伝わせて、貸本の中から青本だけを引っ張り出し始めた。

「おはようございます。蔦重ですー」

朝早く鱗形屋にやってくると、店には藤八しかおらず、うつらうつら船を漕いでいる。

――さすがにちょっと早かったか。どうしようかと思っていると、かすかに板木を摺っている音が聞こえてきた。奥で何か作業をしているらしい。

藤八を起こさないように、蔦重はそっと摺り音が漏れている部屋の前にやってきた。

「おはようございますー！　蔦重ですー！」

勢いよく戸を開ける。中には鱗形屋、長兵衛、手代の徳兵衛、妻のりんがいた。なぜか揃いも揃って幽霊でも見たような顔で固まっている。

蔦重が不思議そうにしていると、鱗形屋が血相変えて部屋を飛び出してきた。

「や、やけに早ぇじゃねぇか！　どした！」

「ドカンを思いついたんですが、お手伝いしますよ」

「いい、いい、んなもな、任せときゃ」

鱗形屋はピシャリと部屋の戸を閉め、蔦重の背中を押すようにして店のほうへ誘っていく。

店頭に戻ってくると、蔦重は鱗形屋の前に持ってきた青本を並べた。

「鱗の旦那様は青本もずいぶん出されてましたよね。火事の前は」

「まぁな。青本といえば、うちか、丸小か」

丸小こと丸屋小兵衛も地本問屋である。

「これみなそうなんですが、みな『つまんねぇ』って言うんです」

「――つ、つまんねぇ？」

「怒んねぇで！　怒んねぇでくだせえ！　とにかく、本好きの女郎も本嫌いの野郎も、口揃えて青本つまんねぇって言うんですよ。おそらく世の中みんな青本はつまんねぇって思ってんです」

蔦重が「つまんねぇ」を口にするたび、鱗形屋の顔が赤味を帯び口角が下がっていく。

「だったら、だったらですよ！　とびきり面白ぇ青本が出たってなったら、そりゃもう蜂の巣をつついたような騒ぎになりません？　あのつまんねぇはずの青本が面白ぇって！」

鱗形屋の表情が緩んだ。蔦重のキラキラ輝く目は、自分には思いもつかない景色を見ている。

「それで本嫌いの野郎たちが本を読むようになれば、占め子の兎！　そりゃもう一時の評判どこじゃない、本を買う裾野が広がるって話じゃねぇですか！」

「……理屈は分かるが」

「でさね。じゃあ、とびきり面白ぇ青本ってどんなだってなりまさね。で、昨夜このへん読み直してみたんですが……」と一冊手に取ってパラパラめくりながら、「うまく言えねぇんですけど、その、青本ってカビくせえなって」

「カビくさい？」

「絵も筋立ても古臭いってぇか。『今』じゃねぇんですよ。分かりきってる昔話みてぇってか。もっと江戸っ子が楽しめるようなモンにできねぇですかね。どうでしょう。青本なら作るのにそう金はかかりませんし」

蔦重が青本から目を上げると、鱗形屋はなぜか感慨深げに考え込んでいる。

「……まさか、てめぇにそれを言われるたぁなぁ」。老舗地本問屋の主人はニヤリとした。

「いいじゃねぇか蔦重。二人でとびきり活きのいい話を考えてみようじゃねぇか！」

「へぇ！」

蔦重はさっそくネタ集めに取りかかった。最近面白かったことは何か、反故紙を束ねた帖面を手に遊廓を回る。女郎たちの口から出てくるのは、やはり『金々野郎』たちのことだ。

次郎兵衛にも話を聞くと、江戸では禁止になった「目ばかり頭巾」を被った男の話が出た。

「どっかの『半可通《はんかつう》』にでも教えられたのかね、被っていくのが『通』だって。止められて、大門でひん剝かれてさ」

半可通とは、中途半端な知識しかないのに知ったかぶりして通人ぶることを言い、女郎たちから嫌われる輩のことだ。

キンキンするのもてぇ変だ——帖面をつけながら、蔦重はしみじみ呟いた。


その日、江戸城の御用部屋では、老中たちの前で勘定奉行からの報告がされていた。

「大奥や役所への倹約指導、自前の御用炭による出費の切り詰め、一方で株仲間の冥加・運上の増加、南鐐二朱銀の利益もございまして、御金蔵《おかねぐら》の金は明和九年の大火前まで持ち直しましたことをお知らせいたしました」

報告しているのは、勘定吟味役《かんじょうぎんみやく》の松本秀持《まつもとひでもち》。身分の低い家柄の出であったが、田沼意次に才を認められて勘定方に抜擢された男である。

「大儀であった。下がって良いぞ」

満足そうな意次に、白眉毛こと松平武元がさっそく水を差しにくる。

「かくも短き間に御金蔵を立ち直らせるとは、そなたの金への執念にはいや感服いたす。もはや頼もしきことじゃ」

「皆様方のご寛恕《かんじょ》あってのことと心得てございます」

「ご謙遜めさるな。実は、いと頼もしきそなたに一つ我らから願いがあるのだ」と武元は後ろに控えている松平輝高《てるたか》らに目配せし、嵩にかかった口調で言った。

「このあたりで『日光社参』を執り行いたいのだ」

「――社参、にございますか」

日光社参とは、平たく言えば徳川将軍家の墓参り。しかし、片道を三泊四日かけ、徳川家、旗本、諸大名が連なって参詣するので、莫大な費用のかかる催しだった。

「そもそも大火さえなくば、社参はすでに執り行われていたもの。ここらでな」

「しかし、御金蔵は立ち直ったばかり、ここでまた莫大なかかりを捻出するのはいささか」

「社参は上様の御威光を天下に知らしめる大事、上様にお伺いを立てていただきたく！」

はらわたが煮えくり返ったが、老中たちの総意であれば従うしかない。

「幕府の御金蔵は持ち直しましたが、旗本、諸大名共に高利貸しや大名貸しに借金を抱える者も多く。このうえ行列を出す金策に奔走させるは、お慈悲なきことかと」

御座の間で家治と将棋を指しながら、意次は懸命に訴えた。

家治は「家基《いえもと》が社参を望んでおる」と駒をパチリ。家基とは家治の嫡男、つまりは次の「上様」だ。聡明で文武両道に優れたこの後継ぎにかける家治の期待は大きい。

「来年はちょうど先代・家重公の十七回忌にも当たる。是非やるべきだと言われてな」

「お心がけは感服いたしますが、社参のかかりはおよそ二十万両」

「まぁ、己の理ばかり通すのもな、意次」

やんわりと駒を取られる。またしても白眉毛が大奥を通じ、家治に根回しをしたのであった。


意次は屋敷に帰り、今日の一件を意知と御用人の三浦庄司に伝えた。

「しかし、大奥は田沼びいきではなかったのですか？」と意知は首をかしげる。

「御台所様が亡くなられてから、どうも風向きがな」

家治の正室・倫子《ともこ》は天皇家の血筋で、家治と夫婦仲は睦まじかったが、男児に恵まれず数年前に病没した。

「白眉毛に手を貸しておるのは、知保《ちほ》の方《かた》様でございますか」と三浦。

「お待ちください。知保の方様というのは家基様のご生母ですよね。その昔、父上が千賀と謀って奥へお上げになった方で」

「そうよ。おかげで貧乏旗本の娘が我が世の春。御台様亡き今、大奥の主というわけよ」

そんな経緯《いきさつ》があるのに、なぜ父・意次の敵に回るのか。意知の疑問に三浦が答える。

「知保の方様が産んだにもかかわらず、家基様は御台様がご養育された。そのあたりを『借り腹にされた！』と恨んでおいでかもしれませぬな」

「上様の子を生す誉れに恵まれても満足せぬのですか？」

意次が「欲深なのだ、あの女は」と吐き捨てるように言う。

「しかし、父上。この局面、いかになさるおつもりで」

意知に指摘されるまでもなく、次の一手は考えてある。

「こうなっては、貧乏旗本や大名たちから『社参取りやめ』の嘆願を集めるしかなかろう」

「歩」の駒も使い方次第。意次は松本秀持を呼んでおくよう、三浦に命じた。


だいぶネタが集まったので、蔦重は帖面を持って鱗形屋を訪れた。

「一人、悪い奴を作るのはどうだ？」

蔦重の書き付けを読んだ鱗形屋が妙案を出す。

「あ！　悪い奴がいると話は面白くなりますもんね！」

「そいつはこの金々野郎を使って甘い汁を吸おうとするのよ」

構想を練る鱗形屋はいかにも楽しそうだ。

「悪い奴……悪い手代といやぁ『源四郎』でさね」

「おお『源四郎』な！　悪い奴の名は源四郎でいこう！」

鱗形屋が帖面に書き込む。「源四郎」は、店の金をちょろまかす手代を指す隠語である。

「いいじゃねぇか、うがってらぁ」

「そういう『うがち』が全編散りばめられておれば面白いかもしれねぇですね。着物の紋をよくよく見れば『あいつのことか』と分かるなど」

「おぉっ、ありがた山のとんびがらす！」鱗形屋が言い、「恐れ入谷《いりや》の鬼子母神《きしもじん》」と蔦重が返す。

二人は顔を見合わせ、「……地口《じぐち》！」と口を揃えた。

「地口も必ず入れねぇとな！　江戸っ子といやぁ地口だ！」

地口は駄洒落や語呂合わせなどを使った、一種の言葉遊びである。

「けど、こうなると絵も文も描く奴がよほど大事となってきまさね」

「お！　そこは、一人目をつけておるのがおってな」

言ったそばから立ち上がり、鱗形屋は本を置いてある棚に急ぎ足で向かう。

「ちょいと待っとくれよ。さるご家中で、団扇絵を描き糊口《ここう》を凌《しの》いでおった者があるのよ」

いそいそと団扇を探すその背中に、蔦重はしみじみと言った。

「……本作るのお好きなんですね。鱗の旦那」

そう言えば、以前も鱗形屋が考案した正月の「宝船図」が飛ぶように売れたと聞く。

「俺のひい爺さんは『赤本』を江戸向けに作り変えた男でな」

「えっ！　そうなんですか!?」

「その頃、本はすべて上方で作られ流れてくるものでな。けど、江戸と上方では気風《きふう》が違う。江戸のガキが楽しめるモンを作るって出したのがその始まりだ。で、爺さんはそこから『青本』を作った。『赤本』を読んで育った子が、大人になっても楽しめように。だから、俺ぁこりゃ運命なんだって思ったよ。お前さんが『青本』を生き返らせろって言った時」

そんな話をしながら団扇を探し続ける。本作りへの情熱なら、蔦重にも分から合える。少々近寄りがたかった鱗形屋にグッと親近感を感じて、蔦重は温かい気持ちになったのだった。

鱗形屋からの帰り道、蔦重がふと見ると、須原屋市兵衛が店先で手代に塩をまかせている。塩をまくのは、厄払《やくばら》いのためだ。気になって須原屋に声をかける。

「何かあったのでございますか？」

「大坂の柏原屋って本屋が、これ作ってんのはウチじゃねえかって言ってきやがったんだよ」

須原屋はカンカンに怒っていて、蔦重に『新増早引節用集』という本を見せてきた。

「実はこれは偽板《にせはん》でな」

「――に、偽板？」

偽板とは、今で言う海賊版のことである。

「これを出してる『丸屋源六』って板元は俺じゃないかってよ。ったく、字引なんざ誰が作っても大して違わねえのに。ケツの穴のちっせぇ」

「……あの、もしその『丸屋源六』って本屋を見つけたら、大坂の本屋はどうすんでしょう」

「まぁ、町方へでも訴えんじゃねえか？　あの鼻息だと」

町方へ訴え……蔦重はゴクリと唾を呑み込んだ。偽板だという『新増早引節用集』は、万次郎が漢字の手本にしていた本と同じものなのである。

鱗形屋は隠れて何か摺っていたし、儲かっていないはずなのに、藤八が厠紙用に集めた反故紙の中には、摺り損じがたくさんあった。

――鱗形屋こそが『丸屋源六』なのではないか。

そんな疑念が頭から離れず、蔦重は吉原に戻るとまっすぐ九郎助稲荷に向かった。

「鱗形屋は金繰りも厳しい。訴えられりゃ潰れるかもしんねぇ。そしたらよ」

鱗形屋が抜けた穴に、自分が滑り込めるかもしれない――。

一人でぶつぶつとお稲荷さんに相談する。

「けど、だからって、告げ口ってなぁ、あまりにもクズ山クズ兵衛だよな……」

そこで蔦重はハタと気づいた。全部自分の思い違いかもしれない、と。

「よし、俺、まず確かめるわ！　あんがとよ、お稲荷さん」

元気に帰っていく蔦重を、お稲荷さんが微笑んで見送っていた。


鱗形屋の庭の厠を出た蔦重はため息をついた。

「……やっちまってたか」

店番の藤八に腹が痛いフリをして厠を借り、摺り損じの反故紙を確認したところ――それはどう見ても、地本問屋が摺るはずのない『節用集』だった。

その時、母屋のほうから男の笑い声が聞こえてきた。来客らしい。

「『雛形若菜』は信じられないほどの評判だよ」

聞き覚えのある声だ。庭からこっそりうかがうと、果たして奥の間に西村屋与八の姿が見えた。

「それもこれも鱗形屋さんの手引きのおかげさ。はい。これ、どうぞ」

西村屋が、持参した風呂敷包みを開いた。広蓋《ひろぶた》の上に載っているのは――金子《きんす》だ。それもかなりの金額の。鱗形屋がにんまりして、受け取った金子をしまい込む。

「で、どうだい、蔦重は」と西村屋が言った。

――俺!?　思わず耳をそばだてると、信じがたい会話が飛び込んできた。

「飼い慣らせてきたぜ。いまやうちのために駆けずり回ってくれてらぁ」

「しっかり握り込んどいてくれよ。吉原に自前の板元なんて生まれたら最後、私たちは甘い汁なんて吸えなくなんだからさ」

蔦重は頭が真っ白で、しばし息をするのさえ忘れた。

西村屋が声をかけてきたのも、最後の最後で蔦重がはじかれたのも、最初から全部仕組まれていたことだった。板元なんぞとおだてられ、蔦重は馬鹿みたいに、鱗形屋が書いた筋書きどおりに動いたというわけだ。板元たちの悪辣さときたら、忘八以上ではないか！


「ご社参につき寄せられた嘆願にございます」

中奥の御座の間で、意次は積み上げた書状を前に訴えた。

「いずれの大名家、旗本も勝手向き苦しく。甚だしき例では十年先の年貢まで借金の返済に当てねばならぬ始末。何とぞ！　ご英断を！」

詰将棋をしていた家治は、やれやれというようにため息をつく。

「家基は余はそなたの言いなりで、そなたは幕府を骨抜きにする成り上がりの奸賊《かんぞく》であると考えておる」

「……奸賊。成り上がりは否めませぬが」

あの才走った若君は成長するにつれ政治に口を出すようになり、意次を目の敵にして批判する。ひそかに唇を噛む意次に、家治は思いがけぬ言葉を発した。

「このままでは、いずれあやつが舵を握った時、田沼一派は真っ先に排されるぞ」

家治の真意を知って今回は投了と決め、意次は武元ら老中に家治の意向を伝えた。

「では、上様はご社参を執り行われたいと」

「はい。上様には私ごときが及びもつかぬ深きお考えにございました」

家治の意次に対する全幅の信頼には、思わず胸が熱くなった。

「然《さ》もあらん。しかし、そこもとは大事ないか？」

唐突な問いかけの意を図りかねていると、白眉毛は意地悪い笑みを浮かべた。

「田沼のご家中は馬には乗れるのか？　武具馬具は？　兜はどこで誂えるか知っておるか？」

元は足軽の家柄の意次に対する、あからさまな侮蔑だ。ほかの老中たちが笑いを堪えているなか、見かねた松平康福《やすよし》が「う、右近将監様。さすがにお言葉が過ぎるのでは？」と控えめに諫めるも、武元は「何を何を」とまるで意に介さない。

「わしは主殿《とのも》が恥をかかぬか心から案じておるのだ。ご家中は百姓の出や商人の出のものが多いと聞く。こたび田沼家は足軽ではなく、老中として列せねばならぬわけであろう？」

老中たちの前でとことん意次を辱める。が、意次は「仰せのとおり」とあえてにっこりした。

「つきましては右近将監様には『高家《こうけ》吉良《きら》様』よろしく、ご指南願えればと存じます」

吉良家は儀式や典礼を職務とする「高家」の名門であったが、勅使《ちょくし》饗応《きょうおう》役の指導役だった吉良上野介《こうずけのすけ》を浅野《あさの》匠頭《たくみのかみ》が切りつけるという事件が起きた。その後、切腹となった浅野の遺臣・赤穂四十七士が邸に討ち入り、吉良は首を取られる。この有名な「赤穂事件」は、のちに『仮名手本忠臣蔵』などの芝居や講談となり、現代でも繰り返し取り上げられている。

意次から武元への「ろくな末路を迎えぬぞ、油断めさるな」という強烈な嫌味と警告だ。

「……これは一本取られたの！」

武元はさも愉快そうに大笑いし、老中たちも追従笑いする。意次同様、武元が虚勢を張っているのは明々白々。意次も笑ったが、その目は怒りと憎悪に満ち満ちていた。

「蔵にある武具馬具の類を洗い出せ。あぁ、それから家中で馬に乗れる者も調べ上げよ！」

屋敷に戻るなり三浦に命じていると、意知が「少しお話が」と意次のあとを追いかけてきた。

「佐野という旗本が参りまして、かようなものを」と巻物を渡す。

真面目そうだが、どこか危険な目をしたその侍は佐野善左衛門政言《ぜんざえもんまさこと》と名乗った。代々番士を務める旗本・佐野政豊の一子で、意次の代理で応対した意知にこの巻物を献上してきたのだ。

「なんだこれは」

「系図にございます。これによると、当家の祖先はかつて佐野家の末端の家臣であったらしく、由緒は好きに改竄してもよいので、良いお役につけてほしいと」

意次はまなじりを裂かんばかりの形相になり、系図の巻物を庭の池に投げ込んで叫んだ。

「由緒などいらぬっ！」

その翌日、蔦重は打ち合わせのため鱗形屋にやってきた。

「では、例の団扇の方とは無事お話ができましたんで」

「えらく乗り気でな、すぐにでも始めると言っておった」

「そりゃ、よろしうございました」

店頭で長兵衛や徳兵衛、藤八が忙しく立ち働き、奥では万次郎が学問に勤《いそ》しんでいる。

「……天下太平、世は事もなし」。蔦重はポツリと呟いた。

「ん？」

「何もないのが一番良いってことです。ま、お忘れくだせぇ」

一杯食わされて頭に血が昇った蔦重は、須原屋に垂れ込んでやれと一度は店先まで行った。鱗形屋が偽板の犯人だ――喉まで出かかったが、口には出せなかった。やっぱり告げ口は性に合わない。冷静になってみれば、深く考えもせずうまい話に飛びついた自分も悪い。

「おりゃあもう何もしねぇ。鱗形屋がどうなるか、運を天に任せるわ」。昨夜お稲荷さんにそう宣誓し、天を仰いだのであった。

鱗形屋と打ち合わせを続けていると、店先から「頼もう！」と太い声が響き渡った。

「……長谷川様？」

久しぶりに見る平蔵だ。知り合いかと尋ねる鱗形屋に、吉原のお客様だと答える。吉原に来れなくなったので、春画でも買いにきたのだろうか。

応対した徳兵衛が急ぎ足でこちらに来て、鱗形屋に何やら耳打ちする。「内々に」「例のアレ」などという声が、かすかに漏れ聞こえてきた。どうも怪しい。

徳兵衛が去ると、鱗形屋は再び蔦重に向き直った。

「で、蔦重。細見のほうだが。何か工夫は思いついたのか」

「それが、まだ」と言いながら、気になって目で徳兵衛を追う。

いったん奥へ消えた徳兵衛が、紙に包まれた本を持って戻ってきた。

それを渡された平蔵がおもむろに中を改める。次の瞬間、片手で本を掴み頭上高く掲げ上げた。

「あったぞ！　偽板だ！」

蔦重はギョッとした。『新増早引節用集』だ。店の近くに隠れていた与力と同心たちがわらわらと飛び出してくる。鱗形屋は顔面蒼白、徳兵衛たちは言わずもがなで、身じろぎもできない。

「上方の板元、柏原屋与左衛門より訴えがあった。柏原屋が作りし『増補早引節用集』を『新増早引節用集』と改題した偽板を作った不届き者を捕らえてほしいと。どうもここにはそれがあるようだが」

平蔵から受け取った本を、与力が鱗形屋の前に突き出す。

「ぞ、存じませぬ！　なにゆえうちに然様なものが！」

鱗形屋のうろたえようといったら、罪を認めたも同然であった。

「改めよ！」。与力が命じ、同心たちが一斉に店の中へなだれ込んでいく。

「お、お待ちを！」

止めようとした鱗形屋がまず取り押さえられた。徳兵衛、藤八、長兵衛——次々とお縄になっていく。呆然とその様子を見ていた蔦重に、与力が目を留めた。

「お前も仲間か！　連れていけ！」

巻き添えを食いそうになった蔦重を、平蔵が救ってくれる。

「おい！　そいつはまこと吉原の茶屋のもんだ。関わりねぇ！」

それを聞いた鱗形屋が、ハッとしたように蔦重を見た。信じられない……という顔だ。

「蔵に大量の板木と摺本がございました！　おびただしい数にございます！」

凍てついたような場に同心の声が響き渡る。

「……お前か？　お前が漏らしたのか！」

鱗形屋は蔦重がお上に密告したと勘違いしたらしい。

「違います、俺じゃありません！」

慌てて否定したが、鱗形屋は縄を引かれた痛みで顔を歪めながら、なおも蔦重を睨みつけた。

「蔦重、このままで済むと思うなよ。必ず後悔させてやるからな！」

捨て台詞を残し、いつの間にか出来ていた野次馬の人だかりの中を引っ張られていく。

「おとっつあん！　おとっつあん！」

追いかけようとした万次郎を、りんが後ろから抱き止める。母親の腕の中でもがきながら「おとっつぁーん！」と泣き叫ぶ万次郎の声を、蔦重はやりきれない気持ちで聞いていた。


やがて野次馬もいなくなり、店には戸板が立てられた。

「柏原屋って本屋から奉行所に相談があったんだ」

その場に残った蔦重に、平蔵がぽつぽつと経緯を話す。柏原屋は本物の板元で、偽板作りの犯人を訴えたいが江戸の板元の口が堅く、「丸屋源六」の正体が摑めなかったという。

「普段ならテメェらで調べろって差し戻すとこだが、この件については、なにゆえか上から鱗形屋を調べろって命が下ってな。その探りを手伝ってたってわけさ」

「長谷川様は今、お奉行所に？」

「いや、御書院番士だ。これが性に合わんでなー。奉行所にでも移れねえかって、顔売ってんだ」

蔦重は再び戸板の閉まった店を見つめた。ざまあみろとは、露ほども思わない。

「……俺、知ってたんですよ。鱗の旦那が偽板してるのも、柏原屋ってのが騒ぎ始めてんのも。一言『危ねぇぞ』って言ってやりゃあこうはならなかったんですかね」

「なぜ、言ってやらなかったんだ」

近所の店で買ってきたらしく、平蔵は袋から粟餅《あわもち》を取り出し、ぱくりと頬張る。

「そりゃあ心のどっかでは望んでたからですよ。こいつがいなくなりゃ取って代われるって。濡れ手に粟、棚からぼた餅、俺ぁうまくやったんでさ。けど、うまくやるってなぁ……こたえるもんですねぇ」

「……武家なんて席取り争いばっかりやってるぜ。出し抜いたり追い落としたり。気にするようなことじゃねぇよ。世の中、そんなもんだ」

平蔵は「これやる」と粟餅の入った袋を蔦重に渡し、

「濡れ手に粟餅。濡れ手に粟と棚からぼた餅を一緒にしてみたぜ。とびきりうまい話に恵まれたってことさ。せいぜいありがたくいただいとけ。それが、粟餅落とした奴への手向けってもんだぜ」

そう言うと、うまいこと言ったふうな得意顔で去っていった。

蔦重はため息一つ、「……そうなんだろうな」とぽつり。この機を逃せば、一生吉原の貸本屋のままで終わってしまうかもしれない。

「鱗の旦那。ありがたく、いただきやす！」

大きな口を開けて、バクッと粟餅に食らいついた。

第七章　好機到来『雛の花』

その日、鶴屋の裏手にある地本問屋の会所には、西村屋をはじめ松村屋、奥村屋、村田屋などの地本問屋たちが集まっていた。

「鱗形屋、どうなるのかねぇ。わざわざ奉行所が出てくるなんてな」

話題はやはり、小伝馬町の牢屋敷で取り調べを受けている鱗形屋孫兵衛のことだ。

「なんでも、訴えた大坂の板元が厳しい裁きを望んでるからって話だよ」

西村屋与八は、さも気の毒そうに眉根を寄せた。

「厳しい裁き？　たかが偽板でか？」。首を傾げる奥村屋に、「それが店には三千近くの摺り終わった本があったんだってさ」と西村屋。同情しているわりには口が滑らかだ。

「はぁ！　そりゃあ、大胆にやりすぎたねぇ」「けど、キツい裁きなんか食らったら、どうなんのかね、鱗形屋は」「そもそも身代もかなり傾いておったしな」「鱗はもう終《しま》いかもしれねぇな」

――皆、腹に一物を抱えつつ鱗形屋に同情しているふうを装っている。西村屋に至っては「バカな男さ！」と、くっと涙を堪《こら》える三文芝居。その頭の中では、忙しく算盤を弾いているのであろう。

その時、鶴屋が手に持っていた煙管をポンと置いた。いよいよ本題と、西村屋の目が光る。

「では、鱗形屋さんの代わりに細見を出そうという方はいらっしゃいませんか？」

「ウチ、ウチでやってみたいです！」

問屋たちが我先に手を挙げる。一歩出遅れた西村屋は、バン！　と大きく手を打った。

「私が！　僭越ながら、私がやるのが一番よろしいかと！　吉原に出入りし『改』の蔦重も見知っておりますし」

噂をすればなんとやら。会所の者が、蔦屋重三郎という者が来ていると知らせてきた。

「どうも、にわかのお邪魔、ご無礼つかまつりの三郎」

こちらも芝居がかって登場した蔦重を、一同は無言で迎えた。

「ふざけないとやってられないんだねぇ、蔦重。けど、大事ないからな。これからは私が細見を出して、お前さんが改を続けられるようにしてやるからね」

西村屋はいかにも蔦重を思いやっているそぶりだが、むろんそんな口車には乗らない。

「お心遣いありがとうございます。しかし、今後は俺が板元となって細見を出そうと思っております」

さらりと言ってのけると、会所に衝撃が走った。地本問屋たちにとっては青天の霹靂《へきれき》である。

「……まえに仲間内の者しか板元にはなれぬ定めとお伝えしたと存じますが」

蔦重の出方を待っていたらしい鶴屋が、おもむろに口を開く。

「ええ、ですから、この際、俺をそのお仲間に加えていただけませんでしょうか。確か板元の数を限るのは出す本の増えすぎによる共倒れを防ぐため。鱗形屋さんはおそらく持ち直すのは難しかろうとお見立てしますし、ならば俺が細見を出し、かつ、このお仲間の末席に加えていただいても差し支えねぇのでは？」

「蔦重、それは、それはさすがに厚かましいぞ！」

西村屋を皮切りに、「吉原の内で摺物出すのとはワケが違うんだぞ！」『主のいない隙に跡を襲おうなんて、お前畜生か！」と一斉に罵詈雑言《ばりぞうごん》が飛んでくる。

想定内の反応だ。手が出ないところだけは、忘八の親父たちよりマシである。

「俺に任せてくれりゃ、今までの『倍売れる』細見を作ってみせますぜ！　そうすりゃ皆さんだって儲かる。こりゃ悪い話じゃねぇでしょう！」

蔦重は自信たっぷりに言い放った。地本問屋たちが驚き呆れたのは言うまでもない。

西村屋が「で、できるわけ」と言いかけた時――。

「なるほど。では、まず見せてもらいましょうか。『倍売れる』細見とやらを。そのうえでほんとに倍売れれば、仲間内に加わっていただくということでいかがでしょう」

鶴屋が穏やかに言った。蔦重にしてみれば、これも予測していた流れだ。

「そりゃ俺の細見の売り広めは鱗形屋板と同じく皆様にもしていただける、と、考えてよろしいでしょうか」

「もちろんです。もっとも、皆様が売りたいと思うような細見ならば、でしょうが……」

「……分かりました。では、皆様が『倍売れる』と思うようなものを仕上げてまいります」

蔦重は一同に会釈し、悠々と会所を出ていった。

「鶴屋さん！　ほんとに成し遂げたらどうなさるつもりで！」

「俺ゃごめんですよ！　ここに吉原者が入るなんて！」

西村屋と松村屋が口々に抗議するも、鶴屋は泰然自若としている。

「そもそも倍なんて売れるわけないですよ。それに、蔦重の細見がさほど売れぬよう、良い細見を出すって手もありますよねぇ」

そう言うと再び煙管を手に取り、「どうでしょうか？　西村屋さん」とゆったり笑った。

「つまりお前の作った細見が倍売れたら、市中の本屋のお仲間に入れてもらえるってぇの？」

蔦重に聞いた話をカボチャの大文字屋市兵衛が確認する。場所はいつもの駿河屋の二階。今日は親父たち、忘八らしく賭け事を楽しんでいる。

「へぇ。とりあえず、そういう話にまとまりましたんで。ここはひとつ親父様方にも倍！　いえ、さらに倍！　買い取っていただきたく！」

「テメェ、また、一言もなく、勝手なことしやがって！」

「……言ったら、やめろとしか言わねえじゃねえか」

蔦重の小声を拾った大文字屋が、「あ？」と目を剝く。

「こんな折はまたとないと思ったものですから先走ってしまいました！」

早口で被せ、なぜ「またとない」かを説明する。

「俺がお仲間に認められりゃ、吉原は自前の地本問屋を持てるってことです。そうなりゃ入銀で作った本も、それこそ行事の摺物でも、いつでもなんでも市中に売り広めできるようになるってことにございますよ！」

これには親父たちも息を呑んだ。そうなれば吉原を売り込み放題万々歳だ。

大文字屋が「張ったぁ！」と蔦重に賭けた。「俺もだ！」と丁子屋が続く。

「ありがた山！」

親父たちが次々と蔦重の話にのっかる中、駿河屋市右衛門だけは終始眉間にしわを寄せ、皆が帰ってふじが座敷の後片づけを始めても難しい顔で窓の外を見ていた。

「面白くねぇのか。ここまで大っぴらに本屋になってくると」

一人だけ残っていた扇屋宇右衛門が、苦笑交じりで駿河屋に言う。

「こりゃ、うまくいきゃ市中の奴らが俺たちを認めるって話でしょう。そんな筋、真に受けていいもんなんですかね」

そう言った駿河屋の目に映っているのは、やる気満々で仲の町を駆けていく蔦重の姿であった。


「鱗形屋、このままじゃ、身上半減《しんしょうはんげん》とか島流しになんじゃねぇかって話だよ」

「はぁ、そりゃもうおしめぇだねぇ」

半次郎と次郎兵衛が噂話をしているそばで、蔦重は細見『花の源』を片手に算盤を弾いている。

他人事も我が事の蔦重にしては、珍しく無関心だ。

「重三、お前、わりに平気の平左だね」

次郎兵衛が言うと、蔦重は数字を紙に書き付けながら、淡々と言った。

「俺ゃ知ってたんですよ。やってんの鱗形屋だって。探られてるのも知ってて『危ねぇ』とも言ってやらなかった。俺ぁ鱗の旦那をはめたようなもんなんで」

次郎兵衛と半次郎は顔を見合わせた。はめたとは思わないが、らしくないと言えばらしくない。

「今の俺に出来んのは、はめたに見合うだけのいい細見を作るだけです」

自責と呵責を背負った、蔦重なりの決意だった。

なんと言葉をかけていいか分からないようで、次郎兵衛は義弟の頭をそっと撫でた。

「な、なんですか！　よしてくだせぇ。気味が悪ぃ」

ともあれ、そんな経緯で細見を「半値」で出せないものか考えていると二人に説明する。

「実は細見が倍売れれば、板元としても認めてもらえるって話になってて」

二人は「ああっ？」と同時に声をあげた。

「あ、言ってなかったか。そうなんです。そういう話になってて、で、倍売れるためには、倍の冊数をまずは本屋の軒先に並べてもらわなきゃいけねぇ。仮に今までと同じ値の分仕入れてもらえるものとしたら、半値ならおのずと倍の冊数並ぶことになるじゃねぇですか」

「お、お前、策士だねぇ！」と次郎兵衛が感嘆する。そう言う次郎兵衛だって勘も頭もいい。

しかし、半値で売って儲けを出すには、本作りにかかる経費も半値にしなければならない。それすら不可能に思われるのに、蔦重はさらに言い放つ。

「これより『いいもの』を半値で作るんです！」

「いいものって？」と半次郎。

「そこは……お二人にも手伝ってもらえねぇかと！」

どうしたら皆をアッと言わせる細見ができるか。翌日から、蔦重は今までの細見について吉原の客に聞き取り調査を始めた。中には「細見って何？」という河岸見世の客もいたが……。

半次郎は蕎麦屋の客に、次郎兵衛は矢場で遊び仲間たちに。タダなら欲しい、細見を持ってい
けば揚代が半値になる、等々の意見を紙片に書いて持ってきてくれた。

「どうだい？　役に立ちそうな考えはあるかい？」

三人で湯屋に行った帰り、あったまった体で通りを歩きながら半次郎が聞いてくる。

蔦重は、次郎兵衛の紙片の一枚に目を留めた。

「この、買える女郎が載ってねぇって」

「あぁ、細見に載ってる女郎は大見世ばかりで。手が届く女郎は載ってねぇって」

「これはでぇじなところかもしれませんねぇ」

気になりながら歩いていると、いきなり誰かが後ろから抱きついてきた。

「男前はタダってのは？」

年若い女郎が瞳をキラキラさせて蔦重を見上げている。大文字屋の振袖新造、かをりだ。

「細見を持ってきた客が男前ならタダにしては？　そうすれば男前はこぞって細見を買い、男前
の客がどっと増えんしょう？　蔦重のような」

ぎゅーっときつく抱きつき、くんくんにおいを嗅ぐ。禿から新造になったばかりのおちゃっぴ
いで、ヒマさえあれば蔦重を追いかけ回しているのだ。

「考えてくれてありがとな、かをり。けど、離してくれっか？」

「一目見た時から分かりんした。蔦重とわっちは前世からの縁」

次の瞬間、バシン！　尻を引っ叩かれ、かをりは悲鳴をあげた。仕置き棒を持った大文字屋の

遣《や》り手《て》・志げが、鬼婆のごとき形相でかをりを睨みつけている。

「何やってんだい！　この小童《こじょく》が！　ほら離れな！」

仕置き棒でかをりをめったくそに叩く。遣り手は女郎や禿の監督をしつつ身辺の世話をする女で、ほとんどが女郎あがり。遣り手婆とも呼ばれ、女郎たちから恐れられている存在だ。

「ババア、落ち着け！　かをり、離れろ！　な」

蔦重が引き剝がそうとするも、かをりは「いやいや、いやぁ！」と食いついたすっぽん状態。

次郎兵衛と半次郎はぽかんとして目の前の騒動を見ている。

すると、志げが仕置き棒の矛先を変え蔦重の顔をぐにっ！　と押した。

「いいのかい？　離れないと蔦重の顔に傷がつくよっ！」

ぐいぐいと蔦重の顔を押す。効果てきめん、かをりはパッと蔦重から離れると、

「蔦重ー！　大文字屋で待っておりんすー！」

志げに追い立てられつつも大きく手を振り、見世に戻っていった。

「……お好きな人だけどうぞって、あぶねぇ女郎一覧がついてるってのは？」

やれやれとかをりを見送る蔦重に、次郎兵衛がぽつりと言った。

蔦屋に戻ると、店先で新之助が留四郎と立ち話をしていた。

「新さん！　今日はうつせみに会いに？」

「いや。こちらだ。細見を工夫したいって言っておったではないか」と前回の細見を見せる。

「そうでした！　何かあります？　こうなってればいいというところ！」

蔦重の意気込みに少々たじろぎながら、「もう少し薄くならぬものかと。この厚さでは、懐にしまうとかさばるのだ」と新之助は実際に細見を懐にしまってみせた。

なるほど懐がもたつき、取り出すにも不便そうだ。

「薄くなれば収まりが良くなり、これを片手に吉原を歩けるのではないかと」

昔の細見は一枚摺で、持ち歩いて女郎を物色したらしいと、物知りの留四郎が新之助に教える。

「……いける」

通りを歩きながら颯爽と細見を取り出し、目当ての遊廓を探す客たち――例によって蔦重の頭の中で想像図が出来上がる。

「いけますよ。薄くて持ち歩ける細見」

蔦重は興奮した。これならかかりも半値でいける。

「新さん！　一つお手伝いいただけませんか！　うつせみに一度会えるくらいは払いま……」

言い終わらぬうちに「助太刀いたそう！」と新之助。蔦重にも負けぬ意気込みである。

こうして「薄くて持ち歩ける細見」作りは、前回の細見『花の源』をすべてバラして頁を並べるところから始まった。序、全体地図、茶屋や引手茶屋の一覧。無駄な部分はないか、省けるところはないか、詰められる箇所はないか。新之助と相談しながら、どんどん薄くしていく。

「蔦重。女郎屋はどうするのだ？」

「これ、本当の見世の並びどおりに並べるってできねえですかね」

「それは私にはちと分かりかねるな」

蔦重が「義兄さん」と振り向けば阿吽の呼吸で次郎兵衛が「留ー！」と助っ人を呼ぶ。留四郎がサッとやってきて、手早く女郎屋の頁を実際の並びどおりに並べていった。

この間、西村屋もじっとしていたわけではない。鱗形屋に出向き、細見の板木を譲ってほしいと妻のりんに持ちかけた。金に困っているのは先刻承知。が、もう一押しのところで息子の万次郎が出てきて、「おとっつぁんでねぇと決められませんから！」と突っぱねられてしまった。

西村屋は店に戻り、手代の忠七に膝枕で耳掃除をしてもらいながらその話をする。

「細見の板木を一から起こすとなると、結構な手間とかかり。そこまでしておやりにならずともよろしいのでは？」

「バカを言っちゃいけないよ。これをきっかけに蔦重が仲間内に入ってみろ。私らは吉原がらみの本をいっさい出せなくなるに決まってる。逆に今、細見をウチが出せば、吉原をウチだけが扱う場にできるってことさ」

西村屋は甘えるように、「何か良い手はないかねぇ？」と忠七の膝を指先でくるくる撫でる。

「そう言えば、細見を出しておる男がもう一人おりませなんだか？」

西村屋は「おった！」と身を起こし、古い細見を引っ張り出し始めた。

「あぁ！　これだこれ！　この貧乏くさい細見！」

『松のしらべ』という細見の奥付には「板元　小泉忠五郎」とある。

「そう。こいつだ！　浅草の小泉忠五郎！」

だいたいの目途がついたので、蔦重は原稿を持って腕利きの彫師に談判にやってきた。

「確かに中本《ちゅうぼん》一枚は五匁《もんめ》だけどよ」と彫師は渋い顔である。「お前、この字詰まりで五匁ってなぁ、あるかいそんな話！」

無理もない。茶屋が並ぶ「待合の辻」など、余白ナシのぎっしりみっちりびっしりなのである。

「そこをなんとか。全丁新たに起こし直しますんで。二十丁なら結構な額になりますし」

「たった二十丁！　細見一冊で？」

「へぇ。判を大きくし、そのぶん薄くするんで」

「……んな割の悪ぃ仕事受けられっか！　べらぼうめ！」

彫師が蔦重を追い出しにかかる。「じゃあ今後の直しのほうの手間賃を」と言い終わらぬうちに表に放り出され、戸が閉まる寸前サッと荷物を挟んでその隙間から、「半年ごとに直しに色をつけて支払うということでは」と粘るも、彫師は力づくで戸を閉めようとする。

「では、吉原での大宴会つきでは！」

これに食いつかぬ男はいない。無事交渉成立と相成り、蔦屋に戻って新之助にも報告する。

「前より気になっておったのだが、蔦重なら、宴会も安く引き受けてもらえるのか？」

「忘八を舐めちゃいけませんよ。けどま、倍売れれば職人さんたちを一度もてなすくらいの儲けは」

「しかし、それでは蔦重はまったく儲からぬのでは？」

「まぁ、深川や品川やらで遊ばせろと言われるとアレですが。吉原なら行ってこいなんで」

「李白の『静夜思』のごときだな。蔦重の吉原への思いは」

「静夜思」は李白が放浪しながら故郷を偲んだ詩だ。が、どっぷり故郷に根を下ろしている蔦重のほうは、ただ偲ぶだけでは済ませられない。

そこへ次郎兵衛が顔を出し、「親父様たちが二階に来いって」と伝えてきた。

二階には親父たちのほかに西村屋と小泉忠五郎がいて、蔦重は寝耳に水の話を聞かされた。

「忠さんの細見を西村屋さんの後ろ盾で出すってことですか？」

「そう。で、忠五郎が『改』に回るのでよろしくと皆様にご挨拶に伺ったわけさ」

「けど、忠さんは仲間内ではないですよね？　忠さんの細見はウチの本と同じ、浅草界隈だけの摺物って扱いでしょう？」

「だから私と組んで出すって話でね」。西村屋がぬけぬけと言う。蔦重はカッとなった。

「そりゃ話がおかしかありませんか？　その形は、俺は『定』があるゆえ罷りなんねぇって言われましたが」

「そう！　そのとおり！　けど、『蔦重にまともな細見が作れるのか』って向きも多くてね。仲間内から頼まれて、此度にかぎりこの形が許されることになったのさ」

雲行きが怪しくなって、親父たちはにわかに慌てだした。

「あの、お仲間内から頼まれたってことは」と大文字屋。

「まぁ、みなウチの細見を仕入れるだろうね」

「じゃあ、蔦重が倍売るってのは」と丁子屋。

西村屋は「そこなのですよ」と、さも同情しているような親切顔でため息をついた。

「蔦重、お前もこっちに来て共に『改』をやらねぇか？」。示し合わせたように忠五郎が口添えする。「俺らのような摺物屋風情が市中の本屋に加わるなんざ、分を弁《わきま》えろって話……」

「お断りします」

忠五郎にみなまで言わせず、蔦重はきっぱり言った。

「とにかく倍売れれば、俺はお仲間に入れてもらえるって約束なんで。俺は倍売って、地本問屋の仲間入りをします」

「……そうかい。では皆さん、あとはよろしく」

西村屋は親父たちに会釈をして、忠五郎と共に帰っていった。

ただの「ご挨拶」ではあるまい。駿河屋に聞くと案の定、蔦重の細見を買い入れた女郎屋の女郎は『雛形若菜』には使わないと、西村屋は汚い脅しをかけてきたという。

「そうですか。じゃ俺が板元になって、代わりになるもん作ります。ってことで」

立ち上がった蔦重に、大文字屋が食ってかかる。

「話聞いてたのかよ！　こうなったらもうお前の細見は扱ってもらえねぇ！　どのみち倍なんか売れねぇ！　お前は板元にはなれねぇってそう言われたんだよ！」

「あいつは吉原のことなんてこれっぽっちも考えてねぇんですよ！」

たまりかねて蔦重は叫んだ。

「あいつの狙いは吉原の入銀です。入銀ものなら売れようが売れまいがテメエの懐は痛まねえ。なんなら手も銭も抜き放題。その本で吉原を盛り立てようとか良くしてやろうとか、そんな考えは毛筋ほどもねえ、ただただ楽して儲けてぇだけなんです！」

西村屋が鱗形屋に「甘い汁を吸い放題」と言ったこと、決して忘れてはいない。

「けど、奴らに流れる金は元を正せば女郎が体を痛めて稼ぎ出した金じゃねえですか！　それをなんで追い剝ぎみたいな輩にやんなきゃなんねえんですか？」

朝顔ばかりではない。まだ二十を二つ三つ過ぎたばかりの女郎が死んでいくのを、蔦重は数えきれぬほど見てきた。

「女郎の血と涙が滲んだ金を預かるなら、その金で作る絵なら本なら細見なら、女郎に客が群るようにしてやりてぇじゃねえですか。そん中からとびきりの客が選べるようにしてやりてぇじゃねえですか。吉原の女郎はいい女だ、江戸で一番の女だってしてやりてぇじゃねえですか！　胸張らしてやりてぇじゃねえですか！　それが女の股で飯食ってる腐れ外道の、忘八のたった一つの心意気なんじゃねえですか！」

全身から血が噴き出るような蔦重の言葉だった。親父たちは打たれたように黙り込んでいる。

「……そのためには、よそに任せちゃダメなんです。吉原大事に動く自前の本屋を持たなきゃいけねえんです。今はその、二度とはない折なんです。だから、どうか、つまんねぇ脅しに負けねぇで……共に戦ってください！」

蔦重は床に額をこすりつけ、深々と頭を下げた。


「へぇ、重三がそんなことをね」

見世に戻った松葉屋半左衛門が、蔦重の言葉をいねに話して聞かせる。

「あぁ、花魁たちに胸を張らせてやんのが忘八のたった一つの心意気じゃねえかって。だから共に戦ってくれって、さすがにグッときちまったよ」

ただの正義感でないことは、親父たちは皆分かっている。年中吉原を走り回っている蔦重を、子供の頃からずっと見てきたのだ。

「戦うってどういうことだい？」

「細見を倍売らねぇと、お仲間には入れてもらえねぇのさ。で、そこに西村屋が、敵が現れたってわけでさ」

「西村屋ってのはずいぶんな老舗だろ？　重三に勝ち目はあんのかい？」

松葉屋がふと視線を感じて振り向くと、花の井が物言いたげにこちらを見ている。

「……花魁、一つ俺たちも考えてみるかい？　細見を倍売る手立てをさ」

「へぇ！」。めったに感情を見せない花の井が、この時ばかりは嬉しそうに破顔した。


「西村屋が出てきたってことは」

「倍売るも何も、そもそもこちらの細見は扱ってもらえぬこともあるわけか」

蔦重から話を聞いた次郎兵衛と新之助は、うーんと考え込んだ。

「地本問屋の親父たちがその関わりを振り切ってもこっちを置いてみたいって考える、決め手が何かありゃいいんですが」

「持ち歩きしやすく、半値。もう十分な気もするが」

新之助はそう言うが、あとがない蔦重としては確実を期しておきたい。

「よし、もっとネタを増やしましょう」

「こ、これ以上にか？」。二人の目がまん丸になる。

「実はちょいと気になってたとこではあるんでさ。半値なら細見を買うって連中がいたとして、そいつらが行ける見世ってなぁ、ここに載ってる大見世じゃねぇなって。こうなりゃ河岸見世まですべて載せるつもりでやりましょう！」

この薄さのままで、すべてを入れ込む。これには、次郎兵衛もさすがに呆れ果てた。

「お前、これ以上に詰め込むなんて。どうやっても無茶だろ」

「無茶でも！　無茶だからこそ、値打ちがある。決め手になるってもんじゃねぇですか！」

「……よし、女郎屋のところから見直すか」

蔦重に根負けした新之助が、ため息一つで動きだす。

それからは怒濤の日々だった。割り付けのやり直しに苛立つ新之助を吉原名物の巻せんべいや甘露梅でなだめ、怒り狂う彫師には平謝り、見世で鉢合わせした忠五郎に「舐めるな」と言われて動揺し、最後は二文字屋で女郎たちの手を借りて摺ったり折ったり切ったり綴じたり……。

とにもかくにも、蔦重版細見の完成が近づいてきた。

松葉屋と女将のいね、花の井もまた、歴代の細見を山積みにして知恵を絞っていた。

「細見というのはさほど変わり映えもせんもんでありんすな」

「どう作ろうが、載ってることは同じだからねぇ」

途方に暮れる花の井と松葉屋の横で、いねが何冊かの細見を手にしたたかな笑みを浮かべた。

「見切ったざぁす。細見がバカ売れするのは名跡の襲名が決まった時さ！」

花の井と松葉屋はハッとした。自分のまつ毛は見えないものである。

「有名な名跡の襲名が決まった時の細見ってのは、どれもこれも売れてやしなかったかい」

「売れた！　売れてたよ！　あの子、染衣《そめぎぬ》が四代目の瀬川《せがわ》が名跡を継いだ時も！」

松葉屋も興奮している。花の井は固唾を呑んで、それから意を決したように口を開いた。

「……ならば」


九郎助稲荷に完成した細見を納め、パンと手を合わす。

「お稲荷さん。なんとか倍売ってくれ。頼むぜ」

題名は『籬《まがき》の花』。籬とは、表通りの格子ではなく入り口の脇土間と張見世を仕切る格子のことだ。大見世は大籬（惣籬）ですべてが格子になっている。中見世は半籬で籬の四分の一ほどがあけてあり、小見世は小格子（惣半籬）で格子は下半分しかない。籬によって格の違いは歴然としているが、中にいる女郎たちはみな精いっぱい、花を咲かせている。たとえその命が短かろうとも……。

いつもより念入りに拝んでいると、後ろから花の井の声がした。

「蹴散らせそうかい？　西村屋の細見は」と言いながら鳥居を潜ってくる。

「これでダメならもう江戸じゅう担いで回るの助だ」

「いいねぇ。べらぼうだ」

花の井はなぜか機嫌よく笑いながら、蔦重に二つ折りの紙片を差し出した。

「ウチで女郎の入れ替えがあったんだよ。悪いけど、直してくんな」

「え！　直してってお前、もう綴じちまって」

困ったことになったと思いつつ紙片を開く。次の瞬間、蔦重はアッと息を呑んだ。

「──お前、これ」。手が震えた。「花の井改め瀬川」と書いてある。

「名跡襲名の時の細見は売れるって言うし、しかも二十年近く空いていた名跡が蘇るんだよ。直す値打ちはあるんじゃないかい？」

「けど。けど、お前。瀬川ってのは不吉の名じゃねえか。んなもん負っちまってお前」

「不吉のわけは最後の瀬川が自害しちまったからだけど。まことのとこを改めて聞いてみたら、どうも身請けが嫌で間夫と添い遂げたかった、それだけらしくてさ。そんな不吉はわっちの性分じゃ起こりようがないことだし。わっちが豪儀《ごうぎ》な身請けでも決めて、瀬川をもう一度幸運の名跡にすりゃいいだけの話さ」

サバサバと言ってのける。蔦重は圧倒されて、「……男前だなぁ、お前」とそんな言葉しか出てこない。吉原で生まれ育ち数々の花魁を見てきたが、これほど豪儀に溢れた花魁はいなかった。

「じゃあ、ソレ頼んだよ」

お使いでも頼むような気軽さだが、この襲名にどれほどの覚悟がいったか……。

帰っていく花魁を、蔦重は呼び止めずにはいられなかった。

「花の井！　……いつもありがとな」

「まえにも言ったと思うけど、吉原をなんとかしたいのはあんただけじゃない。だから礼にゃ及ばねえ、けど……。任せたぜ、蔦の重三」

最後はふざけて、蔦重の下手な褒め言葉どおり男前に決める。

「……おぅ。任せとけ」

花の井はふっと笑って去っていった。

——これで王手を打ってやる。蔦重は紙片を握りしめて駆けだした。


この頃の地本問屋は一般的な買い付けのほか、自前の本を交換という形で仕入れ合う習慣があり、今日は鶴屋裏の会所に地本問屋たちが集まっていた。

西村屋と忠五郎の前には新しい細見が並べられ、みな見本を手に取って感心している。

「これはまた美しい。小川紙《おがわし》か？」

奥村屋が紙に手を滑らせる。小川紙は武蔵国で古くから作られている和紙で、見た目が美しいうえに丈夫なのが特徴だ。

「ふふ。忠五郎のおかげで、まこと良い出来となってさ」

「これだけ上品な仕立てなら、贈答の用が増すだろうな」と村田屋。

吉原の案内目的ではなく、地方からきた観光客が江戸土産に細見を買っていくことも多い。

「題もいいですね。新しい細見はこれだ！　と、意気込みが伝わります」

その名も『新吉原細見』。鶴屋にも褒められ、西村屋は得意満面である。

「ところで、あの男は来ないのかね」

奥村屋の言う「あの男」とは、もちろん蔦重のことだ。

「尻尾巻いて逃げ出したのかもしれねぇな」。松村屋が小馬鹿にして笑う。

西村屋が「まさか、然様なことは」と言いつつ嘲笑を浮かべた、その時だ。

「遅くなりました！」

蔦重が大きな荷を担いで入ってきた。

「どうもどうも危うく遅まき唐辛子。なんつって、すぐに支度いたしますので」

軽口を叩きながら末席で荷を解いていると、鶴屋がやってきた。

「楽しみにしていたんですよ。倍売れる細見とやらを」

――さぁここからが大一番、ひそかに身構えていた蔦重は思いっきり愛想笑いを浮かべた。

「あ、ありがとうございます！　では、どうぞお一つ！」

着物の懐からスッと細見『籬の花』を取り出し、鶴屋に差し出す。

見たこともない薄さに絶句する鶴屋、西村屋たちもあ然としている。

「……ずいぶんと薄いようですが」

「へぇ。持ち歩けるように。細見はそもそも、歩きながら使うものでございますし」

地本問屋たちが寄ってきて、品のない仕立てだのなんだのと『籬の花』を腐し始めた。西村屋も「かように薄っぺらな、中も軽薄なんじゃないかい？」とケチをつける。

「どうでしょう」。蔦重はにんまりとする。中を見て驚きやがれ、べらぼうめ。

鶴屋が本をめくる。そのとたん、横からのぞいていた奥村屋が「なんじゃ、こりゃ！」とすっとんきょうな声をあげた。

「すべての店を入れ込むとこうなりまして」

ぎっしりと女郎屋の名前が詰まった各町の地図は、地本問屋全員の度肝を抜いた。

「す、すべて入ってんのかい！　これで！」

「へぇ。河岸の安見世に至るまですべて入れ込みました。女郎屋を睨み合いの形にするなど、見せ方を工夫しましてなんとか収めまして」

動揺を見せまいとしているのか、鶴屋は口を結んで本を繰っていく。

その時、勝手に別の一冊を見ていた松村屋が驚愕して叫んだ。

「瀬川！　瀬川って、あの瀬川か？」

――待ってました。蔦重は取り立てて騒ぐことではないというように、さらりと言う。

「へぇ、不吉の名跡とされ、もう二度と名乗る者はないと言われてたあの瀬川です。先日、それでも名跡を継ぐという花魁が出まして、五代目の襲名と相成りました」

西村屋と忠五郎がみるみる青ざめていく。

「決まったのが遅うございましたゆえ、今朝まで直し……。大変でしたよね。西村屋さん」

「……え？」

「え？　まさか、そちらの細見には載っておらぬのですか？」

松村屋が「載ってねぇのか？　そっちには」と西村屋に問い質すような眼差しを向ける。

「え！　いや、その」

「まぁ、仕方中橋。吉原の外にいる方に応じろというのも難しいでしょう」

ささやかな嫌味に、忠五郎が悔しそうに唇を噛む。いくら細見作りが長かろうと、吉原への思いの深さはこっちが上だ。

さぁダメを押してやる。蔦重は『籬の花』を二冊手に取り、西村屋に差し出して言った。

「とっけぇてください。その細見一冊と」

「一冊と？」

「へぇ。うちは薄っぺらで粗末なもんで、ずいぶん安く作れまして、皆様にも従来の半値で売っていただきたく」

「は、半値？」

西村屋は腰を抜かさんばかりだ。細見を見ていた鶴屋も思わず目を上げ、蔦重を振り返る。

「この細見は巷のありふれた男たちにも買ってもらいてぇと思ってます。その時に四十八文か二十四文かは大きな違ぇだ。四十八文なら見送るけれど、二十四文なら買ってみようって奴は必ずいる。半値なら、一つ隣の親父の分も買ってやろうという奴もいましょう。この細見はそこを当て込んでいます。しかも、これは世に聞こえた名跡・瀬川の名が載る祝儀の細見」

地本問屋たちに向かって言うと、蔦重は鶴屋に視線を移した。

「どうでしょう。俺の細見は。倍売れませんかね？」

「売れるかもしれませんね」。鶴屋は気を取り直したようにいつもの穏やかな笑みを浮かべた。

そこに遠目から、「百部くれ！　百部！」と大きな声がかかった。

「これ、売れるだろう！　必ず！　すまねぇな！　西村屋さん！」

岩戸屋だ。これを機に西村屋とあまり交流のない地本問屋が一斉に『籬の花』に群がった。

忙しく本の交換に応じている蔦重を、西村屋と忠五郎は屈辱に震えながら見つめている。

鶴屋もまたその様子を見ていたが、やがてポツリと独りごちた。

「まぁ、倍は売れるかもしれませんが……」

第八章　逆襲の『金々先生』

「重三の細見がうまくいきんすよう。お頼みんす」

夜見世が始まるまでのわずかな時間、隙を見て花の井が九郎助稲荷に手を合わせていると、「花の井、いた！」と蔦重がなぜか風呂敷を振り回しながら駆けてきた。

「なんなんだい？　その風呂敷」

「風呂敷の中身は〜」と風呂敷をパッと広げ、「何もねぇ！　売り切れだ！」

「……売り、切れ？」

「そう！　評判よくってよぉ、皆どんどん仕入れてぇって。この調子で行きゃあ倍なんてすぐ！お茶の子サイサイよ！」

一緒に喜んでくれるものと思いきや、花の井はちっとも嬉しそうじゃない。

「なんだよその顔」

「それまだ本屋が仕入れてくれたってだけだろ？　町の人に売れたわけじゃあないんだろ？」

「どうして今そういうこと言うんだよ。喜んでくれると思って、一番に言いにきたのによ」

拗ねた子供のように口を尖らせる。花の井はフッと微笑んだ。

「……ま、わっちもせいぜい助太刀いたしんすよ。『瀬川』をふらりと物見にくる客もおいでんしょう。その方たちが『思い出の品として！』と細見を求めたくなるよう、気合いを入れんす」

花の井はつい思ってしまうのだ。この可愛い男のためなら、なんでもしてやれる、と――。


蔦重が蔦屋に戻ってくると、駿河屋の親父が来ていた。次郎兵衛と留四郎が相手をしている。

心当たりはないが、また何かやらかしたか……戦々恐々としつつ「親父様」と声をかける。

「おぅ、どうだったんだ、細見は」

「あ！　おかげさまで！　持ち込んだ分はすべてさばけまして」

「鱗形屋の話は出なかったか」

「とくには」

そうか、と駿河屋は蔦重と入れ替わるように大門の中へ帰っていった。

「案じていらしたんじゃないですかね。鱗形屋のお裁きが出たって言いますし」

早耳の留四郎が、節用集の板木と摺本二千八百冊を没収されただけで済んだと教えてくれる。

「へぇ、巷で言われたよりはずいぶん軽く済んだねぇ」と次郎兵衛。

「……まぁ、軽くてよかったですけどね」

その言葉に嘘はないけれど、一方で胸がざわざわ騒ぐのを蔦重は感じていた。

「では、須原屋さんの尽力で」

ようやく放免された鱗形屋を、鶴屋が訪ねてきていた。

「えぇ。まぁ、柏原屋にはそれなりに詫び金を包むことになっちまいましたが」

鱗形屋はすっかり面やつれしている。取り調べでひどく痛めつけられ、身元引受人となった須原屋に支えられての帰宅だった。

「ところで、こちらはご覧になりましたか」

鶴屋が細見『籬の花』をスッと差し出す。まずその薄さに鱗形屋は目をみはった。

「蔦重が出した細見です。鱗形屋さんのお留守の隙に」

鱗形屋は急いで細見を開き、これでもかと情報の詰まった本を食い入るように見ている。

「見事でしょう。これを半値で売るといいます」

「けど、こんなもなぁ枠組みを、入れ物を変えただけじゃねえか！」

鱗形屋の負け惜しみに、鶴屋は「私もそう思いますよ」とうなずいた。

「あれは吉原の引札屋《ひきふだや》です。とても本屋なんてものじゃない」

柔和なその微笑みの下には、冷酷なまでの拒絶があった。


一方、日本橋馬喰町に店を構える西村屋は『新吉原細見』を大々的に売り出していた。

店先には『新吉原細見』あります」の大きな紙看板、人寄せに女芸者も呼んで、多くの客が「おお、こりゃ粋だ」「いいねぇ」と本を手に取っている。

「案ずるほどではありませんでしたね」

「だろ。別に負けちゃいねぇのさ」

忠七と話していると、ドドン！　と太鼓の音がした。見れば派手な呼び売りの一隊が通りをやってくる。西村屋は目を疑った。その中に蔦重がいるではないか。

「細見細見、新しい吉原細見、『新吉原細見』だよー！」

蔦重が大声で呼びかけながら、『新吉原細見』の表紙を模した大きな看板を掲げる。

「ウチの？」。西村屋が首を傾げていると、

「こちらはそこの『新吉原細見』。だが、こちらの細見『籬の花』は！」

どういう仕掛けか、『新吉原細見』の看板の中から二冊の『籬の花』がひょっこり現れた。

「『新吉原細見』一冊の値で二冊買えるってんだから驚きだ！」

効果は絶大、西村屋にいた客が蔦重のほうへどっと流れていく。

「細見細見、新しい吉原細見、『新吉原細見』、一冊で二冊買えるのは吉原細見『籬の花』ー！」

「あんの、外道がっ！」

西村屋は顔を真っ赤にして地団駄を踏んだが、まだまだ蔦重とっておきの売文句が続く。

「しかもあの大名跡瀬川が襲名！　瀬川が載ってるのはこっちだけ！」

その日の夕方、吉原の仲の町は、『籬の花』を手に瀬川の道中を待つ男たちで溢れ返った。花魁道中が来るたび、「瀬川か？」「違う、大文字屋って書いてある」と大騒ぎになる。そしていよいよ、松葉屋の提灯を持った先導の男衆が現れた。「瀬川だー！」と誰かが声をあげる。

禿を両脇に従えた瀬川花魁の登場だ。より豪奢な着物をまとい、きりりと外八文字を踏む。花の井時代は艶やかさが際立っていたが、襲名後は高貴さが加わってまさに高嶺の花。

蔦重が細見を売り、瀬川が客を引き寄せる——二人は揃って吉原繁盛の立役者となった。

さて、吉原では集客のためにさまざまな年中行事が催される。中でも仲の町の大通りに毎年三月に植えられる春の桜、そして今まさに行われている七月の玉菊燈籠《たまぎくどうろう》だ。

この期間、女郎屋にあがらない一般の見物客や、いつもは出入りの厳しい女客も詰めかけて吉原は大いに賑わう。

そんな中、吉原の親父たちは駿河屋の二階で百川の仕出しが用意された祝いの席に集まっていた。

「うめぇこと玉菊燈籠も重なってよ。繁盛繁盛、吉原繁盛」と大文字屋はホクホク顔。

今日の主賓は、誰あろう蔦重である。

「いよっ！　蔦重大明神！」「これからは地本問屋耕書堂様だな！」などと、人文字屋と丁子屋におだてられ、なんだか居心地が悪い。

「ありがとうございます。……あの、ケツの穴がむずむずするんですが」

いつもは廊下か、よくて入り口のそばなのに今日は座敷の上座に座らされているのだ。

「どーんとしとけ、もうお前はいっぱしの本屋の主なんだからよ」

扇屋が笑いながら蔦重の背中を叩く。松葉屋や大黒屋の女将・りつも、「立派になってねぇ」「吉原に地本問屋ができる日が来るなんてねぇ」と感じ入っている。

「そんなに喜んでいただけて」

ジーンとしていると、駿河屋が「飲め」と蔦重に銚子を傾けてきた。

「いやいや。すべては今日まで育ててくださった親父様のおかげ」

慌ててそばの銚子を取り、駿河屋に注ぎ口を向ける。

「おめぇ、俺に喧嘩売ってんのか？」。ぎろりと睨まれ、蔦重は飛び上がった。

「いただきます！　ありがとうございます！」

大振りの盃になみなみと注がれた酒を一気に飲み干す。まさか親父様の酌で酒を飲む日が来ようとは……。

しみじみ美酒を味わっていると、今度はほろ酔いの大文字屋が銚子を手にやってきた。

「すいません、俺、このあと仕事が」

「てめ、俺の酒が飲めないってのかよ！」

あとからあとから親父たちがやってきて、暮れ六つに蔦重はようやく宴を抜け出した。

「ずいぶん飲まされたようだね。耕書堂さん」

よろよろと一階に下りてきた蔦重に、ふじが笑いながら声をかけてくる。

「やめてくださいよ。女将さんまで」

「まぁ、みな嬉しいのさ。吉原が自前の地本問屋を持てるなんて思ってなかっただろうし。これからはせいぜい頼りにするといいよ」

そう言うと、せわしなく入り口で騒いでいる客のほうへ向かった。浅葱裏《あさぎうら》と揶揄される野暮な田舎侍か、職人や奉公人階級の男たちだろうか。「瀬川に会える奥の手があるって聞いたぞ！」「金ならいくらでも出す！」などと、いずれも遊び方を知らない有象無象の客たちだ。

吉原じゅうが瀬川人気に沸いているようで、仲の町では若い男たちが瀬川の話をしていた。

「おい、お前、瀬川と寝たかよ！」

「ちょいとね。もう花魁はおいらに首ったけさ」

どう見ても「そりゃねぇだろ」という貧相な手合いだ。蔦重が急ぎ足で通り過ぎようとしていると、ふいに「お兄さん。一人かい？」と誰かが声をかけてきた。

振り返ると、平賀源内と新之助である。

「源内先生！　ご無沙汰してます！　新さんも！　あの、お二人は今日は」

源内がニヤリとして、懐から蔦重の細見『籬の花』を取り出す。

「もちろん『瀬川』よ。いってぇどんな妓なんだい？」

「どんな妓って、花の井ですよ」

「……えぇえっ！」

源内と新之助の驚きたるや、顎が外れんばかりである。


蔦重は二人を松葉屋に案内したが、瀬川は座敷がびっしり詰まっているということだった。

「えー！　会えねぇの？」

源内は不服そうだが、今の瀬川にふらりと来て会えることなど、千載に一遇もなかろう。

「すみません。あ、新さん。うつせみ花魁はぜひ会いたい、このまま上がってほしいと。かけもちにはなっちまうようですが」

新之助はため息をついた。「すまぬ。かけもちはどうも肌が合わず」

「しかし、てぇしたもんだね、この人出」

いつの間にか、源内は窓枠に片肘をかけて通りを見下ろしている。

「けどこりゃあみんな『瀬川』を見にきてんですよね。細見で人が来てんじゃなくて、あいつが『瀬川』を背負ってくれたから、こうして人が出てくれてるわけで。俺ぁ、何をすりゃ、あいつに報えるのかって思う時があります」

源内は思い出していた。「重三が誰かに惚れることなどござんすのかねぇ」と笑った花の井の顔。あれは女郎の顔でも、ただの幼馴染みの顔でもなかった——。

「んじゃ、いっそ、お前さんが瀬川を身請けしてやりゃどうだい？」

「……み、身請け？」。蔦重は目をぱちくりさせた。

身請けは女郎が客に身上を引き受けてもらうことで、多くの場合、身請け人の妻や妾となる。

「女郎の幸せはそりゃ身請けだろうよ」

「できるわけねぇでしょう。あいつを身請けなんていくらかかると思ってんです！」

「身請けというのはいかほどかかるのだ」

気になっていたらしく、新之助が横から聞いてくる。

「女郎の格にもよりますが、まぁ年季が明けるまえだと、どんなに安くても百両二百両。『瀬川』なんか千両超えになるんじゃねぇですか」

「はぁ、そんなに」。長屋住まいの貧乏浪人には、もはや想像がつかない。

「けど、考えたことなかったのかよ、小せえ頃とか。大きくなったら一緒になろうねーとか」

源内はいつになくしつこい。蔦重は、しばし幼い頃の思い出を頭の中に巡らせた。

「……あいつ、宝もんにしてた根付《ねつけ》を井戸に落としたことがありまして」

そう、二人がまだあざみと柯理《からまる》と呼ばれていた頃。何度水を汲み上げても桶の中に根付は見当たらず、つるべ落としの秋の空は夕焼けになろうとしていた。

「な。もう諦めねぇ？　そろそろ戻らねぇとおいら親父様にゲンコ」

柯理が言うと、いきなりあざみに突き飛ばされた。

「えらそうに！　あんた誰の稼ぎで食ってんだい！」

「お前まだ一文も稼いでねえだろ！」

負けず嫌いのあざみは、ムキになって桶を井戸に投げ込んだっけ……。

「……まぁ、たいがいそんなふうでしたよ」

「俺ぁグッとくるけどねぇ。ちなみに、どういう女に惚れんだよ。蔦重は」

「惚れる？」

「おぉ、そうよ！　今まで惚れた女は？　どういうんだい？」

蔦重は困り顔でしばし考え、言った。「……いねぇかもしれませんねぇ」

「斯様な中におって、女に惚れたことがないのか？」

出会ったその日にうつせみに心奪われてしまった新之助には、不思議で仕方がない。

「吉原もんは、その手の心根はあらかじめ抜かれちまうんですよ。女郎には死んでも手ぇ出しちゃなんねぇって叩き込まれますし。誰かをてめぇのモンにするとか考えたこたねぇですね」

「虚しい話だねぇ、どうも」

ため息をつく源内に、「ですよねぇ」とうなずく蔦重。ほかのことには人一倍気が回るくせに、なんとまぁ鈍い……源内は蔦重を横目で見ながら、「お前さんじゃねぇよ」と呟いた。

そろそろ夜が明ける。昨日は座敷を五つかけもちし、最後の客はまだ高いびきで眠っている。

大槌屋の若旦那だ。育ちのいい、初心《うぶ》な純情者かと思いきや――。

「……終わった」

瀬川は息を吐いた。いつもなら崩さない髪も化粧も乱れ放題、周囲には閨《ねや》で使ったおびただしい数の御簾紙《みすがみ》が転がっている。拾おうと手を伸ばすも、体のあちこちが痛い。

「……ちくしょう。めちゃくちゃしやがって……」

痛みを紛らわそうと煙管で一服していると、ふと客が持っていた『籬の花』が目に入った。

「売れた！」と嬉しそうに報告してきた蔦重の顔が浮かぶ。

客を送り出すまでが女郎の仕事。瀬川は気を取り直して身づくろいを始めた。


毎日必ず蔦重の貸本を待っている瀬川が、どうしたことか今日は姿が見えない。

さくらとあやめに聞くと、「まだ寝ておざりんす」という返事。昨日の客がひどい強蔵《つよぞう》で、と顔をしかめる。強蔵とは精力絶倫の男のことだ。

「な、なんで瀬川にそんな客つけてんですか！」

蔦重はいねに抗議したが、てんで取り合ってくれない。

「強蔵なんて女郎をやってりゃ誰だって当たりんす。瀬川だって初めてでもござんりんしょ」

近くで爪紅を差していた松の井も、やけに口調が冷たい。

「けど、あいつは今、誰より忙しいわけじゃねえですか！　何もそんな客の相手」

「ならばわっちなら構わぬと？　うつせみなら構わぬと？　瀬川ではないならよいと？　誰かが相手をせねばならぬのでありんす！」

声を荒らげて蔦重を睨みつける。蔦重が戸惑っていると、なだめ役のうつせみが「花魁、おやめなんし」と間に入ってきた。その拍子に、首に巻いていた手拭いがはらりと落ちる。

「――花魁、それ」

首にくっきりと残る赤いあざ――絞められた跡だ。うつせみがパッと背を向ける。

「自ら手を挙げた瀬川がキツいのは自業自得。それより、その尻拭いするわっちらの身になってほしいものでありんす」

松の井が腹を立てるのも無理はない。瀬川目当てで来た客をほかの女郎たちがさばいているとは――。蔦重は返す言葉がなかった。


「十分馴染みのいる女郎たちまで、かけもちする羽目になってるらしくて。しかも俺は瀬川に会いにきたのにって言う野暮も山のようにいるようで」

つるべ蕎麦で昼飯を食いながら次郎兵衛と半次郎に話す。野暮ならまだいい。強蔵も耐えられる。だがうつせみの客のように、女郎に暴力を振るって興奮するような輩となると……。

「客がねえのも困りもん、来たら来たでも困りもんか」と半次郎。

「いったい、女郎ってなぁどうやりゃ報われるんですかね」

次郎兵衛は「やっぱり身請け」だと言い、半次郎は「身請けより間夫」だと言う。なぜなら「間夫はつとめの憂さ晴らし、間夫がいなけりゃ女郎は地獄」だからだと。

「間夫か。いなさそうだなぁ。あいつ……」

人のこと言えんのかと怒鳴られそうなことを呟きながら、瀬川の憂さ晴らしはなんなのか、蔦重は一生懸命考え続けた。

瀬川は部屋で横になり、古びた赤本を読んでいた。『塩売文《しおうりぶん》太物語《たものがたり》』。大切にしていたが、繰り返し繰り返し読んだのですっかりくたびれてしまっている。

これは昔、井戸に落とした根付を諦めきれないあざみに、柯理がくれたものだ。

「おいらの宝もんやっからさ。これで手打ちにしねぇ？」

ちょっと待ってろと走り去った柯理が、本を手に息を切らして戻ってきた、あの瞬間。少女に淡い恋心が芽生えたのかもしれない……。

青白い顔で微笑んでいると、「花魁、入るよ」といねが入ってきた。髪結いの女も一緒だ。

瀬川は身を起こし、指名を書いた引手茶屋からの差し紙をいねから受け取った。

「今日の昼はこのまえの裏、夜は初会の客が二組、合間に花の井からのお馴染みさんをお通しするよ。いいね」

「あい……」。鏡台の引き出しにそっと本をしまい、背筋を伸ばして鏡に向き合う。

そこに映った顔は、すでに花魁のそれになっていた。

しばらくぶりに江戸に戻った源内は、中津川鉱山の件で田沼意次を訪ねていた。

「では、炭のほうはうまく回り始めたのか」

「ええ、おかげさまで」

鉄を炭に変えれば皆が儲かると出資者たちを説得し、人質だった平秩東作も解放され一件落着となった。

源内が庭に目を転じると、意知と三浦庄司が武具や馬具の長さと大きさを測り直している。

「あれは、社参のお支度にございますか」

「白眉毛に入り用となると言われ武具馬具を揃えたのだがな、大きさに『しきたり』があるといちゃもんをつけられてな。持つだけの弓槍にくだらんことこのうえないわ」

「先日、吉原の『瀬川』という名跡が蘇りましてな。その道中を一目見に、吉原には人が集まり、ずいぶんと繁盛しておりました」

意次は眉を寄せた。源内が急に吉原の話を持ち出した意図が分からない。

「不躾《ぶしつけ》ではありますが、お上の道中も民草には良い見物なのでは？」

なんと……！　源内は社参を見世物にして、金を得る場にせよというのだ。

「これを機に宿場宿場の商いを盛り立てるなど容易《たやす》いこと。かつ、その銭の出入りをうまく使えば、二朱銀への置き換えも進めることができますかと」

源内の言う「南鐐二朱銀」は重さで価値を決めるこれまでの秤量貨幣《しょうりょうかへい》と違い、八片で小判一両とする計数貨幣だ。商売の活性化と安定した経済を期待して意次が発行させたものである。

しかし、社参を逆手に取るとは、さすが源内。莫大な出費の埋め合わせもできる。意次の気鬱は一度に晴れた。


もう戻ってきているはずなのに、鱗形屋の戸はまだ閉まったままだ。表に提げられたまま風に揺れている、本の宣伝を書いた木札が切なかった。

「もう本屋はやらねぇってことですかねぇ」

気になった蔦重は、須原屋を訪ねたついでに聞いてみた。

「けど、細見はやらねえんじゃねぇか？　あんなものを半値で出されちゃ」

「……須原屋さんも、鱗形屋の偽板は俺が漏らしたって聞いてます？」

「やっこさんもホントのとこは分かってるような気もするけどな」

須原屋から事件の真相を聞いた蔦重は驚いた。鱗形屋から偽板本を買って売りさばいていた小島松平家の江戸家老・斎藤が、上方の本屋が犯人捜しをしていると聞き、主家と家門に咎が及ばぬよう勘定吟味役の松本秀持に賄賂を渡して泣きついた。そして鱗形屋にすべての罪を被せて逃げたというのである。

「……ん？　なんで須原屋さん、そんな話まで」

「ま、この話、収めたのは私だからな」

これ以上騒ぐなら、そっちのしている偽板を訴え返すぞと柏原屋を脅しつけたという。

「上方ってな、こっちの偽板は責めるくせに、てめらのことは棚上げしやがんのよ」

「本は上方から流れてくるもんだった……からですか？」

「そうそう。昔は本屋もほとんどが上方の出店でな。江戸生まれの本屋なんて須原屋と鱗形屋くれぇしかなくて。だから、お前さんには面白くねぇだろうがウチの筋としちゃ、助けねぇわけにはいかねぇのよ」

「いえ。俺も鱗の旦那に潰れてほしかったわけじゃないんで」

「……今日は？　その話聞きにきたのかい？」

「いえ、あの、ちょいと本の相談に乗っていただきたいんでさ」と蔦重は頭をかきかき、照れくさそうに言った。「ある女郎に本を贈りてぇと考えてまして」

「いいかい、今日の初会は検校《けんぎょう》、鳥山《とりやま》検校だからね。盲《めしい》の大親分でものすごい金持ちだよ」

松葉屋の遣手・まさが、座敷に同行しながら瀬川付きの禿や新造たちに言い聞かせる。

この当時、盲人は幕府や朝廷の手厚い庇護を受けていた。当道座《とうどうざ》という集団を作ることを許され、官位まで授与。検校とは盲官（盲人の役職）の最高位である。さらに生業《なりわい》として高利貸しを認められ、この鳥山検校のように巨万の富を築く者もいた。

しかしその一方、禿や新造たちのように、「わっち盲は嫌いでありんす」「やたら威張るのも多うありんすし」「来世は地獄さ」などと忌み嫌われる側面も持っていた。

「けど、そういうのは得てして下っ端さ。検校は盲の頂点にいるお方。花魁、粗相がないように頼むよ」

心得たもので、瀬川は「皆、金の山が座っておると思いんしょう」と妹分たちに微笑んだ。

「瀬川花魁、おいでなんした」

襖が開けられ、瀬川は下座に目もくれず上座に向かう。客は静かに酒を嗜《たしな》んでいるようだ。ちらりと検校を盗み見ると、意外にもいたって上品な佇《たたず》まいである。

瀬川が席につくと、検校は盲いた目をぴたりと瀬川に向けた。まるで見えているかのようだ。

「すまぬ。驚かすつもりはなかったのだが」

「まぁ、驚いたことまでお分かりに！　どうやって！」

検校の傍らについていた女将のいねが目を丸くして言う。

「息を呑んだ音がした。声や足音や衣擦れの音で大抵のことは分かるのだ。おい、花魁にお持ちしたものを」

晴眼の従者から、瀬川に包みが差し出された。中身は本だという。

「初会は花魁は座っておるだけ。さぞ退屈であろう。幸いわしは盲、気にせず皆で楽しむが良い」

「まぁ、なんと！　なんというお心遣い。ありがとうござりんす！」

いねが大仰に感激し、まさに包みを開けさせる。中には本や絵、双六まであった。

瀬川は、へぇ……と検校を見た。ほかの上客と同じように大金をばら撒いたり豪華な贈り物をすることもできたはず。けれどこの盲人の大親分は、そこらの金持ちとは違うようだ。

「もし。よろしければ、一冊読みんしょうか」

検校は驚いている。初会では口もきかないはずの花魁が自ら声をかけてきたからだ。

「しかし、それはしきたりを破ることになろう」

「常ならば花魁の姿を楽しむのが初会。代わりに声をお楽しみいただいてなんの罰が当たりんしょう」

「見世が許すならば、嬉しいことだが」

いねは迷っていたが、「では、本のお礼ということでどうざんしょ」と特別に許可を出した。

「ありがとうござりんす」

瀬川が本を見繕っていると、見たことのない上下二冊組の青本があった。表紙を見てハッとなる。『金々先生栄花夢《きんきんせんせいえいがのゆめ》』という題名の下に、三つ鱗の板元印がはっきりと記されていた。

蔦重が包みを抱えて店に戻ってくると、次郎兵衛が鼻をほじりながら本を読んでいた。あの義兄さんが本を――しかも面白そうに笑っているではないか。

「義兄さん、いったい何を読んでんです？」

「あ！　これ見た重三？　三味仲間が教えてくれたんだけどよ！」

『金々先生栄花夢』という青本だ。作者は恋川春町《こいかわはるまち》。聞いたことのない名である。

「これが面白《おもしれ》ぇのなんのって。お前これ山のように仕入れたほうがいいよ！」

次の瞬間、得も言われぬ戦慄が走った。表紙に鱗形屋の板元印があるではないか。

――まさか。次郎兵衛から本を奪い取って読み始める。

「『文《ぶん》に曰《いわ》く、浮世《ふせい》は夢のごとし』――」

内容は、ある田舎者の若者がうたた寝する間に見た夢の話だ。話の立て付けはありふれたものだったが、そこに描かれた人の振る舞いや言葉、風俗はとても生々しく、絵入りの庶民向け読み物でありながら、「うがち」の効いた画期的なものに仕上がっていた。

一気に読み終え、蔦重はしばし放心した。

「な。よく出来てんだろ。色町のトンチキなどまるで見てきたようでよ」

「そりゃそうでしょう、見てきた話なんですから」

「……えっ！　ひょっとして」

次郎兵衛にも思い当たる箇所がある。慌てて本を取り戻し、その頁を開いた。

「これ、俺の『目ばかり頭巾』の話かい？　でもこれお前が作ったんじゃないよね！」

「俺が聞き回ったネタで、鱗形屋がめっぽう面白《おもしれ》ぇ話を作ったってことですよ」

鱗形屋が刊行した今までにない草双紙『金々先生栄花夢』は大評判となり、一世を風靡。これが黄表紙の始まりとなる。この大ヒットには鶴屋のつけ知恵も大きかった。まずはあえて少なく撒き、本好きの飢えを煽りに煽り、頃合いを見計らって一気に売り出したのである。

むろん本の出来が秀逸だったからこそだが、鶴屋は鱗形屋の耳元にこう囁いた。

「やはり青本は鱗形屋だと評判を高める。そうすれば皆、思いましょう。考えてみれば細見など誰でも作れる、しかし、このような本は誰にも作れるものではない。大事にすべきは鱗形屋さん。吉原の引札屋などではない、と」

翌朝、瀬川が『金々先生栄花夢』を手に、慌てて九郎助稲荷にやってきた。

「重三！　これ見たかい!?」

「あ！　……あぁ、どうだった？」

「わっちは初めて青本を面白いと思ったよ」

「だよなぁ。俺もあっという間に読んじまったよ」

「鱗形屋は早々に持ち直したってことかい？　あんたの仲間入りの約束は？　守ってもらえんのかい？」

瀬川が矢継ぎ早に質問を浴びせてくる。

「……慌てることあんだな。花魁も」

「呑気なこと言ってる場合じゃないだろ！」と瀬川は半ば呆れて眉間に力を込めた。

「うん。そこは昨夜、親父様たちと話をしてさ」

「……親父様たちが？　話に乗ってくれるのかい？」

蔦重の行動は素早かった。吉原の親父たちに集まってもらい、相談にのってもらったのだ。

「いざやるとなったら、山のように妙案をくれてさ。腹を括ったらさすがってぇか。商い分かってるてぇか」

瀬川はなぜか黙り込んでいる。蔦重が「花魁？」と声をかけると我に返ったように、

「あ！　あぁ、そうだね。忘八は味方になりゃ、そりゃ、頼りになるよね」

「扇屋の親父さんなんて、地本問屋を皆まとめて吉原漬けにして、首回らねえようにしちまえって。忘八だよなぁ」

「吉原をなんとかしたいのは、もうわっちら二人きりじゃなくなったってことだね」

切なさを隠し、明るく冗談めかす。蔦重にはもう、自分の手助けなど必要ないのだ。

「おおっ！　そうだな。そういうことだな！　仲間が増えたってことだな」

「ありがたい話だねぇ、まったく」

瀬川はそう言うしかない。そんな女心の機微を、野暮天の蔦重に分かるはずもない。

蔦重はちょっと口ごもり、「……花魁のおかげだよ」と言った。

「今までお前が助けてくれなきゃ、親父様たちもこんなふうにはなってくれなかったわけでさ」

「別に、あんたを助けようと思ってやったわけじゃないし」

「……あのよ、これ。もらってくんねぇか」

蔦重が差し出したのは、『女重宝記《おんなちょうほうき》』という本だ。当時の女性が身につけるべき知識や教養を記した女訓書である。

「俺、お前にはとびきり幸せになってほしいと思ってんだ。身請けされて、それこそ名のある武家の奥方やら商家の御内儀《おないぎ》やらになってほしいんだよ、お前ならなれると思うし。女郎は世間知らずで苦労したり、それがもとで追い出されちまうこともあるっていうじゃねぇか。んなことにならねぇように、その本読んどきゃいいらしいんだよ」

「……重三にとって、わっちは女郎なんだね」

無言で本に目を落としていた瀬川が、ぽつりと言った。

「へ？」。蔦重は、瀬川の声音に混じる寂しさにも気づかない。

「吉原に山といる、救ってやりたい女郎の一人」

「けど、とりわけ幸せになってほしいって思ってんぜ。ガキの頃からの付き合いだし、えらく世話んなってるし。心から報いてぇと思ってるよ」

「……はは、馬鹿らしうありんす」。瀬川は振り切ったように笑い、「ありがとうござりんす。せいぜい読み込みいたしんす」と背を向けて去っていった。

どうも思っていた反応と違う。蔦重は首を傾げ、お稲荷さんに問いかけた。

「……なんか、あいつ、怒ってる？」

もし口がきけたら、お稲荷さんはこう言っただろう。

バーーーーーカ！　バカバカ！　豆腐の角に頭ぶつけて死んじまえ！　このべらぼうめっ！

そして、ついに地本問屋たちが吉原に乗り込んできた。鱗形屋、鶴屋、西村屋、村田屋、松村屋、奥村屋と錚々たる顔ぶれである。

駿河屋では親父とふじが大慌てで席の支度をし、先に到着した扇屋と大黒屋のりつ、松葉屋が地本問屋たちの相手をしている。やがて大文字屋と丁子屋が遅れてやってきた。

「奴ら、先手を打ってお仲間入りを断りにきたってことか」

大文字屋が入り口近くに座った蔦重にコソコソ話す。

「おそらく。今、なんとか扇屋さんが酒に持ち込もうとしてるんですが」

代金はこちらが持つからと扇屋が勧めても、鶴屋はいっさい揺るがない。

「女と博打は糀町の井戸。はまれば底が知れぬと聞きますので」

そう言って、早々にりつの酌を受けていた西村屋にも酒を許さなかった。

「では、そろそろお話に入ってよろしいですかね」

鶴屋が鱗形屋を促し、鱗形屋が『金々先生栄花夢』を取り出す。

「実は此度このような青本を出しまして。ことのほか評判も良く、ありがたいことに店先には客が詰めかけてくれてます。これからはよりいっそう本屋として精進していく心づもりです」

蔦重と親父たちが目配せし合う。案の定、鶴屋が本題を切りだしてきた。

「私たちとしてはやはり長い付き合いの鱗形屋さんを力のかぎり支えていきたい。それが仲間内の総意となりまして。申し訳ありませんが、耕書堂さんの仲間入りの話はなかったことに」

蔦重は膝を進め、吉原の親父たちと練った腹案を告げた。

「ウチが出すのは吉原に関わるものだけと考えております！　鱗形屋さんが出すような青本、芝居絵本、往来物類は一切出しません。それならば、皆様が案じなさっておられる本の増えすぎによる共倒れは起こらぬかと。そんな取り決めでなんとか私をお仲間に加えていただけませんでしょうか」

「けど、細見は出すんだろうが」と鱗形屋。

「細見はこちらで作り、タダでお譲りするという形はいかがでしょうか。それならば元手はかからず、皆様は売ったぶんすべてが実入りとなります」

西村屋が「ひ、『雛形若菜』は！」と身を乗り出す。蔦重が企画したこの揃物は、いまや西村屋の主力商品なのである。

「どうぞお続けくださいませ。それでどうでしょう鱗の旦那！　皆様方！　皆様にとっても決して悪い話ではねぇかと考えますが！」

地本問屋一同、思いもよらぬ好条件に戸惑っている。いけるんじゃないか――蔦重が思わず拳を握りしめた時、同業者たちの動揺を見て取った鶴屋がおもむろに口を開いた。

「……分かりました。あの、ここからは私だけでお話しさせてもらってよろしいでしょうか。実は、ここにいらっしゃってない方々からも預かっている話もございまして」

蔦重たちには想定外の展開である。鶴屋を残し、ほかの地本問屋は部屋を出ていった。

「ずいぶんとこちらも儲かる話をお考えいただいたようですが、世には金で動くものと動かぬものがありましてね。名前は申し上げられませんが、『吉原者』を市中の仲間に加えるのかという方々が少なからずおられます」

「な、なんですか。それは」。うろたえる蔦重に、鶴屋はいたって穏やかに言った。

「『吉原者』は卑しい外道、市中に関わらないで欲しいと願う方々がいるということです」

いったん座がシーンと静まり返り――次の瞬間、大文字屋の怒号が響き渡った。

「なに抜かしてやがる！　てめぇらののさばってる日本橋は元は吉原のあったトコじゃねぇか」

吉原が明暦三年の大火で移転したあと、日本橋通油町は江戸の商業・文化の中枢となった。

「私もそう言ったんですが、『江戸にこんないかがわしいものはいらぬ』と市中から追われたじゃないかと」

主人の中には文化人や教養人もいたが、廓の外では四民（士農工商）との付き合いが許されぬほど卑しい身分とされていた。だが、泥水稼業の忘八にも誇りがある。見下される筋合いはない。

「こちとら天下御免ですけどねぇ」

「お上が僻地へ追い払った者たちに、市中の土を踏ませてはお上に逆らうことになると」

「その方たちは女もお買いにならないんでしょうなぁ」

「どうなんでしょうねぇ、そこまでは私には」りつと扇屋が攻め込むも鶴屋はのらりくらりとかわし、押し問答が続く。いずれにしろ、これでは埒が明かない。

「あの、吉原を毛嫌いする旦那様たちと話をさせてもらえねぇでしょうか。直に話し合って親しみを持っていただくしかねぇと思うんですよ。俺、失礼のないように気をつけますから」

頭を下げる蔦重に、鶴屋はため息をつき、優しい笑顔で言った。

「ですよね。私もそうしませんかと申し上げてみたんですが。皆様、吉原の方とは同じ座敷にもいたくないって具合で」

その時だ。駿河屋が無言で立ち上がり、むんずと鶴屋の襟首を摑んだ。

「嘘くせぇんだわ、お前」

そのままズルズルと鶴屋を引きずっていく。蔦重は仰天してあとを追いかけた。

「お、親父様！　落ち着いて！　やめてやめてくだせえ！　よその人です！」

「グダグダグダグダ理屈並べやがって」

「皆様」なんかいやしない。言ったこと全部、この童顔の本屋の本音だろう。

階段まで来た駿河屋は、鶴屋を思いきり階下にぶん投げた。

「鶴屋さん！」

運悪く階段の下にいた西村屋が蔦重の叫び声に振り返り、落ちてきた鶴屋の下敷きになった。

鱗形屋ら地本問屋たちが驚いて駆け寄っていく。

「悪ぃけど、俺だってあんたらと同じ座敷にいたくねぇんだわ」

駿河屋が階段の上から吐き捨てる。ほかの親父たちもズラリ揃って地本問屋たちを見下ろした。

「出入り禁止な、あんたら」と大文字屋。「おや？　ってことは、もう皆さんは吉原の本は作れない？」と松葉屋が続け、「あらまぁ、じゃあ今後は重三しか作れないってことんなるね！」とりつが締め括る。しかし、まだまだ親父たちは収まらない。「黙って大門潜りゃいいなんて考えんなよ！」。丁子屋が威勢よく言い放ち、「そうですよ。二度と出ていけなくなりますからね」と扇屋がやんわり脅しをかける。

最後は駿河屋が鶴屋に向かい、腹の底から啖呵を切った。

「覚悟しろや、この赤子面！」

鶴屋の童顔が、初めてカッと歪んだ。

第九章　玉菊燈籠恋の地獄

地本問屋たちが引き揚げたあと、吉原の親父たちは接待用に用意していた酒で酒盛りを始めた。

「終《しま》いまで気取った野郎だったな！　赤子面！」。丁子屋は思い出すのも胸糞悪そうだ。

両者は階段の上と下で睨み合っていたが、赤子面こと鶴屋はいつもの取り澄ました表情に戻り、

「分かりました。では今後、私たち市中の地本問屋はいっさい吉原に関わらぬということで。お手間を取らせて申し訳ございませんでした」

馬鹿丁寧に頭を下げると、「では、失礼しましょうか」と地本問屋たちを促して帰っていった。

その慇懃無礼な態度がまぁ、親父たちをイラつかせたのなんの。

「そもそも赤子が吉原に来んなってんだよ！」

「そう！　吉原は吉原でやりゃいいんだよ！」

吉原をコケにされ、大文字屋も大黒屋のりつも頭から湯気を立てんばかりの怒りよう。それは蔦重とて同じだが、本来、蔦重が地本問屋に加われるかどうかの話だったはずだ。

「あの、けど、それじゃ、俺が細見作ろうが何作ろうが、市中ではもう売り広めてもらえねぇってことになるんでさね」

「吉原で売れればいいじゃねぇか」と扇屋。

「でも、それじゃ来た客にしか売れねぇですよね」

「これだけ来てりゃ、なんとかなんだろ」と松葉屋。

もはや蔦重のことなど念頭から消え去り、親父たちは地本問屋の悪口で盛り上がっている。

「今は玉菊燈籠に瀬川見たさが重なって人が来てますけど、これが常とはいきませんし」

反応がないので、さらに声を張る。「俺、もっぺん話し合ってきてもいいですか！」

「ダメだ！　ダメだダメだダメだ、何言ってんだテメェ！」

「お前あんなこと言われてよくそんなこと思えんな！」

間髪をいれず雨あられと非難が飛んでくる。

「けど、市中と手ぇ切ってやってけるわけねぇと思いますよ！」

すると、駿河屋が蔦重をギロリとねめつけて言った。

「そこをやってけるようにすんのがテメェの仕事じゃねぇのか。え、耕書堂」


引手茶屋の軒先に各々趣向を凝らした燈籠が下がり、吉原は幻想的な雰囲気に包まれている。

「うつせみ花魁、自分で花買ったんですか。とうとう」

夕暮れの仲の町。蔦重は新之助と松葉屋に向かっていた。玉菊燈籠は、玉菊という女郎の死を悼んで始まった行事だ。気立てが良く、客はもちろん吉原の人々から好かれていたという玉菊が、心根の優しいうつせみと重なった。

「己の甲斐性のなさが、つくづく情けない」

「間夫がいなけりゃ女郎は地獄ですから。そんなにすまなく思うことでもねぇですよ」

駿河屋の前を通りかかった時、店の中にいる盲人の客に二人の目が吸い寄せられた。

「ずいぶんと風情のいい検校だな」

「いい男ぶりでさね。誰ん客だろ」

立ち止まって見ていると、呼ばれてきたのは瀬川とその一行である。

「お待たせいたしんした」

「遅かりし由良助」

「どうやら御生害には間に合いんしたようで」

知的な冗談を言い合い、親しげに笑い合っている。なんだかいつもとは雰囲気が違うような――。

ふと瀬川の視線が蔦重に向けられ、なぜかドキリとする。が、瀬川のほうはまるで蔦重などいなかったかのように、フイッと目を逸らしてしまった。


「あの二人が恋仲……？」

うつせみの部屋でくつろぎながら、自分にはそう見えたと新之助が話す。

さっきの蔦重は、瀬川と客の検校がやけに気になっているふうだった。

「吉原の内で間夫を作ることは禁じられておりんすし、あまりにも今さら……」

床着《とこぎ》になったうつせみを見て、新之助は「痩せたな」と眉を曇らせた。

「……新様はそれがお嫌で？」。うつせみが急に肩を震わせた。「わっちが痩せたのがお嫌で？　それともお飽きなりんした？　それともよそに良いお人が？」

いつも控えめなうつせみの口から、次々と不安がほとばしる。

うつせみを落ち着かせようと、新之助はその華奢な両肩を強く抱いた。

「それは違う。私はそなたを一晩丸ごとなど揚げられぬではないか。ゆえにそなたが来るまで待つことになる。その間、そなたが今、誰とおるのだろうとよけいなことばかり考えてしまってな」

「廻し」と言って、女郎は一晩に複数の客を取る。うつせみを愛すれば愛するほど、ひとり部屋で待つ時間が生き地獄となっていく。

「……まこと情けない」。新之助はくっと顔を伏せた。

「わっちなぞをそこまで思ってくださるなど」

嬉しそうに涙ぐむ姿がただただ愛おしく、新之助はそのままうつせみを押し倒した。

「新様。お待ちを！　今、灯《あか》りを！」

うつせみが灯りに手を伸ばした拍子に、緋縮緬の湯文字《ゆもじ》（腰巻）の裾がはだけた。

「……なんだ、これは」

露わになった脚をうつせみが慌てて隠す。

新之助が力ずくで確かめると、そこには「長十郎様命」と生々しく刺青が彫られていた。


一方、瀬川の座敷では――。

「こちらお手許にござりんす。これからは我が家のごとくお寛ぎくださんし」

馴染みになった客には名前入りの箸袋が用意され、夫婦のように振る舞うことが許される。

「花魁、何か心がかりでもあるのか？　声音が少ししおれておる」

目が見えぬというのに、検校にはちょっとした心の機微も見透かされてしまう。蔦重に爪の垢を煎じて飲ませたいくらいだ。

「申し訳ござんりんせん。少し面白うないことを思い出しまして」

「……そうか。では、一つ面白いものをお目にかけよう」

いったい何が始まるのかと思いきや――。

「どうじゃ花魁！　わしの目隠し鬼は！」

検校は人並み外れた鋭い勘で、新造や禿たちを次々と捕まえてしまう。

「この世のものとは思えんせん！　当代一、当代一にござりんす！」

瀬川は気鬱も忘れ、やんやと喝采を送った。

「鳥山様はまこと稀に見る良い男であられんすなぁ」

次の座敷に向かいながらいねに話すと、「その言葉に裏はないかい？」と妙なことを聞いてくる。むろん裏などない。するといねは、「じゃあ教えてやるかね」と満更でもないふうに言った。

「実は鳥山様から身請けの話を持ちかけられてるんだけどさ。花魁にその気はあるかい？」

驚きはしたが、嫌ではなかった。あの人ならば信頼できるし、断る理由は見当たらない。それに蔦重も、「お前には幸せになってほしい」と本を渡してきたではないか……。

吉原を常に賑わっている場所にすればいい。次郎兵衛の助言もあって、蔦重は人出の増減を確認するため、吉原の一年の催事を書き出してみることにした。……が、ふとした拍子に瀬川と検校の仲睦まじげな様子が脳裏にちらつき、どうしたわけかイライラしてしまう。

「……いつものことじゃねぇか」

頭から追い出すと徹夜で作業に没頭し、翌日、蔦重は帖面を持って駿河屋の二階にやってきた。

「えええええええ！」

寝不足の頭に親父たちの絶叫が響く。座敷を覗くと、投扇興《とうせんきょう》の会をやっているようだ。

「あの、何かあったんですか？」

近くにいた駿河屋に聞いてみる。

「瀬川の身請けが決まりそうなんだってよ」

眠気が一気に吹き飛んだ。相手は鳥山検校。昨日見た、あの男ぶりのいい検校だ。

今日はいねも来ていて、皆から質問を浴びせられている。検校は江戸でも指折りの大金持ち、「身代金《みのしろきん》」は千両（現在の金額で一億を超える）と聞いて、大文字屋たちは大興奮である。

「ちくしょう。んな豪儀な話どれだけぶりだよ！」

「もう一声、吹っかけられそうだけどね。とにかくもう向こうさん、瀬川にベタ惚れでさ」

「でも、検校でいいのか？　身請け先は、できればお大名や豪商といきたいとこだろ」と扇屋。

「俺たちも初め引っかかったんだけどねぇ」

松葉屋夫婦も悩んだらしい。しかしこの先、大名や豪商から引き合いがくるかどうか分からないし、いつまでも売れ残ったら「瀬川」の格を落とすことになる。正直、台所も楽ではない。

「当の瀬川はどうなんだい？」

りつに聞かれたいねは、「それが乗り気なんだよ」と嬉しそうに言った。

「裏を返せば、検校だってこたぁ気になんないくらい、男としていいってことさ」

蔦重は意識まで飛びそうになった。まさか、本気で検校に惚れたとか……？

「重三郎、なんだ？」

帖面を持ったまま呆然としている蔦重に、駿河屋が訝しそうな目を向けてくる。

「あ！　あ、ちょぃと相談があったんですが、出直してきまさ」

うろたえて帰っていく蔦重を、駿河屋は思案顔になって見つめていた。

混乱したまま蔦屋に戻ってくると、次郎兵衛が調子っぱずれの歌をがなっていた。

蔦重が出かけている間に来たらしく、新之助が無理やりそれに付き合わされている。

「……おぉ！　蔦重！」

新之助は助かったとばかりに喜色を浮かべた。身請けについて聞きたいことがあって来たと言う。幸い次郎兵衛は自分の歌に酔いしれている。二人は気づかれないように、そっと店を出た。

「三百両……」

「へぇ。うつせみ花魁だと、そのくれぇの身代金は求められるかと。けど、なんでまた急に」

「私を呼ぶ花代を稼ぐために、おかしな客をとっておったのだ。うつせみに自らの名を彫り、痛がる様子を楽しむらしい」

怒りを押し殺しているようで、新之助の握った拳が白くなっている。

「それをすれば花代を弾んでくれるそうで、うつせみはもう傷だらけでな。もういっそつとめをやめさせてやれぬかと思ったのだが……。金のない男が身請けなど夢のまた夢なのだな」

「……花魁は断れんですけどね」

蔦重は独り言のように言い、小首を傾げた新之助に慌てて説明する。

「あ、花魁は気の進まねぇ身請けは断れるんです。なんで、うつせみ花魁がどんな身請け話が来ようが断って新さんが金を作るの待ち続ける。年季が明けりゃ身代金も安くなるんで、そこまで待って一緒になるってぇのは、ねぇ話ではねぇと思いますよ。理屈のうえではですけど」

「理屈のうえとは」

「なんだかんだ言っても、身請けを断る花魁なんて、まずいねぇってこってす。一日も早くつとめを終えたいのも本音でしょうし」

「……つまるところ、花魁にとって金のない男の懸想《けそう》など幸せになる邪魔立てでしかないのかもしれぬな」

新之助が消沈して曇天を見上げる。蔦重も灰色の空を見上げ「そうなんでしょうねぇ」と呟く。

蔦重も分かってはいるのだ。金持ちの検校に身請けされるのが、瀬川の幸せだと――。


ここでの物はすっぱりさっぱり捨てていく。瀬川は少しずつ部屋の整理を始めた。

「こりゃまだとっとくのでありんすか？」

あやめが手に持っているのは、ボロボロの赤本――『塩売文太物語』だ。

「……わっちが初めて男からもらった贈り物でござんしてなぁ」

そう言って、大切そうにそれを受け取る。これだけは捨てられそうにない……。

こつん。窓に小石の当たる音がした。窓障子を開けると、蔦重が笑顔で見上げている。

「ちょいと、いいか？」

あとを禿たちに任せ、瀬川は蔦重と九郎助稲荷にやってきた。

「ま、ちょいと座って座って」

蔦重はやけに愛想がいい。「気味悪いんだけど」と眉をひそめつつ石段に腰を下ろす。

蔦重はしばらく口ごもっていたが、やがて思いきったように切りだした。

「あのよ！　身請け決まったたって聞いたんだけどよ。その身請け断ったりってなぁありやなしや」

「……は？」

「いや、いや実は市中の本屋と揉めちまって。細見も吉原だけで捌かなきゃいけなくなっちまってよ。今お前がいなくなって人に引かれっと」

なんとまぁ手前勝手な……瀬川は冷ややかに言った。

「このあいだは身請けされて幸せになれって言いんしたかと」

「言った！　言ったけどお前、こんなに早いたぁ思わねぇし」

瀬川の口からため息が漏れる。そのため息に蔦重は焦ったらしい。

「それに何も検校で手ぇ打つこたないんじゃね？　どれれぇ金持ちなのは分かるけどさ」

「鳥山様は素敵な方でござんすよ。男ぶりもいいし、品もいいし、何よりお優しいし」

「そうは言っても目ぇ見えねえんだぞ。お前にそんなお人の世話なんて」

禿から女郎屋で育った女郎は、世間のことを知らないし家事もまったくできない。

「お側役がおられんす。それにまるで見えているかのように動かれるのでありんすよ。顔も見えぬのに人の機微も察せられんす。それこそ目明きの男の倍も百倍も！」

瀬川にピシャリと撥ねつけられ、蔦重はフラれた間男みたいな情けない顔になった。

「……お前、それ惚れてるってこと？」

「かもしれんせん。じゃあ」

さっさと立ち上がって去っていく。蔦重は慌ててあとを追った。

「お、お前、江戸中の笑いモンになんぜ！　お前にどんだけいい顔してんのか知んねぇけど、あいつらクズ中のクズよ！　お上の情けをいいことに、葬式にまで押し掛けてむしり取る。その金貸して大儲けしてる、この世のヒルみてぇな連中よ！」

思いつくかぎりの罵詈雑言を並べ立てる。すると、瀬川が足を止めて振り返った。

「あんただってわっちに吸い付くヒルじゃないか！　河岸のために五十両取ってこい！　今だって客呼ぶために身請けを蹴れって言う！　わっちに客とり続けろって言う！　同じヒルなら、よそ様に吸い付いてくれるほうがまだ愛らしいってもんさ！」

蔦重は急に黙り込んでしまった。何を考えているのか、瀬川が表情を読めずにいると――。

「行かねぇで！」。叫ぶなり、蔦重はガバッとその場に土下座した。

「頼んます。後生だから、行かねぇで」

しかも涙声である。うっかりうなずきそうになったが、瀬川はグッと自分を抑え「好かないね。しまいにゃ泣き落としって」と冷たくあしらった。

「分かってんのよ。これがいい話だってことたぁ。吉原にとってもお前んとっても……けど、俺は、お前があいつんとこに行くのがやなの」

瀬川の心臓が跳ねた――今、重三はなんて言った？

「俺がお前を幸せにしてぇの……。だから、行かねぇでください」

頭を下げたまま、今にもしゃくり上げそうな震え声で哀願する。

二人のこれまでの年月と同じくらいに長い……長い沈黙が流れた。

「……どうやってさ」

瀬川の声も震えていた。蔦重がハッとして顔を上げる。

「どうやって幸せにしてくれるって言うのさ」

瀬川は潤んだ目で恋しい男を睨みつけた。まっすぐで、どこか抜けている憎めない男。ずっとずっと胸の奥に秘めてきた思いを、もう隠すことができない。

「そ、そりゃあ、どうにか」

「どうにかってなんなんだよ！　べらぼうが！」

こらえきれなくなった涙が瀬川の双眸から溢れ出る。

「ね、年季明けには請け出す！　必ず！」

「心変わりなんかしないだろうね！」

泣きながら問い詰めると、蔦重は小さくため息をついた。

「……あのよ、俺ゃ、てめぇの気持ちに気づくまで二十年かかってんのよ。五年やそこらで心変わりなんて、んな、器用なこと……そりゃ無茶ってもんよ」

瀬川は「そっか」と妙に納得し、拍子抜けしたせいで涙も少し引っ込んだ。

恋の成就にしては色気のない会話だけれど、最後はやっぱり二人らしく笑ってしまった。

瀬川の突然の翻意は、有頂天になっていた松葉屋といねにとって裏切りにも等しかった。

「確か、花魁は相手の身分、身代金の額によらず、気の進まぬ身請けを断ることができる定めであったはず」

松葉屋は「そりゃあ、建前はそうだけど」と弱りきっているが、いねはカンカンだ。

「あんた、こないだは受けるようなこと言ってたじゃないか！」

縁起棚に飾ってあった身請け証文をつかみ、瀬川の前に突き出す。

「もうここまで話は進んでんだよ、今さらなんてって断るんだよ！」

「では、わっちから直に鳥山様にお断りしんす」

「……花魁。わけを聞かせてもらえるかい？」

いねのこめかみに立った青筋を横目に見つつ、女房よりは冷静な松葉屋が瀬川に聞く。

「お断りしたほうが『瀬川』の値打ちが高まりんすかと。ここで身請けされては瀬川なぞしょせん金に転ぶもの、となりんしょう。逆に『千両でも振りつけた』となれば、瀬川はさすが金では転ばぬと。そのような評判が立つほうが瀬川の値打ちも、ひいては吉原の花魁の値打ちも高まると気づきんした。次に身請け話があれば、親父様たちももっと吹っかけられんしょう？」

「分かった。じゃあ、私から断っておくよ」

説得しようとする松葉屋を遮って、意外にもいねが言いだした。

「……まことでありんすか？」

「あんたの言うことはもっともだ。よく分かったよ」

「ありがとうございりんす。ではお頼みいたしんす」

瀬川は見るからにホッとして内証を出ていった。松葉屋が「いいのかい、あれで」といねに確かめると、いねは険しい目つきで断言した。

「ありゃ、男だよ。間違いない、間夫ができたんだ」

「間夫って。今まで一人も作らなかったのに？」

「だから、作るとしたらアレしかいねぇだろ」

「今さら!?」

「とにかくアレ相手なら正面切ってのお定め破りだ、尻尾捕んでバキバキに折檻すりゃ目も醒めるさ。まさ！」

いねの指示で、その日から遣り手婆による瀬川とアレの監視が始まった。が、そこは吉原育ちの二人、いつもと変わらぬふうを装いながら密かに連絡を取り合い、人目を欺き続けたのだった。


そんななか、駿河屋から瀬川を指名する差し紙が松葉屋に届けられた。客は検校である。

「申し訳ござぁせん。瀬川はあいにくひどい風邪っぴきざぁして」

主人と女将自ら駿河屋に出向き、検校に平謝りする。

「……もしや、私は瀬川に振られたということか」

「まさか、どうしてそんな」。いねは笑ってごまかそうとしたが、検校の耳は声に混じる焦りを聞き逃さない。松葉屋の言い訳も信じていないふうだったが、あえて追及せず、「これで滋養のあるものでも」と瀬川のために金を渡して帰っていった。

「あのよ、ひょっとしてなんだが、ウチの奴がなんか」

駿河屋は、先日の蔦重の様子から勘が働いたらしい。

「まま、まだウチん任せとくれ。どうしようもなくなったら頼るからよ」

松葉屋はそう言うと、先に店を出たいねと一緒に歩きだした。

「はぁ、どうすっかねぇ。千両は惜しいけどさ、今回は見送るってなぁ、やっぱりねぇの？」

「ないね。あの子は次に誰が来たっておんなじ理屈で断るよ。はぐらかし続けたあげく、年季が明けたらアレと一緒になる算段さ。せっかく甦った『瀬川』を、そんなしょぼいもんにされていいのかい？」

鬼と言われようが人でなしと言われようが、ここで情けをかけるわけにはいかないのだ。


「こりゃ、またずいぶんと大勢な」

一晩に五人とは……瀬川は眉を曇らせた。

「『瀬川』の襲名披露のご祝儀、いくらかかったか知ってるかい？　瀬川になってからの着物、簪、調度品。あんたが張り込むって言うもんだから、もうとんでもないことになっててさ……。身請けも断ったことだし、ガンガン稼いでもらわないとね」

「けど、こんなこと『瀬川』の安売りとなりんせんか？」

「そこは案じなくていいよ。瀬川と寝られるなら金に糸目をつけないって、うちうちに頼まれてた客ばかり。風邪ひいたことにして離れで客をとる。これならバレやしないさ」

金勘定に厳しいいねだが、これまでこんなことはなかった。瀬川は合点した。こうして昼夜を分かたず客をとらせ、瀬川が音を上げるまで追い詰めるつもりだ。いねは最初から身請けを断る気などなかったのだ。

「……女将《おか》さんは、もう一度、四代目瀬川を作るおつもりで？　先代の瀬川もこうやって気の進まぬ身請けを呑まされたあげく自害したのでは？」

いねはフンと鼻で笑った。

「脅しのつもりかい？　悪いけど、私ゃ四代目が可哀想だなんて毛筋ほども思っちゃいないよ。アレは松葉屋の大名跡を潰してくれた、迷惑千万なバカ女さ」

非情に言い捨て、「じゃあ、頼んだよ」と部屋を出ていく。

瀬川は思わず拳で壁を叩いた。客の前では花魁花魁と祭り上げても、しょせんは金儲けの道具。歯を食いしばって怒りを押し殺すしかなかった。


翌日の昼過ぎ、蔦重は再び松葉屋にやってきた。午前中に貸本商いで来た時、瀬川の姿が見えないので心配していたら、松葉屋が昼過ぎにもう一度来てほしいと耳打ちしてきたのだ。いねを抜きにして、瀬川と三人で話したいことがあるというのだが……。

案内されたのはなぜか離れで、襖の向こうから男女の喘ぎ声が聞こえてくる。昼見世で女郎が客をとっているのだろう。そこへ、松葉屋が入ってきた。

「すまないね、蔦重。花魁を蔦屋に連れてくわけにもいかないもんで」

そう言うと、松葉屋は房事の真っ最中である部屋を見やった。

「花魁はぁ〜、ちょいと長引いてるみたいだね」

その意味に気づいた瞬間、蔦重の顔からサッと表情が消えた。

「気持ちが入っちまうと、聞こえ方が違うか」

「……なんの話、だか」。動揺を隠せない蔦重に、松葉屋は二の矢三の矢を放つ。

「今さら言うことでもないけど、どれだけ飾り立てたってこれが瀬川のつとめよ。年に二日の休みを除いてほぼ毎日がコレさ。この先どう考えてるか知らないけど、お前さんはこれを瀬川に年季明けまでずっとやらせるのかい？」

松葉屋が少しだけ襖を開けた。その隙間から、着物のはだけた女の肩が揺れているのが見える。なめらかな、雪のように白い背も……。

蔦重が微動だにできずにいると、視線を感じたのか、ふいに女が顔だけ振り返った。蔦重を見た瀬川の目が大きく見開かれる。それを確認すると、松葉屋は静かに襖を閉じた。

「客をとればとるほど命はすり減ってくもんだ。年季明けの前に逝っちまうなんてこともザラさ。重三。今お前にできんのはな、何もしねぇってことだけだ」

蔦重は一言もなかった。何もかも、松葉屋の言うとおりだった。


重い足取りで蔦屋に戻ると、新之助が長屋の知り合いだという若い娘を連れてきていた。

「玉菊燈籠が見たいというのでな。ひさと言うのだが、切手を願えるか？」

玉菊燈籠の期間は一般の女性も吉原に入ることができるが、女郎の足抜け（吉原からの脱走）を防ぐため、出入りには引手茶屋や会所が出す通行切手が必要になる。

蔦重は通行切手を手に取り、ふと動きを止めて考え込んだ。大門の手前でひさが踵を返し、新之助が一人で中に入っていったことにも蔦重は気がつかない。清掻が聞こえ夜見世が始まり、やがて大門が閉まっても、蔦重は通行切手を見つめて考え続けた。普段ならよぎりもしなかっただろう考えが、頭にとりついて離れないのだ。

——たとえば最後の客が寝入ったあと、瀬川が屋根づたいに抜け出して蔦重と落ち合う。人目につかないところで一時身を潜め、変装させて朝一番に大門へ向かう。

会所の番人には、玉菊燈籠で知り合った男女のふりをする。「裏茶屋にしけ込んでたら、日またいじまって」などと言い訳して通行切手を提示し、堂々と大門を出ていく——。

頭の中で計画が練り上がった頃には、もう明け方になっていた。


その日も蔦重は松葉屋に貸本商いにやってきた。顔を合わせるのが気まずいのか、瀬川の姿が見えない。いつもどおりに振る舞い、松の井と話していると、遠目からこちらを見ている瀬川に気づいた。一瞬目が合ったあと、瀬川がくるりと背を向ける。

「花魁！　面白《おもしれ》ぇ本入ったよ」

蔦重は声をかけて瀬川に近づき、「これどうだい」と用意してきた本を差し出した。なんてことのない青本だ。無言でそれを受け取った瀬川は、本を開くなりハッとした。

「ま、読んでみてくだせぇ」

本には、足抜けの手順を書いた紙片と通行切手が挟んであった。半ば呆然として蔦重を見つめている瀬川に、本気を伝えようと真剣な目でうなずく。

その時だ。いねが慌てふためいて部屋に駆け込んできた。

「うつせみ！　うつせみはいるかい？　誰かあの子見なかったかい？」

うつせみに何かあったのか、いねは髪を振り乱さんばかりだ。

「足抜けだ！」

蔦重と瀬川は驚いて顔を見合わせた。蔦重たちより一足早く、うつせみと新之助が手に手を取り合い、大門を潜ったのである。

新之助に頼まれたのだろう、ひさという娘は通行切手を受け取り、大門の中へは入らず帰っていった。その通行切手を、うつせみが使ったに違いない。

しかし、二人が夢見た未来はあっけなく潰えた。逃げているところを松葉屋の若い衆に捕まり、うつせみは泣き叫びながら担がれていき、新之助はなす術もなく袋叩きにされたのだった。


心配になった蔦重は、新之助の長屋にやってきた。

戸を開けると、新之助が脇差を手に切腹しようとしているではないか。

「な、なにやってんですか！」

駆け寄って脇差を取り上げようとするも、新之助は必死に抵抗する。

「離せ！　離せ！　俺はうつせみと共に逝くのだ！」

「うつせみは死にませんよ！」

新之助の手が止まり、呆けたようにぽかんとする。その隙に蔦重は急いで脇差を奪い取った。

「吉原は女郎を殺したりはしませんよ」

「——死なぬのか」。力が抜けたように肩を落とす。安堵もあったろう。だが、足抜けに失敗した惨めさや心中すらできぬ情けなさに、新之助は打ちのめされたようだった。

「うつせみが逃げたいと言ったわけではないのだ。誘ったのは私でな。己の不甲斐なさに耐えられなかったのは私のほうだ。弱かったのは、俺なのだ……」

蔦重には、その気持ちが痛いほど分かった。一瞬にして夢から覚めてしまうほどの、それは心が悲鳴をあげるような痛みだった。


松葉屋に連れ戻されたうつせみは、庭の木にくくりつけられ、いねにきつい折檻を受けた。

「芝居のネタにでもなるつもりかい、しょんべん女郎が。え？」

頭から水を浴びせられるうつせみを、これが見せしめだと分かっていても、瀬川やほかの女郎たちは黙って見ているしかない。

「わっちは、ただ、幸せになりたくて」

「はぁ、幸せ……。なれるわけないだろ！　こんなやり方で！」

いねはまなじりを裂き、くったりしたうつせみの髪を引っ張り上げた。

「この先どうやって暮らすつもりだったんだい。追われる身になって、どこ住むんだ。人別（戸籍）は、食い扶持はどうすんだい、え？　まともな暮らしなんてできないよ。あいつはあんたを養おうと博打《ばくち》、あんたはあいつを養おうと夜鷹、成れの果てなんてそんなもんさ。それが幸せか？」

いねは容赦なくうつせみに甘くない現実を突きつける。

「あ？　幸せか？　それのどこが幸せかって聞いてんだよ！」

そんなことは承知のうえだ。うつせみだって、承知のうえで夢見たのだ。幸せを夢見ることすら、苦界の女には許されないのか……瀬川は答えが知りたかった。

夕方、内証をのぞくと、いねは忙しそうに夜見世の差し紙をさばいていた。

「……女将《おか》さん。四代目瀬川が迷惑千万とは、女郎にとってでありんすか？」

「あの妓があんな死に方をしなきゃ、きっと何人もの女郎が『瀬川』になって豪儀な身請けを決めて大門を出てったさ。そりゃここにいる女郎の数少ない幸せになる道さ。しかも一番大きな堂々とした道さ。あの子は引き受けときながら、己の色恋大事でぶっ潰しちまったんだよ」

それはそのまま、四代目と同じ道を歩もうとしている瀬川に向けての言葉だった。

「女郎たちは『瀬川になる道』をなくしたし、松葉屋は『瀬川の身代金』をなくした。この二十年近くは楽じゃなかったさ。だからあんたが『瀬川』を甦らせたい、幸運の名跡にするって言った時は嬉しかったよ。これでみんな救われるって、やっと『瀬川』を背負える器が出たとも思ったしね」

いねは差し紙から顔を上げ、瀬川を射るように見た。

「あの時、あんたの心にあったのは間夫と添い遂げることかい？」

瀬川は息を呑んだ。違う、そうではない。蔦重のためでもあったけれど、心から吉原の、苦界に沈んだ女たちのためによかれと――。

「ここは不幸なとこさ。けど、人生をガラリと変えることが起こらないわけじゃない。そういう背中を女郎に見せる務めが『瀬川』にはあるんじゃないかい？」

声を失っている瀬川に、元花魁だったいねはかすかな憐憫を滲ませて言った。

「『瀬川』を背負うってのは、そういうことだと思うけどね」

それが女郎の生き方を貫く「張り」、苦界の女が唯一誇れるもの――。

瀬川は答えが知りたかったのではなく、ただ覚悟が欲しかったのかもしれなかった。

翌日、蔦重が松葉屋にやってくると、瀬川が近づいてきて先日の青本を返してきた。

「この本……バカらしゅうありんした。この話の女郎も間夫も馬鹿さ。手に手をとって足抜けなんて上手くいくはずない。この筋じゃ誰も幸せになんかなれない」

驚きはしなかった。そんな気がしていた。きっと瀬川も夢から覚めたのだろう。

「……悪かったな、花魁。つまんねぇ話すすめちまって」

蔦重は自嘲の笑みを浮かべながら本を受け取った。自分が不甲斐なくて、瀬川の顔をまともに見られない。

「何言ってんだい。馬鹿らしくて面白かったたって言ってんだよ」

エッと目を上げると、瀬川は優しく微笑んでいた。

「この馬鹿らしい話を重三がすすめてくれたこと、わっちはきっと一生忘れないよ。とびきりの思い出になったさ」

束の間でも二人で幸せを夢見たことは、決して無駄ではなかったと思いたい――瀬川は心からの笑顔で、「じゃあ、返したよ」と去っていった。

蔦重が戻された本を開くと、そこには夢の残骸のように、半分だけの通行切手が残されていた。

ほどなくして、瀬川の身請けが正式に決まった。江戸じゅうの話題をさらった見受けの身代金は千四百両、出ていくのはその年の暮れ。そしてもう一人、年の暮れに住みなれた場所を離れねばならない者がいた。

第十章　『青楼美人』の見る夢は

江戸城の田安屋敷では、賢丸が一人静かに部屋で漢籍を読んでいた。書物に集中しようとするのだが、年末には江戸の白河藩邸に移ることになっており、心中は穏やかでない。

そこへ、十一歳になる妹の種姫《たねひめ》が器を手に入ってきた。

「兄上、これはなんの種で」と器の中の黒い粒を見せる。

「なんの種であったか。昔、父上からいただいたものだ」

「撒けば芽が出ましょうか」

ふと種姫の言葉が引っかかる。このまま何もしなければ芽が出ることはない。しかし――。

「そうか、種を、撒けば……」

賢丸は部屋を飛び出し、宝蓮院の部屋に向かった。

「母上！　種！　種を撒きましょう！」

呆気にとられている宝蓮院に駆け寄り、その手を取る。

「田安の種を撒くのです！　江戸城に」

賢丸の目は、久しぶりに輝いていた。

数日後、西の丸御殿の一室で将軍世子の家基と生母の知保の方、賢丸と宝蓮院が顔を合わせた。

「賢丸殿が城を出られるのは今年の暮れであったか」

「はい。こうして西の丸様にお伺いできるのも、あと幾度あることか」

将棋を指す息子たちを見ながら、知保の方と宝蓮院が話す。そばには松平武元が控えていた。

家基は盤面を睨みつけ、親指を嚙んで次の一手を考え続けている。賢丸が「西の丸様。そろそろ」とやんわり促す。こうしていると、二人は長年共に過ごしてきた仲の良い主従のようだ。

その様子を見ていた宝蓮院が、ふいに涙ぐんだ。

「宝蓮院殿、どうなさったのじゃ」。知保の方が驚いて聞く。

「同じ吉宗公の血を引く者として、西の丸様をお支えしたいと賢丸は望んでおりましたもので。きっと西の丸様が将軍におなりになった時、ああして盤を囲むのは、あの足軽上がりの息子なのでしょうね」

「田沼の息子……」。知保の方も親指の爪を嚙んで考え込み、武元に目を向けた。

「どうにかならぬのか。右近将監殿」

「一つだけ手がございますかと」

——最初の種撒きは首尾よくいった。賢丸は家基を見つめながら、含み笑いを浮かべた。

駿河屋の二階では、吉原の親父たちによる将棋の会が催されていた。

「最後の花魁道中は暮れだっけ」

「あぁ、正月ならよかったんだけどね」

大文字屋と松葉屋が交互に駒を指しながら話す。将棋よりも、瀬川の身請けの使い道のほうが本題のようである。その横で盤を囲んでいた扇屋と大黒屋のりつも同じくで、

「正月なら、そこで細見も捌けたのにか」

「暮れに売っちまやいいじゃないか。誰が決めたんだよ、正月って」

それを聞いた丁子屋が「そうか！　何もあいつらに合わせるこたないのか！」と駒をパチリ。対局相手の駿河屋はニヤリとして「正月の鱗の細見は売れなくなるかもしんねぇな」と王手をかける。親父たちは勢いづいて、「ついでに女郎絵も売っちまうってのはどうだ」「瀬川の『次』をずらっと並べてね！」「『雛形若菜』潰しちまえってね」などと盛り上がった。

肝心の蔦重は次郎兵衛相手に長考中で、名前を呼ばれたことにも気づかない。しかし、その頭の中で考えていたことは将棋の手ではなく瀬川のことである。

「重三郎っ！」

駿河屋の一喝でようやく我に返ると、大文字屋が張りきって蔦重のそばにやってきた。

「お前、瀬川の最後の道中に合わせて女郎の錦絵だせ！　次に売り出す綺麗どころズラッと並べてよ！」

「錦絵ズラリは金がかかりますが」

「いくらかかっても構わねえよ！　あいつらをぶっ潰せんなら！」

「あいつらをぶっ潰す？」

「瀬川の道中盛り上げて、ついでに市中の本屋をぶっ潰しちまえって話よ！　分かったな！」

「へ、へぇ」。とりあえず返事はしたものの、今の蔦重にはまるで覇気がない。

「なんであんなに血の気多いのかねぇ。あの人たち」

仲の町を大門に向かいながら、次郎兵衛がため息をつく。

「お、瀬川だ」

次郎兵衛の視線の先には、いねと一緒に引手茶屋から出てきた瀬川がいた。祝儀物を抱えた若い衆を従えている。身請け披露の挨拶に回っているのだろう。瀬川はいねと談笑しながら、次の店に向かっていった。

良い思い出になったと突き返された半分の通行手形が、鈍い痛みと共に思い出される。

「……ほんとに出てくんだなぁ。あいつ」

いつまでも未練がましく引きずってないで、前に進まねば。蔦重は自分を奮い立たせた。

「俺ゃずいぶん世話になったし、最後に何か餞《はなむけ》しなきゃいけねぇですね」

「花魁道中を盛り上げてパーッと送り出しゃ、それでいいんじゃねぇの？」

「けどそりゃこちらが花魁を使って儲けてぇって話じゃねぇですか。もっと、あいつが心から喜ぶような」

「ん？　おい重三あれ」と次郎兵衛が話の腰を折った。「あれ確か出入り禁止んなった」

西村屋と小泉忠五郎である。二人は半籬の「若木屋」に入っていった。十九軒ある中見世のうちの一軒で、西村屋が昔からよく使っている女郎屋だ。

「義兄さん、ちょいと先戻っててくだせぇ」

蔦重は胸騒ぎを覚えて駆けだした。開いている二階の窓越しに、座敷に人が集まっている様子が見える。引手茶屋や中見世・小見世の親父たちが西村屋と忠五郎を囲んでいるようだ。

「……なんだ、この集まり」

若木屋の主人・与八が蔦重に気づいた。蠅でも見るような目で蔦重を見下ろし、次の瞬間、障子窓がパシーンと閉まった。


翌日、蔦重は市中に出て地本問屋を偵察することにした。どうにも胸騒ぎが収まらないのだ。目立たぬよう店先で錦絵を物色する客を装っていると、細見を求める客がやってきた。

「どうぞこちらです」。手代が客に持ってきたのは、西村屋の細見である。

「もっと薄っぺらいのがあったと思うんだけど」

「あぁ、もうありゃ市中では扱わないことになったんですよ。ありゃ吉原の本屋が出してんですけど、なんだか、もう市中になんか流さない、欲しけりゃ吉原まで買いにきやがれって」

「なんだいそりゃ、ずいぶんいけ好かない本屋だねぇ」

「まぁ、吉原者はねぇ」

よもやこんなことになっているとは……。しかし、それだけではなかった。蔦重の前を通りかかった屑屋の引き車に、蔦重の細見『籬の花』がまとめて積まれているではないか。

「これ、屑にすんですかい？　なんだかもったいねぇですけど」

「本屋のあいだでもう扱うなってことになったらしいよ。なんでも吉原の奴らが市中で商いさせろって無体なこと言ってきて、丁寧に話しにいったら問答無用で殴られたって」

そういう話になっているのか……愕然としていると、「お、蔦重じゃねぇか？」と声がかかった。

源内である。今日は正真正銘、「平賀源内」然とした風貌風格だ。

「あ！　そうだ！　瀬川が金の亡者に身請けされたってほんとかい？」

「源内先生。俺このままじゃまずいかもしんないです」

「え、そりゃあ瀬川の身請けぶっ潰したくなったとか？」

「いえ、ぶっ潰されるのは俺のほうかも」

「え！　もう何かやったの？」

まったく話が噛み合わない。蔦重は一呼吸置いてから、

「あの、ちょいと落ち着いて相談乗ってもらうことって……」

そこへ「源内さん、お待たせお待たせ」と追いかけてきた者がいた。蔦重に気づいて「お」と顔を綻《ほころ》ばせる。ここにも心強い助っ人が一人。須原屋である。


蔦重は源内と須原屋にくっついて芝居町にやってきた。

「はぁ、市中の本屋に威勢よく縁切りしたけど、現《うつつ》には吉原のほうは切り崩され、市中の本屋には締め出されるってコトんなっちまったと」

道すがらに聞いた蔦重の話をまとめつつも、源内の目はすれ違う男前の役者の卵たちに吸い寄せられていく。

「そうなんです、このままいくと前の吉原に戻っちまうんじゃないかって。……聞いてます？」

好みの男に秋波を送っていた源内は「聞いてる聞いてる」とごまかし、とある芝居小屋の前で立ち止まった。ここに用事があるらしい。

「半刻《はんとき》ほどで終わるんで、ちょいとそのへんで遊んどいとくれ」

源内と須原屋は中に入っていった。「……まぁせっかくか」とぶらぶら歩きだす。

芝居町の風景は存外面白かった。役者が稽古していたり、飯を食っていたり、賭け事をしていたり。舞台では見ることのない普段の姿が新鮮で、蔦重はつかの間悩みを忘れて散策を楽しんだ。

絵草紙屋を見かけると、商売柄立ち寄らずにはいられない。一枚の役者絵が目に留まる。

「お、春章《しゅんしょう》」

勝川《かつかわ》春章は、役者絵や相撲絵で大人気の浮世絵師だ。が、その絵に春章の印はなく、「豊章」と入っている。蔦重の知らぬ名である。

「騙されたね。今は『春章風』流行ってっからね」

店の者が笑いながら教えてくれる。ほかにも「新章」「夏章」「青章」など、店先には様々な春章もどきの絵が並んでいた。

「皆、たくましいな」。蔦重も笑ってしまった。

「だろ？　春章は好きかい？」

「良いですよねぇ。役者が息をしてるようで……。けど、なんで役者絵ってこういう役者姿だけなんでしょうね。役者をしてねぇ時の役者を描いたって良いと思うんですがねぇ」

さっき見た役者たちの素顔。ああいう日常の姿も、人々は見てみたいのではあるまいか。

「そりゃあ、めでてぇことで！」

ふいに明るい声がした。声に聞き覚えがあると思ったら、鱗形屋だ。商売相手だろうか、中年の男と話しながら歩いていく。一時はやつれていたが、今は以前のように血色がいい。

「お待たせ。どうかしたのかい？」

用事が終わったようで、蔦重の後ろから須原屋が声をかけてきた。

「あ！　今、鱗の旦那がいて。ずいぶんとお元気そうで」

「……あぁ、青本も調子良いようだしな。気がかりはそのあたりだったな、源内さん」

須原屋が振り返ると、源内ははるか後方の別の絵草紙屋で若い男を口説いている。

「源内さん！　行くよ！」

さしもの須原屋も呆れて源内を引っぱってきた。


「まぁ、お前さんが慌てるほど、事は悪くはねぇと思うんだよな」

居酒屋で酒を飲みつつ、須原屋が言う。

「ほっといても鱗形屋は細見作って売ってくれるわけだろ。西村屋だって豪華な錦絵を作るわけだし。つまるとこ二人とも張り切って吉原に客呼んできてくれるってことになんないかい」

「――あぁ、そうだ。そうですね！　そうだ！」

蔦重は思わず声を張り上げた。ちなみに源内は隣でガツガツと飯をかき込んでいる。

「だろ？　引いた目で見るってなぁでぇじなことよ」

目から鱗が落ちた。思い返してみれば、蔦重は森を見ずに近くの木ばかり見ていた気がする。

「ま、残るはそのうえで、お前さんがどう出るかってことだぁね。そうしろたぁ言わねぇけど、事がすんなり収まるのは、お前さんが元のように『改』に徹するってことだ。向こうもそれならお前さんを喜んで受け入れるだろうし」

「けど、それをすりゃ、つまるとこは元の木阿弥になっちまいませんかね」

西村屋たちは甘い汁を吸うことしか頭になく、とても吉原が良くなるとは思えない。

「改の立場でそうならねぇようにするってのもあるぜ」

須原屋の言うことも一理ある。あるのだが、どうにも受け入れられない自分がいる。

「もうやりてぇことやったら？」

飯を食い終わった源内が、楊枝を使いながらあっけらかんと言い放った。

「吉原の親父さんたちは、お前が錦絵なりなんなり作んなら金はいくらでも出すって言ってんだろ？　俺がお前さんなら、なんだかんだ御託を並べてテメェのやりてぇことやっちまうね」

「やりてぇこと」

「そうよ。お前さんのやりてぇことって何よ」

蔦重は少し考えてから、ため息と共にかぶりを振った。

「……ダメだ。言えねえです、とても。笑われまさぁね、絵に描いた餅だって」

源内と須原屋が「笑わねぇって！」「笑わない笑わない」と口々に蔦重を促す。

まぁ笑われたっていい。それよりもずっと胸に温めてきた思いを二人に聞いてほしかった。

「……俺は、吉原を昔のように江戸っ子が憧れるとこにしてぇです」

吉原者には市中に加わってほしくない、などと蔑まれぬように。いつもでんと構えている親父たちが、必死になって抗議しなくて済むように。

「いかがわしい離れ小島って見下されんじゃなくて、あそこで遊べなきゃ一流じゃねぇって言われるような、見上げられる場所で」

そうなればうつせみが首にあざを作ることも、松の井の誇りが傷つくこともない。

「そこにいる花魁なんてな男にとっちゃあ高嶺の花で、だからすごく大事にされて。女郎たちにとっちゃあ、身請けやいい出会いに恵まれるって場所で」

そこには、惨めに打ちひしがれている新之助のような男も、暗い穴に放り込まれた朝顔のような女もいない。

「つらいことより楽しいことのほうがずっと多い。俺ぁそんな場所にしてぇです、吉原を。そんで……」

その刹那、脳裏に瀬川の面影がよぎった。「吉原をなんとかしたいのはあんただけじゃない」と言った、瀬川の面影が――。

「そんで、あいつを喜ばせてぇ」

つい口走ってしまった。すかさず須原屋が「あいつって？」と聞いてくる。

「あ！　あ、瀬川花魁ってな実は俺の幼馴染みでして。世話んなりっぱなしのまま、見送ることになっちまって。ずっと何かあいつを喜ばす手はねぇもんかって考えてたもんで、つい」

照れ隠しに笑って言い訳する蔦重に、源内がいつになく真剣な顔を向けてきた。

「いいじゃねぇか、蔦重。花魁のために吉原を皆が仰ぎ見るトコに変えてやろうぜ。それこそ千代田のお城みてえによ」

――お城？　そのとたん、蔦重の頭が凄まじい速さで回転し始めた。

「……これだ」

次に蔦重の口から出てきたのは、突拍子もない発想である。

「あの、作った吉原の絵を上様に献上するってなぁ、できねぇでしょうか」

源内と須原屋は、二人してぽかんと口を開けた。

「いや、まことに見てもらわなくて構わねぇんですが、その噂が欲しいんです」

お城に納められていると なれば人々はこぞって絵を求め、神棚に飾り、上様がお忍びで吉原に行っているかもしれないとの話がまことしやかに広まるだろう。

「それがありゃ、間違いなく吉原の格が上がりませんかね？」

大胆と言おうか図々しいと言おうか……しかし、理にはかなっている。須原屋はちょっと考え、源内のほうを見やった。

「……まぁ、少なくとも田沼様までは持っていける、よな？」

蔦重の背筋に戦慄のようなものが走った。絵に描いた餅が、本物の餅になるかもしれない。

「ちくしょう。なんだかゾッとしてきやがったぜ」

源内も蔦重同様、いやそれ以上に興奮している。

「よし、蔦重！　一つ、世の中が引っくり返るようなもんぶち上げてやろうじゃねえか！」

「へぇ！」

蔦重は帯にさして持ち歩いている矢立と紙を出し、その場で企画を練り始めた。

恐れ多くも上様に女郎の絵本を献上する――蔦重の話を聞いた親父たちは目を白黒させた。

「べ、べらぼうめ！　んなことできるわけねぇだろ！」

怒鳴り散らす大文字屋に、蔦重は丁寧に説明した。

「けど、源内先生を通せば、田沼様までは間違いなく持ってけるんですよ。まず本はまちげえなく売れます。ご献上って箔がつきゃクソでも売れるのが江戸でさね」

親父たちの眉間のしわが徐々にほどけていく。

「それに、吉原が上様に献上したって知れ渡れば」

その先をりつが取る。「上様が来てるかもしんないなんて噂が立つ！」

「そう、そうすりゃ吉原の格も間違いなく上がりまさね！」

「格が上がりゃあ、客筋は良くなるな」と扇屋がニヤリ。蔦重はうなずき、「客筋が良くなりゃ、落ちる金は増える」と続ける。「豪儀な身請けもぼんぼん出る！」と大文字屋は捕らぬ狸の皮算用、察しの悪い丁子屋も「良いことづくめってわけか！」と納得顔になる。

「その絵本を瀬川の最後の道中に合わせて売るってことかい？」

松葉屋に聞かれ、蔦重は「そういうことです！」と大きくうなずいた。

「けど……献上できるような絵本は相当値の張るモンになっちまうだろ。そんな高《た》ぇ本、江戸市中抜きで捌けんのか？」

扇屋が懸念を口にする。蔦重は「そこなんですけど」と皆を手招きし、額を突き合わせてコソコソと腹案を告げた。親父一同、またしても大驚の体である。

「そんなことできんのか？」

半信半疑の大文字屋に、「へぇ、そこはもう目星がついてまさ」と自信たっぷりに答える。

「そりゃあ、もうあいつら、火ぃ噴いて悔しがりそうだな」

「あいつらには決してできないことやるってことだもんねぇ」

扇屋とりつは痛快無比の笑み、大文字屋たちから「よし乗った！」「俺も！」と声があがった。

「ありがとうございます。じゃあ、皆様には、本のかかりのお願いをしてぇんですが」

「おぉ、おぉ！　いくらだ！　いくらでも言え！」

カボチャの大文字屋が太っ腹に言い放つ。

「ありがとうございます！　けど、外に漏れたくねぇですし、一つ女郎たちではなくここにいる皆様だけで入銀をお願いしたいんですが」

「うっせぇなぁ。ま、いいや。で、いくら都合すればいいんだ」

「では、百両ほど」

その場が一瞬で凍りついた。「ひ、百？」。大文字屋の顔から血の気が引く。「せ、せめて半分になんねぇか」と丁子屋も急に及び腰になる。

「なんねぇです。ご献上するにふさわしい逸品に仕上げるにゃあ、これでもギリギリで」

蔦重はきっぱり言いきった。しかし、親父たちもおいそれと出せる額ではない。一同が戸惑っている中、駿河屋がやおら自分の財布を取り出し、それを叩きつけるように置いた。

「俺が五十もつ。残りを皆にお願いしろ」

蔦重は感激した。これぞ江戸っ子の侠気、さすが駿河屋の親父様だ。

「親父様、ありがとうござ……」

「ただし！　そいつは入銀じゃねぇ、貸付だ」

「――え？」

「ふーん。でかい口きいても、返せる見込みは立ってねぇってことか？」

やけにきっぷがいいと思ったら、やっぱり骨の髄まで忘八である。蔦重は意地になってニッコリ笑った。

「いいえぇ、こりゃ売れますから。売ってご覧にいれましょう！」


その日、蔦重は二人の浮世絵師を連れて仲の町を歩いていた。

「まさか春章先生に加わっていただけるなんて」

一人はあの勝川春章、もう一人は、以前『一目千本』の挿絵を描いてもらった北尾重政である。

「重政さんに誘われたら断れねぇよ」

「ご近所さんだしねぇ」

面倒見の良い重政は、春章だけでなく多くの後進に慕われているらしい。

「まぁ、春章は女が描けねえなんて奴らもいるからよ」

春章がフンと鼻を鳴らす。なかなかの負けず嫌いのようだ。

松葉屋に二人を案内する。昼見世までの自由な時間、女郎たちは文の内容を考えていたり、数人でおしゃべりしたり、芸事の練習や遊びに興じたり、思い思いに過ごしていた。

「客に見えてねぇとこじゃこんな具合なのか」

春章は好奇の目ではなく絵師の目で、興味深そうに女郎たちを見回している。

部屋の隅で本を読んでいた瀬川は、遠目から蔦重一行の様子を見ていた。

「また本でも作るのでござんすか？」

松の井が通りかかったいねに聞いている。

「そうらしいよ。次に売り込む女郎の絵本だってさ」

「……次、か」。瀬川はぽつりと呟き、再び本に目を落とす。

春章たちを二階に案内しながら、蔦重もまた、本を読んでいる瀬川を見つめていた。


完成した本を引っさげ、源内、駿河屋、扇屋、そして蔦重は田沼屋敷に乗り込んだ。

意次に色摺りの紙で包んだ特製の絵本を上納し、源内が口火を切る。

「吉原は天下御免の色里。ぜひ、上様にご献上をお願い申し上げます！」

四人揃ってバッと頭を下げると、意次は面食らったような顔になった。

「……面を上げよ。そのほうら、なにゆえかような本を？」

「それは」と顔を上げた扇屋は先が続かず、「……こちらの者より」と末席の蔦重に振る。

蔦重は小さく咳払いして、居住まいを正した。

「では僭越ながら経緯《いきさつ》を申し上げます。此度、瀬川と申す女郎がめでたく落籍《らくせき》と相成りまして」

「ありがた山？　お前、ありがた山ではないか？」

「……お！　覚えててくだすってたのですか！」

感謝感激雨あられの蔦重に、「あのような礼を申した者は、ほかにはおらぬしな」と意次は楽しそうにしている。確かに、偉い老中の前で庶民の洒落など口にする者はいないだろう。

「然様で、いやまことそれはかたじけ茄子」。ウケるのではという下心で言ってみる。

「かたじけないということか？」

「大当たりのこんこんちき、仰せの通《とお》り油町《あぶらちょう》にございます！」

「そのように調子良く使うのだな」

意次は大いに気に入ったようだ。この感じならトントン拍子に話が進むのではなかろうか。

「ところで、先ほどの瀬川というのは今年甦ったという名跡か」

「然様にございます。その者の落籍を祝い、かつ、天下御免の色里にふさわしい絵をもって吉原の格を上げたいと――」

気をよくしてペラペラ本音を明かす蔦重に、すかさず駿河屋が声を被せる。

「徳川様のご威光をささやかながら世に伝える所存にございます」

意次はうむとうなずき、笑みを浮かべて蔦重たちに言った。

「実はその『瀬川』の道中の話は『社参』を考え直すきっかけともなったものでな。これは恩を返さぬわけにはいかぬな」


江戸城の御座の間。家治と謁見した意次は我が耳を疑った。

「――田安の姫を、上様のお子になさるのでございますか」

特製の絵本は三宝の上に載せられたまま、意次の傍らにある。

「ゆくゆくは家基《いえもと》と夫婦《めおと》とするつもりだ」

「なにゆえそのような次第に」

平静を装って尋ねると、家治はため息をついて言った。

「白河行きをなしにしろと今度は家基が言いだしてな……」

賢丸も承知した話ではないかと一度は突っぱねたが、家基は真っ向から父親を詰問してきた。

「それができぬなら、田沼をお退けくださいい。田沼は汚い手を使って賢丸を追いやった。喧嘩は両成敗にございましょう」

「……これは喧嘩ではなかろう。汚い手を使ったというが、そんな証《あかし》がどこにある」

「身内を切って捨てられ、憤るどころかかばわれる。そんな具合であるから、成り上がりの傀儡《かいらい》と揶揄されるのではないですか？」

家治がぐっと詰まると、そばに控えていた武元が「お言葉が過ぎまするぞ！」と家基を一喝した。家基は「……御無礼を」と頭を下げたが、あの揶揄こそ家基の本音であるのだろう。

「しかしながら上様」と武元は少し膝を進め、「揉めに揉めたこの件、改めて田安にお慈悲をいただけませぬでしょうか。上様と西の丸様の間に禍根を残さぬためにもどうか！」

この世で家治が唯一恐れているのは我が子、しかも家基はたった一人の男子だ。武元も知保の方も、将軍の弱点を知り尽くしているのであった。

意次はただただ呆然として、屋敷に戻っても打ち沈んだまま夜の庭を眺めていた。

「これで賢丸様は次の将軍の義理の兄。種姫様が子でももうけられれば、もう盤石だな」

意知も三浦庄司を相手にため息をつく。

「まさに田安の種撒き、にございますな」

つい軽口を叩いた三浦を、意次が「笑い事ではない」と睨む。

意知には、そんな父親が神経質すぎるように思われたらしい。

「しかし、西の丸様が将軍になられるのはまだまだ先。然様に思い詰められずとも」

意次は、蠟燭の灯に近づいてくる羽虫に目をやった。

「……虫は自ずと明るいほうへと寄っていくものだ。この話を聞き、田沼のこの先が明るいと思う者はおるまい。人が離れる」

羽虫を捕えてぎゅっと握り潰すと、意次は憎々しげに「白眉毛め」と呟いた。

市中のあちこちに「瀬川花魁落籍　名残の道中　廿三日七ツ刻より」と書かれたチラシが貼られている。

いよいよこの日を迎え、蔦重は駿河屋に集まった親父たちに今日の道中の説明を終えた。

「では皆さん、本日七ツ刻（午後四時頃）より、よろしくお願いします！」

親父たちが手に手に絵本を持って解散していく。蔦重は急いで松葉屋を追いかけた。

「松葉の親父様！　あの、瀬川花魁に渡してもらっても良いですか？」

差し出された絵本を、松葉屋はじっと見つめた。蔦重の思いが込められた本。ただでさえ大判の絵本は、そのぶん持ち重りがしそうだった。

「……忙しいから自分で渡しとくれよ」

「え！　……いいんですか？」

「え？　なんでダメなの？」

とぼけて逆に問い返してくる。松葉屋の気持ちを、蔦重はありがたく受け取った。

「……でさね。じゃ、テメェで渡します」

深々と頭を下げると、蔦重は瀬川の元に向かった。

瀬川の部屋はほとんど物がなくなって、ずいぶんと殺風景だった。

「スッキリしてんなぁ！　まぁ！」

「売れるもんは売っちまったし、皆なんだかんだもらってくれてね」

蔦重は、部屋に唯一残っている衣桁の着物に目をやった。あの花嫁衣裳をまとい、瀬川は今日、この吉原を出ていく。もう二度とこの町に帰ってくることはない。

「……今日から売り出す吉原絵本なんだけどよ。餞別にでも」

蔦重から絵本を受け取ると、瀬川はくすりと笑った。

「あんたが何かくれる時はいっつも本だなって」

絵本の題名は『青楼《せいろう》美人《びじん》合《あわせ》姿鏡《すがたかがみ》』。大本三冊一組で、技術と贅のかぎりを尽くした世にも美しい本だ。惜しまず金をかけ、序文には蔦重が自ら文を寄せた。

「まぁ、こりゃ、またずいぶん立派な」

初めの頁には四人の花魁が載っている。その中に瀬川もいた。

「――これ、わっちも載せてくれたのかい？　もう出てくのに」

「そりゃあ、瀬川の最後の絵姿だって謳わせてもらいますんで」

「最初で最後さ」

「え！　そうだったか！」

言われてみれば、これまで瀬川の絵を見た記憶がない。

「そう、わっちの絵はこの世にこれきりさ。ふふ、嬉しいもんだね」

瀬川はしげしげと自分の絵を見つめている。その姿を見て、蔦重は嬉しそうに微笑んだ。

「わっち、本、読んでんだね」

「あぁ、それが一番お前らしい姿かと思ってよ」

瀬川が頁を繰る。庭でおしゃべりに興じているのは松の井たちだ。小鳥と遊んでいたり、桜を愛でている女郎たちの絵もある。

「いいだろ。なんかのんびりしてて。女郎をしてない時の女郎の絵ってのも」

「ずるいよ。こんなふうに描かれると、楽しかったことばかり思い出しちまうよ」

そう言って、瀬川は目頭を押さえた。思わずその肩を引き寄せたくなる。どこにも行かせたくなくなる。蔦重は、葛藤を振り払って笑顔になった。

「……花魁。俺ぁここを楽しいことばかりのとこにしようと思ってんだよ。売られてきた女郎がいい思い出いっぺぇもって、大門を出てけるとこにしたくてよ」

「そんな色里あるわけないじゃないか」

瀬川に呆れられたが、構わず蔦重は続けた。

「いい男やいい身請けがゴロゴロあって、年季明けまでいる奴なんかほとんどいねぇのよ。吉原に来りゃ人生が拓《ひら》けるなんて言われて。そのうち、わざわざやって来て、うまくやってやろうなんて太《ふて》ぇ女も出てきたりよ」

瀬川が「馬鹿らしゅうありんす」と笑う。その笑顔を、蔦重はまぶたに焼き付けた。

「……な。馬鹿みてぇな、昼寝の夢みてぇな話さ。けど花魁もおんなじだったんじゃねぇの？」

意味が分からぬという顔の瀬川に、蔦重はまっすぐな眼差しを向けた。

「こりゃ、二人で見てた夢じゃねぇの？」

一緒に生きていく夢は叶わなかったけれど、二人にはもう一つ大事な夢がある。

「だから俺ぁ、この夢から覚めるつもりは毛筋一本ほどもねぇよ。俺と花魁をつなぐもんはこれしかねぇから。俺ぁその夢を見続けるよ」

そう言うと、瀬川は顔をくしゃっとして笑った。あどけない幼女のような笑顔だった。

「……そりゃあまぁ、べらぼうだねぇ」

蔦重の言葉が嬉しかった。けれど好いた男と歩めぬ現実はその分だけ切なくて、一筋の涙が瀬川の頬を伝う。

その時、ドン！　と太鼓が鳴った。


瀬川最後の花魁道中をひと目見ようと、仲の町の道沿いには黒山の人だかりができている。

「瀬川だー！」

花嫁衣装を身につけた瀬川がきりりと顔を上げ、見事な外八文字を描きながら歩いてくる。何にも媚びない、けれどどこか優しい――そんな風情をまとわせた唯一無二の花魁の姿に、人々は息を呑んで見入っている。

瀬川の後ろから松の井が登場した。その艶《あで》やかさに見物客がワッと沸く。志津山、常磐木、玉川、亀菊、嬉野、勝山。個性豊かな花魁たちが次々と現れ、群衆は熱狂のるつぼと化した。

「これが吉原よ」。群衆の中で平沢常富《つねまさ》が一人笑む。

瀬川の花魁道中に従っている松葉屋と女将のいね、遣り手のまさ、見物しているほかの親父たちも誇らしそうだ。

先頭を行く瀬川の視界に、大門の内側で待っている蔦重の姿が入った。

二人の胸に、吉原で一緒に過ごした年月とさまざまな思い出が去来する。

瀬川が笑う。蔦重も笑った。もう言葉はいらない。別れの涙もない。

瀬川は蔦重の前で歩みを止め、後ろを振り返った。外八文字の跡が、少しの乱れもなく均一に、美しい線を描いている。町に向かい、しばし頭を下げ――。

「おさらばえ」

踵を返し、前だけを見て大門を出ていく。

大門の外では、従者を連れた鳥山検校が瀬川を待っていた。駿河屋とふじもいる。皆が瀬川を取り囲み、その姿はとうとう蔦重の視界から消えて見えなくなった。

――さあ、ここからが二人の夢の始まりだ。

蔦重が町に向き直ったのを合図に、留四郎が太鼓をドン！　と鳴らす。

「トウザイトウザイご注目！　今日吉原の売りたるは、世にも稀《まれ》なる女郎絵本！」

『青楼美人合姿鏡』を大きく掲げ、町中を進みながら大声で呼びかける。蔦重に呼応して、店や通りに散らばった親父たちと若い衆が一斉に絵本を掲げた。人々がなんだなんだと集まってくる。

「稀なる！　どこが稀なるか！」

絶妙の合いの手は、これも『青楼美人合姿鏡』を掲げて蔦重の後ろを歩く次郎兵衛だ。

「まずは瀬川が載っている。なんとこいつぁ最初で最後の絵姿だ！」

「世にたったの一枚ときたもんか！」

「ずらり並んだ花魁たち、実は漏れなく載っている！」

今度は花魁たちが一斉に優雅な流し目をくれる。老若男女、みな沸きに沸いた。

「とどめにこいつは極め付き。うそか真《まこと》か、上様もご覧になったという噂！」

群衆の興奮が最高潮に達したところで、再び留四郎が太鼓をドン！

「お求めの方は、大門をちと出たところ五十間の『蔦屋』までー」


「……暮れに吉原で細見がばら撒かれた？」

地本問屋の会所で話を聞いた鶴屋は、少しばかり眉をひそめた。

「これじゃ年明けの細見なんて売れやしねぇ」と鱗形屋が舌打ちする。

そこへ西村屋が、『青楼美人合姿鏡』を手に駆け込んできた。

「こ、これ、須原屋で売ってた！　あの小僧が出したって献上本だよ！」

「蔦重の本を書物問屋が？　ありえねぇだろ！」

「山崎屋を相板元で入れたんだよ。あいつ、私らの裏をかきやがったんだよ！」

目には目を、歯には歯をでやり返されたというわけだ。

鶴屋が「よろしいですか？」と西村屋から蔦重の絵本を受け取り、中をめくり始める。

「問い合わせがひっきりなしらしいよ。こんなもん出されたらウチの『雛形若菜』は」

頭を抱えている西村屋に、鶴屋はノッと笑って言った。

「ご案じなく。この本は……売れません」

第十一章　富本、仁義の馬面

駿河屋の二階の座敷には、吉原じゅうの引手茶屋や女郎屋の親父たちがずらりと居並んでいる。細見の納品にやってきた蔦重は、その中に若木屋の姿を見つけた。目が合ったので会釈し、駿河屋に「珍しいですね、若木屋さん」と耳打ちする。

「お前のほうを入れるって気になったんじゃないか？」

蝿を見るような目で障子窓をパシーンと閉められたことを思うと、その可能性は薄そうだ。人も揃ったようなので、板元の蔦重が挨拶に立つ。

「皆様お集まりいただきありがとうございます。来春の細見が出来上がりましたので」

「その前に、俺からいいか」と若木屋が蔦重の口上を遮った。若木屋の周辺にいる桐屋などの一団がうなずき合う。いずれも中見世・小見世の親父たちで、若木屋はその代表らしい。

「俺たちは耕書堂の細見は入れない。鱗形屋板を買うことにした」

座がどよめいたが、蔦重はさほど驚きはしなかった。

「お、お前、そりゃどういう了見だよ！」。丁子屋が若木屋に食ってかかる。

「俺たちはお前らのやり方には乗らねぇ。『雛形若菜』にも載っけてもらいてぇし。市中の本屋と付き合いてぇってこった」

「言っただろ！　あいつらは吉原もんは市中に出てくんなって言ったんだぞ！」

大文字屋が色をなして抗議するも、若木屋は聞く耳を持たない。

「てめぇらの都合ばっかで決めてんじゃねぇよ！　吉原はテメェらのモンじゃねぇってんだよ」

喧嘩腰で言い放ち、座敷を出ていく。若木屋と意見を同じくする親父たちもずらずらと従い、半数程度がいなくなってしまった。

大文字屋と丁子屋が慌てて追いかけていったが、蔦重は半ば予想していた。吉原の中には、市中の本屋を馴染みに持つ見世も少なくない。西村屋と若木屋が手を組み、地本問屋とやり合った駿河屋たちを悪者にして、桐屋などの親父たちを取り込んだのだろう。

大文字屋がカンカンになって戻ってきた。説得どころか、また言い争いになったに違いない。

「重三！　お前、献上本売れまくってんだろうな！　『雛形若菜』、ぶっ潰せんだろうな！」

蔦重は曖昧に笑ってやり過ごした。肩には百両がずっしりとのしかかっている。

親父たちの前であれだけ大見得を切った『青楼美人合姿鏡』であるが、これがなかなか……正直、まったく売れないのである。

景色の中に女郎を描くという斬新な内容、しかも絵は勝川春章と北尾重政。市中の地本問屋たちは度肝を抜かれて悔しがったはず。確かに二十匁《もんめ》と安くはないが、そのうち評判が立って火がつくだろう――そう自分を励ましつつ蔦屋に戻ってくると、客の相手をしていた留四郎が、「あ、戻ってきましたよ」と蔦重を見て言った。パッと振り返った客の目が異様に輝いている。四十がらみの身分のありそうなお武家さんで、見たことのあるような顔である。

「これ作ったの、お前さん？」。客が手にしているのは、『青楼美人合姿鏡』だ。

「いや、いいもの作るねぇ。これはいいよ、いいっ！」

手放しで称賛され、へこんでいた蔦重はいっぺんに浮き上がった。

「あ、ありがとうございます！　あの、どこかでお会いしたことありませんか？」

「まぁ、どっかでは会ってんじゃねぇかな」

この平沢常富と蔦重、実は吉原のありとあらゆる場所で数え切れぬほどすれ違っている。そして本日この日、記念すべき初の御対面となったのだ。

「それよりこの本いいねぇ。絵も面白いし、あの志津山が箏《こと》弾くなんてさぁ。ふふ。いいねぇ」

平沢はニヤニヤと妄想に耽り始めた。

このような吉原マニアはいたものの、その後も蔦重渾身の『青楼美人合姿鏡』は一向に売れる兆しはなかった。二十匁払うのであれば、よほどの浮世絵好きか吉原好きでないかぎり、本物の女郎を買いにいくだろう。「売れない」と鶴屋が予見したとおりになったのであった。


三味線の弦が派手な音を立てて切れ、蔦重はビクリとした。

「で、どうなってんだよ、重三」

大文字屋が物騒な目つきで蔦重を睨みつける。

「座敷でもまったく献上本の話聞かねぇんだけどよ」

松葉屋も甚《はなは》だ不機嫌。それもそのはず、暦はもう四月、桜は満開を過ぎてすでに葉桜に近い。

蔦重は親父たちの三味線の会に呼び出され、業を煮やした親父たちから吊るし上げを食らっている最中である。

「まぁ値も張るので、気長に構えたほうがいいかと。……けど、いつまでもお待たせするのもなんですし」

蔦重は一同の前にずずいと在庫の山を押し出した。もはや開き直るしかない。

「こちらを馴染みのお客様などにお配りいただき、実入りに繋げていただきたく」

「これで借金をなしにしろってことか？」と扇屋。

「そうとも言いますかね」

扇屋が無言で駿河屋を見る。駿河屋が心得顔でうなずく。

その結果、蔦重はいつもの倍の勢いで階下にぶん投げられたのであった。


数日後、須原屋が本の売れ行きを心配して、わざわざ蔦重を訪ねてきてくれた。

「そうか。ほとんどは女郎屋で馴染みに配ったのか」

「ええ、手元にゃ借金だけが残りました。本のかかりを吉原の親父様たちに借りたもんで」

「あぁ、なんだ、身内からか」

「身内でもきっちり取り立てる人たちですけどね……」

蔦重は情けなさそうに笑った。しかも駿河屋にぶん投げられた時に脚を痛め、添え木をして歩いている始末だ。須原屋が、肩を落として丸まっている蔦重の背をバンと叩いた。

「吉原をもっぺん憧れのトコにすんだろ！　一度のしくじりでしょげてどうするよ！」

「けど、次、何やりゃいいんでしょう。俺」

須原屋はうーんと腕組みして考えた。

「色町ってこた一回忘れてよ。つまるとこ、人ってなぁどんな町に憧れるのかね」

「そりゃあ面白《おもしれ》ぇもんがいっぺぇあるとか、楽しいことがいっぺぇ起こるとか？」

「んじゃ、そういう町にすりゃいいってことじゃねぇか」。須原屋がカラカラと笑う。

「そりゃごもっともですが」

そんな話をしていたところ、駿河屋の親父が蔦重を呼んでいると留四郎が知らせてきた。


駿河屋の二階には、いつもの面々が集まっていた。

「俄《にわか》を？」

ちなみに蔦重の座る場所は廊下に逆戻りである。

「あぁ俄じゃ俄。俄を祭りに、あ、祭りにするのだぁあ」

大文字屋が歌舞伎役者よろしくクワッと見栄を切った。

「女子供も招き寄せ、神田に負けぬ祭りとするぅ」。大黒屋のりつも芝居がかった口調で続ける。

駿河屋と丁子屋が大向こうを気取り、「よっ！　大黒屋！」「カボチャ屋」と声をかける。

俄とは芸者衆を中心に吉原で小さく行われていた催し事で、「いきなり＝俄」に歌舞伎の真似事などを始めるという、お座敷芸から始まった独特の遊びだ。すでに話が進んでいるらしく、座敷には歌舞伎の役者絵や浄瑠璃の正本《しょうほん》（詞章に節付を施した冊子）などが散らかっている。

「またなんでいきなり」。蔦重は今一つ話についていけない。

「ご社参があったろ。あれでやっぱり客を引くには見世物だろって話になってよ」

先ごろ、吉宗公以来四十八年ぶりの日光社参が行われた。神君家康公の墓参りである。出立だけで十二時間もかかったというその長い長い行列は、民草をいたく喜ばせた。

そして、それを見物していた大文字屋に「これだよなぁ」とひらめきを与えたのである。

松葉屋と扇屋も大いに乗り気になっていて、

「吉原ができる一番でけぇ見世物は祭りじゃねぇかってねぇ」

「ま、老若男女楽しめるものにすりゃ、吉原の評判も上がんじゃねぇかってことでな」

これだ――――！　蔦重は頭をガツンと殴られたような気がした。と思ったら、大文字屋に丸めた正本で頭をバコンと叩かれたのであった。

「お前なんだその面！　祭りに客が来りゃそこで本だって売れる、こりゃお前のための話でも……」

大文字屋にみなまで言わせず、蔦重は鼻息荒く言い募る。

「違いまさ！　すこぶる良いなって思ったんです！　確かに、祭りのある町ってなぁ、良いですよ！　楽しそうだって、人が憧れまさね！」

「でさ、その祭りの目玉に馬面太夫《うまづらだゆう》を呼びたいんだよ」とりつ。

「はぁ、馬面太夫を！」

「馬面太夫が来れば、そりゃあもう人もわんさと押しかけるからさ」

「そりゃあもう請け合いのスイカでさ！」

「ところがさ、私たちは馬面太夫に見知りがないんだよ」

言いながら、りつが同意を求めるように大文字屋を見やる。

「そこでお前に源内先生や春章先生。そのへんから当たってくれねえかって話だ」

「分かりやした！　で、その馬面太夫ってどこのどなたで？」

すっかり調子づいて蔦重が言うと、一同はもれなくあ然とした。

「あんた、ほんとに江戸っ子なの？」

ことに呆れているのは、芸事が達者で芸能にも詳しいりつである。


「なんで馬面太夫知らないんだよ。今人気の富本節《とみもとぶし》の太夫《たゆう》だよ。吉原でもそこここの座敷で富本やってんだろ」

翌日、蔦重はりつに連れられ、杖をつきつき芝居町にやってきた。

「俺もしょっちゅうやってんじゃない」とは次郎兵衛だ。実は新之助が聞かされていた、あの恐ろしいがなりが富本節だったらしい。

「常磐津《ときわづ》に河東《かとう》、浄瑠璃の流派はいろいろあるけどさ。これからどんどんのしてくよ。富本は」

浄瑠璃は三味線を伴奏にして太夫が詞章を語る劇音楽で、劇中人物の台詞や仕草など演技描写が入るため、「歌う」より「語る」要素が強い。ゆえに浄瑠璃は「語り物」と呼ばれる。

りつが「あ、待って」と絵草紙屋の前で足を止めた。店先にさまざまな流派の正本が並んでおり、浄瑠璃好きのりつと次郎兵衛はさっそく手に取って物色し始めた。

その表紙には、同じ演目でも「直伝」と書かれたものと書かれていないものがある。

「義兄さん、この『直伝』のあるなしって何が違うんですか？」

次郎兵衛は考えたこともなかったらしい。が、りつはさすがに詳しかった。

「『直伝』ってのは、この浄瑠璃の本元の太夫の許しを得て出してんだ。ないのは勝手に出してるやつ。『直伝』のほうが間違いがないし、よく売れるんだよ」

三人がやってきた芝居小屋は満員御礼のすし詰め状態である。とりわけ女客が多い。

「すごい混み方ですね」

「馬面太夫は女人気がすごいんだよ。あと、若手の役者の門之助《もんのすけ》。みんなこれ目当て」

富本節は、歌舞伎の出語りとして一世を風靡しているという。出語りとは、浄瑠璃の太夫と三味線弾きが舞台上に出て、観客に姿を見せて演奏することである。

ちなみに若手役者の門之助は二代目市川門之助、歌舞伎役者の名跡だ。

「あの、富本ってなぁ、どこがそんなにいいんですか？」

「富本は艶っぽくてねぇ」と次郎兵衛。

「色っぽくてねぇ。ま、聞けばわかるよ」。りつもうっとりして言う。

拍子木が打たれ、幕が開いた。舞台上の席に、裃姿の太夫と三味線弾きが座っている。

「あれが馬面太夫ね。分かる？」

「ほんとに馬だ」

「しかも前の名は午之助《うまのすけ》ってんだよ。出来すぎだよね」

馬面太夫の本名は富本午之助というが、面長な顔立ちからそう呼ばれているらしい。ちょっと滑稽な印象を持った蔦重だったが、午之助が声を発した瞬間、衝撃が脳天を突き抜けた。

「ほんとにいきなり頼むのかい」

張りきって出待ちの列に並んでいる蔦重に、次郎兵衛が少々気後れしたように聞く。

「ありゃもう、なんとしても来てもらわなきゃなんねぇですよ」

心を一瞬にして奪われる、類まれな午之助の美声。そして濃艶でありながら品格のある語りに、蔦重はすっかり魅せられてしまったのである。

その時、「きゃああああああ！」と黄色い歓声が沸き起こった。

「午之助様ー！　こっち見てー！　こっちー！」

蔦重と次郎兵衛はあ然とした。若い娘を押しのけて叫んでいるのはりつだ。

裏口から現れた午之助は長身に黒い長羽織をはためかせ、圧倒的風格を漂わせている。

「はぁ、ありゃ男も惚れるねぇ」

次郎兵衛が話しかけると、今の今まで隣にいた蔦重の姿がない。

蔦重は杖をつきつつ人波をかき分け、午之助に接触を試みていた。

「太夫太夫！　すいません。すいません！　少しお話が！」

あと少しというところで太った女に押されてすっ転ぶ。が、そのおかげで運よく午之助の前に転がり出た。気づいた午之助が歩みを止め、粋な身のこなしで蔦重に手を差し出す。

「おぅ、でぇじないか？」

午之助が薄く微笑むや、周囲から再び「きゃあああああ！」と耳をつんざく甲高い声。凄まじい人気である。蔦重はたじたじとなりつつも、花形太夫の手を借りて立ち上がった。

「ありがとうございやす。あの、私、吉原の本屋、蔦屋重三郎と申しまして。実は太夫に吉原の祭りにおいでいただきたく」

「悪《わり》ぃが、俺ゃ吉原は好かねぇんだよ」

さっきまでの魅力的な微笑はどこへやら、午之助は苦々しい渋面になった。

「……え、どうして」

「ご当人に聞くんじゃねぇよ、べらぼうめ！」

振り向くと、取り巻きの後方から鱗形屋がせかせかとやってきた。

「相変わらず無礼だな、てめぇは。ささ、太夫、参りましょう！」

ひっつき虫のオナモミの実よろしく午之助にへばりついて去っていく。取り巻きたちも去り、ぽつんと取り残された蔦重に、次郎兵衛とりつが「大事ないかい」と寄ってくる。

「けど、なんで鱗形屋が」。次郎兵衛も首を傾げている。

「正本でもやるのかね」とりつ。

「正本って。もう出してるとこ、いっぱいありましたよね」

先ほどの絵草紙屋の店先には、浄瑠璃の正本がずらっと並んでいたではないか。

「けど、富本は確か、『直伝』本はないんだよ」

蔦重はハッとした。鱗形屋のような鼻の利く本屋が、それを見逃すはずがない。

「そういや、馬面太夫はもうすぐ二代目『富本豊前太夫《ぶぜんだゆう》』を襲名するって話ありますね」

「あ、それだ！　襲名を機に『直伝』本を出すつもりなんだよ！」

話している二人をよそに、蔦重はすでに自分の世界に入り込み、「吉原」「耕書堂《こうしょどう》」の名が表紙に入った富本の「直伝」正本を頭に思い描いていた。

芝居町のものを吉原の本屋が出すというので話題沸騰、蔦屋は江戸じゅうの粋な男女が詰めかけて大賑わい。店の軒先には富本正本をはじめ、さまざまな絵や地本の類がずらり揃っている。

「吉原ってなぁ今、面白《おもしれ》ぇことになってきてんだよ。江戸の流行りを知りたきゃあ蔦屋の軒先をのぞいてみな、耕書堂に聞いてみなって」

そんな話が聞こえてきて、書肆《しょし》の主人となった蔦重はおもむろに振り返るのだ。

「お呼びですかい、旦那」

妄想と現実がごっちゃになって口に出し、りつと次郎兵衛に怪訝な顔をされる。

「あ、どうしましょう。吉原嫌われてるみてぇですけど」

慌てて取り繕っていると、次郎兵衛が「重三！ 脚」と指さした。

富本の「直伝」正本のことで頭がいっぱいになって、蔦重はいつの間にか杖なしで立っていた。


一方、鱗形屋は深川の高級料理茶屋で芸者をあげ、午之助たちを接待していた。

「襲名のお話がお流れにって」

「あぁ、ほかの流派の奴らがまた横槍入れてきやがってよ」

鱗形屋と話しているのは、富本節の三味線方・名見崎徳治《なみざきとくじ》。以前、蔦重が芝居町で鱗形屋といるところを見かけたのも、この名見崎だ。

午之助の周りには女たちが群がって、下にも置かない歓待ぶりである。

「これで何度目にございますか」

当てが外れた鱗形屋は落胆のため息をついた。

「太夫の人気が鰻上りだからよ。なんとしてもここで潰してぇのよ。初代さえ生きてりゃなぁ」

つられたように名見崎もため息をつく。

「初代は太夫が十一の時にお亡くなりになっちまったんでしたっけ」

「そうよ。だから富本の火を消さねぇように、俺らがちっちぇえ太夫に教えてよ。太夫も精進して精進して、ようやっとここまで来たってのに」

名見崎は悔しそうにくっと酒を呷り、鱗形屋に言った。

「もっぺん根回ししてみっからよ。鱗の旦那、悪ぃがもうしばし待っててくんな」


困った時の源内頼み、蔦重は新之助の長屋にやってきた。

源内は、新之助が握っている鎖につながった木箱の把手を熱心に回している。

蔦重は何をやっているのかと訝しみつつ、新之助に事情を説明した。

「要するに、その吉原嫌いの太夫に吉原の祭りに出てもらいたい。そのために源内さんに間を取りもってほしいと」

「へぇ、そのとおりで」

源内が「新之助」と声をかけ、新之助は「ごめん」と蔦重の月代に手を触れた。

「火、出ねぇか」

「残念ながら」

この機械はかの有名な「エレキテル」。摩擦を利用して静電気を起こす装置で、当時西洋では治療や見世物に用いられていた。

源内が寄ってきて、「こんにゃろう、なんで出ねぇんだよ」と蔦重の頭を叩く。源内は、破損しているオランダ製のそれを修理して復元しようとしているのだ。

「俺から火花が出るわけねぇじゃねぇですか！」

「出るんだよ！　出たら悪いとこが治っちまう！　病が治っちまう！　こりゃ、そういうとんでもねぇシロモンなんだよ！」

蔦重の頭をポコポコ叩きながらわめき散らす。なんの機械だか、蔦重には奇才のやることはサッパリ分からない。

「じゃあ俺の頭は悪くねぇってことなんじゃねぇですか？」

「そういうことじゃねぇんだよ！」

源内はふと気づいたように、自分の手をじっと見つめた。

「――汗。水、水か？」

急いで木箱に取って返して蓋を開け、舌を上唇にくっつけて中の装置の点検に没頭している。

舌を上唇にくっつけるのは、熱中した時のくせらしい。

「ああなってはもう話は難しい。あとで私から伝えておこう」

新之助は言い、「そうであった」と蔦重に頭を下げた。

「蔦重。その節はまことに」

「いいんですいいんです。お元気そうでよかったです」

「うつせみの身代金を貯めようと思ってな。三百は無理にせよ、それなりに工面し正面から談判しようかと考えておる。ま、道は遠そうだが一歩ずつな」

どこまでも律儀な男だ。蔦重は新之助の思いを心の中で受け止めた。

「ところで、うつせみは？　息災にしておるか？」

当然ながら、新之助は吉原には永遠に出禁とされている。

「あ、近頃は和算書なんかを借りてくれるようになりましたよ。いつか吉原を出られた時、身を売る術しか知らぬでは困るからって」

「……そうか」

嬉しそうな新之助を見て、蔦重も少しばかり気持ちが楽になったのであった。


蔦屋に戻ってくると、りつが来ていて、次郎兵衛と話をしていた。

「分かったぞ。重三、馬面太夫の吉原嫌いのわけが」

馬面太夫がまだ売れていない頃、同じようにまだ売れてなかった門之助と一緒に素性を偽って吉原に遊びにきたことがあった。二人があがった見世はなんと若木屋で、そこにたまたま門之助の顔を知っている客がいた。

「嘘ついて上がり込みやがって！　役者なんぞに上がられたらウチの畳が総とっかえにならぁ！二度と大門くぐんじゃねぇぞ！　稲荷町《いなりまち》が！」

稲荷町とは下っ端の役者や大根役者のことだ。雨の中、二人は怒った若木屋の親父から裸で表に放り出されたという。

「出入りを禁じられてるのは役者だけでしょ。なんで太夫まで」

首をひねる次郎兵衛に、「ろくに確かめもしなかったんだろ」とりつ。

「でも、常ならそこまでしませんよね。役者のもぐりなんてよくある話だし」

「気づいた客が野暮だったのさ。俺の女を役者に抱かしてんのかって言いだして。門之助は良い男だからね。男の嫉妬ってやつさ」

しかし、なぜ役者が吉原への出入りを禁じられているのか、蔦重には分からない。

「そりゃ、役者は分としては四民の外、世間様の外だからだろ」

次郎兵衛はそう言うけれど、今は能役者だって士分の者がいる。浄瑠璃の太夫もそうだ。

「なんで役者だけがいまだに」

「ほっとくと、皆、憧れられちゃうからさ」と、りつが解説する。「売れりゃあ騒がれるし、千両の給金だって夢じゃない。けど、皆が役者を目指したりなんかしちゃあ、まともに働く奴なんかいなくなっちまうじゃないか。そうならないよう、役者は四民の外の分ですよってしたのさ。だから吉原へは立ち入れない。絹は着るな、笠かぶれ、決まったとこにしか住んじゃならない。どれだけ煌《きら》びやかでも、まっとうに働いてるモンがしょせん『世間様の外』って吐き捨てられるようにしてるってことさ」

「……お上の都合ってことですか」

「ひん剝きゃみんな竿は一本、穴は一つなのにさ。これは違う、あそこは別って、垣根作って回ってさ、ご苦労な話だよ」

肝の据わった女大夫はサバサバと言い放つ。

「……あ。で、どうします。若木屋さんが発端じゃ、頭下げてなんてくれませんよね」

「そうだよねぇ」

そこに大文字屋が慌てふためいて駆け込んできた。

「あのよ、馬面太夫を呼ぶいい手、思いついたのよ！　あのな、浄瑠璃の元締めってなぁ、当道座だろ、そりゃつまり検校ってことなのよ！」

当道座はもともとは男性盲人の職能集団の自治組織で、鍼灸や按摩、金貸しといった稼業と、箏曲や三味線、浄瑠璃、胡弓などの音曲芸能を独占的に支配していたのである。

蔦重は嫌々ながら、しょうことなしに大文字屋と鳥山検校の屋敷にやってきた。

「……親父様。やっぱりよしときませんか？」

瀬川に「俺ぁその夢を見続けるよ」などと言った手前、のこのこやってきて頭を下げるなどカッコがつかないではないか。

「あ？　ここまで来てなに言ってんだ、お前」

「こんなの花魁も迷惑なんじゃねぇですかね」

通された座敷で揉めていると、「重三」と声がした。瀬川だ。髪はすっきりした丸髷になり、吉原を出てまだ半年足らずだが心なしふっくらして、市井の美しい御内儀といった風情である。見違えるようで、蔦重はしばし見惚れてしまった。

蔦重が心配したようなことはなく、妻として迎えられたので女中や下男が家事全般をやってくれるらしい。幸せそうな瀬川の姿を日の当たりにして、引きずっていた後悔が少し薄れた気がした。

検校は出かけているとかで、先に事情を話すと、瀬川は涙を流して笑い転げた。

「あんた富本知らなかったのかい！」

「気づかねぇくれえ忙しかったんだよ」。ブスッとして言い返す。

「あんたちゃんと耳掃除してんのかい？　よくかっぽじれるヤツ送ったげようか？」

「お前こそ聞こえてんのかよ！　テメェで使いやがれ」

こうして言い合っていると、昔に戻ったような錯覚を起こしてしまう。

「ずいぶんと楽しそうだな、お瀬以」

いつの間に帰ってきたのか、検校が廊下に立っていた。

「……お瀬以」。耳慣れないその名前が、ぽろりと蔦重の口をついて出てしまう。

検校はやや不快そうに眉を寄せた。

「もう花魁瀬川ではない。私の妻だからな。……そのほうらは」

「これはご無礼を！　手前は吉原の女郎屋の大文字屋と申します！」

「本屋をやっております蔦屋重三郎と申します」

太夫への土産に、当道座の「襲名」の許しを持っていきたい——大文字屋の願い虚しく、検校は首を横に振った。

「叶えてやりたいところだが、あいにく当道座には他流の三味線が多くてな」

「そこをなんとか！　富本は力もなく立場も弱く！　なんとか鳥山様のお力で！」

大文字屋が懇願するも、検校の様子を見るかぎり色よい返事はもらえそうにない。

「あの、鳥山様は馬面太夫の声をお聞きになったことがございますか？」

蔦重が尋ねると、「いや」という答え。ならば見込みがあるのではないか。

「私も先日初めて聞いたのですが、いや、あの声は世の宝にございますよ！　ぜひ一度お聞きになってくださいませんか？」

「旦那様、私も聞きとうございます。今度共に参りませぬか？」

瀬川改め瀬以が蔦重を後押ししてくれる。しかし検校は、それにも機嫌を損ねたようだ。

「……人が多すぎるところは苦手でな。耳が音を拾いすぎるのだ。そなたがそれでも行けと言うなら行くが」

言い方に棘があった。瀬以は明らかに困惑している。

「いやぁ！　ごめんごめんとひょっとこお面！　俺が考えなしでございました！　どうかお忘れくだせぇ。御新造様も気まずい思いさせてすまなかった。んじゃ失礼しましょう」

蔦重は抵抗する大文字屋をホイホイ追い立て、検校に礼を言って座敷を出ていった。

見送りに立とうとした瀬以の手首を、行かせまいとするように検校が摑む。

「ずいぶんとそなたに優しい男だな」

門前まで聞こえてきた、瀬以の屈託のない笑い声。妻をあんなふうに笑わせる男に、検校はかつて抱いたことのない嫉妬という感情を覚えていた。

「……あぁ、重三は女郎にはみな優しいので」

瀬以はできるだけ自然に聞こえるように言ったが、検校は「脈が早い」と見えぬ目で瀬以の心を見透かそうとする。

「――そりゃあ旦那様にこのように触れられては」

手首からそっと検校の手をほどき、自分の頰に当てる。果たして検校をごまかせたかどうか、瀬以には自信がなかった。

「あんなとこで引いちまってよ。粘りが足りねぇったら」

大文字屋の内証で、カボチャ親父が蔦重にぐちぐちと文句を垂れる。

「花魁も困ってたじゃねぇですか。ただでさえ手前勝手な頼みだし」

「どうすんだよ。もう土産なしで行くか？　色っぺぇのでも連れて」

その時、蔦重の背中に柔らかいものがペッタリとくっついてきた。

「かをりも連れてってくださんし。主さんとなら、たとえ火の中水の中、道行《みちゆき》の果ては極楽浄土」

「お、お前！」。大文字屋が目を剝く。

「違います！　違いますよ！　おい、かをり、離れろ！　離せって」

いつの間にか蔦重のかたわらに立った遣り手の志げが、「ぶつよ！」と仕置き棒を振り上げた。

むろん蔦重に向かってだ。かをりがパッと蔦重の背中から離れる。

「そうやりゃ離れんのか。ったく芝居じみたこと言いやがってよ」

「お座敷で師匠方があれこれやるのを覚えちまって」

大文字屋と志げが話している横で、かをりはめげずによよと袖で涙を拭うまねをする。

「そう、けんどわっちは籠の鳥。まことの芝居など見たことありんせん。主さん、いつかわっちの手を取り芝居町へ」

突然、蔦重がかをりの手を取った。かをりを見つめるその目は真剣である。

まさか蔦重もほだされちまったか……大文字屋と志げが戸惑っていると、蔦重は言った。

「かをり！　……それだ」

とある料理茶屋。午之助と門之助は、店の者に案内されて廊下を歩いていた。

「前に吉原で追い出されたことあったでしょう。あん時の女郎が身請けされて。で、一目会いてぇって、一緒だった兄ぃもぜひにって」

話しながら門之助が文を見せる。身請け先は酒屋と書いてあった。

「うまいこといきゃ、このまま御贔屓になってくれるかもしんねぇですよ」

「どうぞ、こちらにございます」

店の者が座敷の襖を開くと同時に、午之助の目が大きく見開かれた。

「師匠方、お待ち申し上げておりました」

いつぞやの吉原の本屋、蔦屋重三郎とその仲間と思しき男女が一斉に平伏している。

「図られた、帰りましょう」

門之助に言い、踵を返しかけた午之助に、りつが「その節は申し訳ございませんでした！」と声を張った。「あれは差配の手落ち。同じ女郎屋として恥ずかしく思っております。御無礼、心よりお詫び申し上げます」と畳に額を擦りつける。

「あんたが悪いわけじゃねぇだろ」

そう言って帰ろうとした午之助を、「お待ちください！」と今度は蔦重が引き止める。

「身請けうんぬんは偽りにございますが、太夫と門之助様に会いたがっております者がおるのはまことにございます。どうぞ会ってやってはくださいませんでしょうか」

間髪をいれず大文字屋が続きの間の襖を開く。午之助と門之助は息を呑んだ。

そこはまるで百花繚乱たる桃源郷――着飾った花魁や振袖新造たちが、ずらりと並んで頭を下げているではないか！

「ぜひお二方にお会いしたい、詫びも含めもてなしたいと手を挙げた者を連れてまいりました」

「さぁさぁ、水も滴るいい男が二人。みな思う存分もてなすぞ！」

大文字屋が景気よく手を叩く。女郎たちは一斉に顔を上げ、「あい！」と艶《あで》やかに微笑んだ。

大輪の花、可憐な花、清楚な花、さまざまな花々が一時に咲き誇ったようだ。

まさに千紫万紅の眺め、これに抗える男は江戸、いや日の本じゅうを探してもいないであろう。

「ではこのへんでお開き！」

宴もたけなわとなった頃、大文字屋が大きく手を打った。

「えー！　もう一刻！　一刻だけ！」

午之助を質問攻めにしていたかをりがごねる。

「夜見世もあるし、さすがにダメさ。ほかの妓に示しがつかないよ」

りつに諭され、女郎たちはがっかりして諦めの声を漏らした。

「あの、太夫、最後に一つだけお願いがあるのですが」

蔦重が切りだす。実はここからが本当の目的だ。

「ほんの少しで良いので、女郎たちに富本をお聞かせいただくことはできませんか？」

女郎たちは期待に満ちた眼差しを午之助に向けている。観客に応えたいという衝動は芸人の本能だ。

「……良いか？」。午之助が門之助を振り向いて聞く。

「あたぼうよ。やらいでか」

素人芸でよろしければと、三味線はりつと大文字屋が引き受けた。

「では二上がりを頼む」

午之助が語り、門之助が舞う。女郎たちが歓喜の悲鳴をあげたのは言うまでもない。

午之助の美声と門之助の見事な所作があいまって、二人が紡ぎ出す物語に女郎たちは瞬く間に引き込まれていった。

語り終わった午之助の耳に、ぐずぐずと鼻を啜る音が聞こえてくる。

女郎たちを見渡した午之助は言葉を失くした。あの聞きたがりの振袖新造は心打たれた様子で涙を流している。声をあげて号泣している者、「ありがたい」と午之助を拝んでいる者もいる。

こんな座興でとオロオロする門之助に、蔦重は言った。

「慣れてねぇんです。吉原の女郎は芝居を見にいけねぇもんで」

午之助と門之助がエッ……という顔になった。

「座敷芸で芝居や浄瑠璃に親しむもんの、幼い頃より廓で育ち外出を許されぬ女郎たちは、まことの芝居は見たことない者がほとんど。この江戸にいながら一度も芝居を見ず、この世に別れを告げる者もおります」

蔦重の話に耳を傾けながら、午之助の目はずっと女郎たちに注がれている。

「吉原には太夫のお声を聞きたい女郎が千も二千もおります。救われる女がおります。どうか！女郎たちのためにも、祭りの場でその声を響かせては……」

午之助が蔦重の言葉尻を食った。

「やろうじゃねえかい。こんな涙見せられて、断れる男がどこにいんだよ！　なぁ！」

むろん門之助に否はない。女郎たちは手を取り合って喜んでいる。

そこに留四郎が駆け込んできた。検校から使いがきたと蔦重に文を差し出す。

慌てて文を開くと、思いもよらず嬉しい知らせが書いてあった。

「太夫。お目通しいただけますか？」と午之助に文を渡す。

「……これは！」

「検校率いる当道座は太夫の『豊前太夫』襲名を認めると！」

どういう心境の変化か、検校は馬面太夫の浄瑠璃に足を運んでくれたらしい。

「――お前がかけ合ってくれたのか」

「私です！」。すかさず手を挙げた大文字屋を無視して、蔦重は言った。

「文には検校は太夫のお声を聞き、決められたとあります。かけ合ったのは、太夫ご自身のお声にございますかと」

「……そうか」。午之助が嬉しそうに笑む。太夫にとって、それ以上の名誉はない。

「……太夫、あの、もう一つ」

蔦重は午之助の様子を見つつ、思いきって切り出した。

「もう一つ願いがございます。太夫の『直伝』を私にいただけませんでしょうか！」

鱗形屋が芝居小屋でいらいらしながら待っていると、ようやく午之助が現れた。

「太夫太夫！　富本のためにもどうかお考え直しを！　耕書堂は市中の本屋と諍いを起こしております。あやつに任せれば市中には売り広めできなくなるのですよ！」

「らしいねぇ。だったら、なおさらあいつを助けてやりてぇじゃない。それが男ってもんだろ？」

まるで交渉の余地なしだ。鱗形屋が浮かぬ顔で店に戻ってくると、おっとりした風情の武士が万次郎に化物の絵を描いてやっている。駿河小島藩の留守居役、倉橋格《いたる》だ。

「倉橋様。申し訳ございませぬ。子守りなどさせてしまい。……今日は何用で」

「少し迷っているところがあってな、そなたと相談したく」と持ってきた原稿を取り出す。

鱗形屋は、その原稿をじっと見つめた。

「いかがした」

「いや、へへ。ロクにお礼もできぬのに、ウチで書いてくださって、ありがた山で」

「当家の家老はそなたにまことにひどいことをした。それを忘れるなど、男のすることではない」

男気によって捨てられ、男気によって救われる。鱗形屋は、笑っていいのか泣いていいのか分からない。

「……へへ。すいやせん……すいやせん」

これより、蔦重は富本正本、鱗形屋は青本に、それぞれ注力していくことになる。

その陰で、のちに歴史を動かすことになる出来事が起こっていた。

第十二章 俄なる『明月余情』

奥州白河藩主・松平定邦の養子となった田安賢丸は「松平定信《さだのぶ》」と改名し、八丁堀の白河松平家の屋敷に移り住んでいた。

「これは市井の子供が読むものであろう。よい大人がかようなものでよう笑えるな」

武士たるもの腹を抱えて笑うなどもってのほか。家臣を叱りつけ、取り上げた青本を試しに読み始めたら、これがめっぽう面白い。

「ゲコンカシコロウサコンケガ、キコナカサカイコト……これはいったいどこの言葉だ」

「遊里の言葉でカ行を抜いて話すのでございます。『げんしろうさんが来なさいと』と相成ります」

「遊里にも然様な優れた符号が……」

再び食い入るように読み進める。元来勉学好きの定信は、未知の世界を生き生きと描き出したこの読み物に夢中になった。恋川春町の『金々先生栄花夢』である。

安永六（一七七七）年の年明け、馬面太夫はめでたく「富本豊前太夫」を襲名。耕書堂が板元の「直伝」富本正本の売れ行きもよく、五十間道の蔦屋まで足を運ぶ客も出てきた。

「はぁ、女がここに本を買いに来るたぁねぇ。富本本様様だ」

油を売りにきた半次郎が、富本本を胸に抱えて帰っていく女性客を見送りながら言う。

「けど、思ったほどには来ねぇんだよなぁ」

蔦重がぼやくと、留四郎が「芝居町に卸してる分や、師匠方がまとめ買いして弟子に売る分で、かなり巷《ちまた》には行き渡りますからね」と冷静に分析する。

「けど、儲かってはいんだろ？」と半次郎。

「売上はしっかり立ってまさ。見かけの客の数は寂しいですが」

「寂しいといや、売り物も寂しいな」

蔦屋の軒先には、浄瑠璃本と献上本、そして細見の三つしか売り物がない。

「ウチは市中の本売らせてもらえねぇですからねぇ」

「テメェで作りゃいいじゃねぇか。青本とか。あの、ほら金々先生の春川恋町とか」

留四郎が通りがかりに「恋川春町ですね」と訂正していく。なんでも筆名は、浮き世絵師の勝川春章にちなんだとか、住まいの小石川春日町に由来するとか……。

「それ！　あと、ええと」と、半次郎は次郎兵衛が読んでいる本に目をやった。

次郎兵衛が「喜三二《きさんじ》ね。朋誠堂《ほうせいどう》喜三二！」と表紙を見せる。最近出た『鼻峰高慢男《はなのみねこうまんおとこ》』という青本で、絵師は恋川春町だ。「いいんだよなぁ、喜三二、ばかばかしくて」

半次郎が再び蔦重に向き直る。

「こういう人たちには頼めねぇの？」

「恋川春町やら朋誠堂喜三二やらは戯号《ぎごう》（ペンネーム）だから、どこの誰かってなぁはっきり分かんねぇんだよなぁ。市中でも青本書ける人は奪い合いだろうし……」

そう、世は富本ブームの勃興期でもあったが、同時に青本ブームも始まっていた。このブームの牽引役となったのは、恋川春町と朋誠堂喜三二を擁する鱗形屋《うろこがたや》である。

蔦屋と違い鱗形屋の軒先には多種多様な青本が売られており、江戸っ子たちがたむろして、あだこうだ議論を交わしている。定信に命じられた家臣も青本を大量に購入していった。

「青本は売れるねぇ」

その様子を見て、西村屋が羨ましそうに言った。

「こうなると読み比べって楽しみが出てくっからな」と鱗形屋。

「青本は鱗形屋さんにはてんで敵わないねぇ」

「いいじゃねぇか。お前さんにゃ錦絵があんだから」

そこに「西村屋さん？」と声がかかった。若木屋である。

「ちょうどお訪ねするとこで……。いや、実は一つ合力していただきたい話がございまして」


その頃、蔦重は例によって親父たちに呼び出されていた。

「祭りの話はまだ早いんじゃやねぇですか？」

場所はいつもの駿河屋の二階。隅っこだが、また座敷に入れてもらえるようにはなった。

「やるとしたら八月……」。言い終わらぬうちに大文字屋がパコーンと蔦重の頭を叩く。

「テメェ去年のこと忘れたのか！」

蔦重も忘れたわけではない。あれは吉原の親父たちが会所で一堂に会した時のことだ。

「山王《さんのう》、神田《かんだ》に続いて、近頃じゃあ深川も盛り上がってきてるし。吉原も名物になる祭りの一つでも持ちたいじゃねぇか。毎年必ず人が集まる祭りが持てりゃ、これ以上の客寄せはねぇわけだしよ。やんねぇか！　祭り」

大文字屋が張りきって提案するも、若木屋を中心とする親父たちは渋面で顔を見合わせた。

「……文度が間に合わねぇんじゃねぇか？　どんな祭りにするつもりか知らねえが、やるとなりゃ神輿《みこし》もいる、舞台もいる。だいたいその金どうすんだよ」

「そりゃ町の皆で出し合ってよ」

すると、若木屋は鼻で笑って言った。

「海のもんとも山のもんともつかねぇもんに金出すかねぇ？」

結局祭りとは程遠い、廓の中で出し物をするだけの催しで終わってしまった。せっかく来てくれた馬面太夫も、禿と相撲をとって帰ってしまったのだった。

「てめぇがグズグズしてっから流れらまったんだろうが！」

大文字屋がまた蔦重の頭をパコンと殴る。

「俺のせいですか？」

「とにかくさ」と大黒屋のりつが間に入ってくる。「今年はそうならないように、皆が『やらなきゃ損だ！』って乗ってくる仕掛けを考えてほしいんだよ」

そこにふじが廻状を持ってやってきた。駿河屋が受け取り、内容を見て顔色を変える。

「『俄《にわか》』祭りのお知らせ、だと」

大文字屋はもちろん、一同、寝耳に水の話である。扇屋が横から廻状をのぞき込み、内容を読み上げていく。

「『きたる八月朔日《さくじつ》より晴天の三十日、吉原にて『俄』を盛大に祭りとして執り行うことにいたしました。山王、神田に続いて、近頃は深川。吉原も名物となる祭りをもてれば、これに勝る客寄せはありません。一つ力を合わせ吉原を盛り立てませんか。吉原『俄』祭り惣代《そうだい》 若木屋与八』」

「お、俺の言ったままじゃねぇか！」

大文字屋は怒りで顔が真っ赤になった。まるで熟れすぎたカボチャである。

「すかした顔して、自分が差配したいって企んでたってことかい！」。りつもカンカンだ。

駿河屋がもう一枚をめくり、再び扇屋が読み上げる。

「『俄』の錦絵のご案内」

錦絵と聞いて蔦重の眉がピクリとする。

「『この祭りに合わせ、西村屋仕立ての錦絵の揃いもの『青楼俄狂言《せいろうにわかきょうげん》』を売り出します。錦絵をもって市中に広く祭りを広め、また、それぞれ店の名も広める所存。合力くださる店は錦絵合みの金二両を添え、会所まで申し出を。西村屋与八』」

西村屋の錦絵付きで金二両。〝正解〟はこれだったか――。

「あーこりゃやらなきゃ損だって皆乗ってきますよ」

蔦重が言うと、大文字屋がクワッと目を剝いた。

「どうすんだよ！ どうしてくれんだよ！ べらぼうめ！」

駿河屋から奪った廻状を丸め、腹いせに蔦重の頭をボカスカと叩くのであった。

あのカボチャ親父、俺の頭を木魚かなんかと勘違いしてないか……夕暮れの仲の町を頭をさすりながら歩いていると、先日の吉原好事家——平沢常富という侍が引手茶屋の前で揉めていた。

「そうおっしゃらず。若木屋の『ここのえ』、呼びますんで、いかがで？」

平沢はカカカと笑い、「どうだろうねぇ、まぁ。また来るよ」と踵を返す。

蔦重が見ていると、平沢と目が合った。その流れで一緒に大門に向かい、蔦屋で話し込む。

「おかしいなぁとは思ってたんだよ。松葉、扇、大文字、丁子。そのへんを頼むと別の見世の妓を勧められるし。そうか。割れてたのか」

「こんなんで祭りなんかできるんですかね」

「え、祭りやるの？」

「俄をでかい祭りにするって言ってんですけどね」

一瞬言葉に詰まった平沢の顔が、みるみる喜色に染まる。

「——いいよぉ。そりゃ他所《よそ》にはない祭りになる。間違いなくやったほうがいい！　よその祭りはもう男ばっかり出てきてさ。むさ苦しいったらないんだよ」

「……確かに、女はあまり出てきませんもんね。そうか女をワッと出しゃあ」

「そそ、しかも俄ってな、歌舞伎だろ？　女郎さんは出せるかどうかしんねぇけど、芸者や禿が出るならそりゃもう、とうの昔に禁じられた女歌舞伎が蘇るってことじゃないか！」

「あっ！　あああ！　そうだ！　そう言われりゃ。確かに！」

「それに街が割れてるってのは必ずしも悪くないんじゃないかね。山王や神田も張り合うからこそ、どんどん祭りの山車が派手になったわけだし」

「そうか。割れてんのも悪くないのか」

感心して唸っていると、留四郎が「重三さん、大文字屋さんが」と知らせてきた。

平沢に断って席を外すと、店先に大文字屋と丁子屋が立っていた。

「お前これ摺れ、三百枚！」

なんの前置きもなく、大文字屋が引札（広告のチラシ）のようなものを差し出す。

「『「俄」の二両にご用心。若木屋は着服するつもりである』。なんですかこれ」

「撒くんだよ、吉原中に。祭りを潰すんだよ」

なんとまあ器の小さい……平沢とは大違いである。蔦重はその怪文書をビリビリと破り捨てた。

「何すんだよ！」

「何も潰すこたないでしょう！　祭りができるってとこまで来てんだから！」

「俺は俺の仕切りでやりたかったんだ！」

「だったら、その座を堂々と奪い取りましょうよ！　一番の出し物を見せつけて、祭りはやっぱり大文字屋だねって言わせましょう！　そうすりゃ自ずと来年からは大文字屋の差配でってなりまさぁ！」

ド正論である。大文字屋は丁子屋と顔を見合わせた。ちょっとは頭が冷えたらしい。

「……できんのかよ、そんな」

その時、蔦重の後ろから平沢がひょっこり顔を出した。

「ひ、平沢様！」

丁子屋の腰が一段低くなる。平沢はニコニコして「いやぁ、ご無沙汰ご無沙汰」と片手を挙げた。大文字屋も平沢のことを知っている様子だ。

「あの、然様にお馴染み様で」

無知な野郎だと言わんばかりに、丁字屋が蔦重につばきを飛ばしてまくしたてる。

「つたりめぇだ、お前、『宝暦《ほうれき》の色男』を知らない奴がいるかよ！　平沢様は秋田佐竹《さたけ》様のお留守居役なんだよ。そりゃあもう昔からご贔屓《ひいき》いただいて」

「近頃は留守居の遊興をうるさく言われるようになり、自腹で遊ぶしかできず」

平沢が苦笑する。留守居役は他藩の留守居役との打ち合わせで吉原を利用することが多く、いきおい膨大な藩費を浪費する。このご時世で徐々に会合は減ってきたが、なんせ平沢は生粋の吉原マニア。自腹を切ってまで吉原で遊んでくれる、ありがたい上客なのである。

「しかし、なんでこいつと」と大文字屋が目で蔦重を指す。

「いい本作るから気になってたんだよ。俺も手伝うからさ、この兄ちゃんの言うとおり一番の出し物見せつけてやっちゃやどうだい？」

「――平沢様がついてくれんですか？」

信じられない、という顔の大文字屋。丁子屋も興奮して「平沢様はなんでもよくご存知なんだよ。芸事もお詳しいし」と蔦重に教える。

口癖らしく、平沢は「どうだろう、まぁ」とカカカと笑った。

「平沢様が知恵袋についてくだされば百人力だ。この祭り、勝てる！」

勢いづいたカボチャは誰にも止められない。会所に乗り込んだ大文字屋は祭りの受付に大枚二十五両をまとめて叩きつけ、居並ぶ親父たちを驚かせた。

「ふん。そうまでして祭りには出たいのか」。若木屋の嫌味にも、「何言ってんだ。テメぇらが恥かかねぇか、俺ぁ案じてんだよ。祭りってなぁ、こうすんだって俺が身をもって教えてやんなきゃと思ってよ」と余裕で応じる。

何しろ後ろにはあの「宝暦の色男」がついているから、まぁ吹きまくるのなんの。

「ならしてんじゃねぇぞ、うらなりが！　鼻の穴に指突っ込んで面の皮ひんめくるぞ！」

「おぉ！　やってみろ！　その前にそのでけぇ鼻ん穴に猪牙舟《ちょきぶね》蹴っ込んでやらぁ！」

火事と喧嘩は江戸の華。二人の罵詈雑言が華やかに繰り広げられる光景を眺めつつ、「いいねぇ」と蔦重が呟いていると、こちらを見ている西村屋の視線に気づいた。

「一つ、お手柔らかにお願いしますぜ」

余裕でニヤァッとすると、西村屋はイラァッとしたようである。

こうして、吉原「俄」の覇権《はけん》をかけた戦いの火蓋は切られたのであった。

仲の町も俄の空気にそわついている。平沢は午前や夕方にも、まめに吉原に足を運んでくれた。

「平沢様はほんと吉原をよくご存知でさね」

平沢を送りながら蔦重は言った。祭りの準備は着々と進み、平沢の口からは誰にどの役を当てるか、吉原じゅうの女郎の名前がぼんぼん出てくる。平沢は「年の功だよ」とカカカと笑った。

「それより耕書堂は番付しか出さないのか？　せっかく祭りで人が来んのに」

番付は一枚刷りの、出し物を書き示したものである。

「もちろんそこはとびきりでけぇのを考えてますよ」

「お、なんだなんだ」

「へへ、それをこれから仕込むとこで」

話に夢中で歩いていく二人を、すれ違った西村屋の手代・忠七が足を止めて見つめていた。


さて、我らが源内先生は医師・千賀道有《せんがどうゆう》の屋敷で、復元に成功した例の装置「エレキテル」の実演販売をやっていた。

「なんだか体が軽くなったようじゃ」

エレキテルの静電気を浴びた訪問客の一人が、ぐるぐると肩を回す。

「そうでしょう。先ほどバチッといったのは、体の中の悪い気が外に出ていったのですよ。病というのは体の内に溜まった悪い気が起こすもの。つまり、『このゑれきてるせゑりていと（エレキテルセエリテイト）』さえあれば、悪い気を追い出し、どんな病もたちどころに治るということにございます！　どうです？　こんないいものほかにありますか？　治療のお供に一台！　お屋敷にも一台！　まとめてお求めくださるならお安くしますよ！」

そこに千賀の家人がやってきて、蔦屋重三郎という者が源内を訪ねてきたと知らせてきた。

「エレキテルの商いはこちらでしてんですね」

蔦重は離れに案内され、訪問客たちが購入の相談をしたり、装置を確かめたりしているのを見ながら源内と話をする。

「金持ちは長屋には来てくんねぇからな」

先ほど蔦重が訪ねた新之助の長屋はエレキテルの作成場になっており、注文が入って急きょたくさん作ることになったとかで、新之助以外にもひさや長屋の人たちまで作業を手伝っていた。

「あ！　吉原にもどうだ？　一台！　親父様たちに言ってくれよ。女郎の体にもいいし。あ！　瀬川のツテで検校にもよ」

「分かりました分かりました。あの、俺の話も聞いてもらっていいですか？」

「へへ。何よ」

「実は吉原が祭りをすんですが、その内情を面白おかしく書いてもらえねぇかと。なかなか揉めてて、これを平賀振りで茶化していただけると面白《おもしれ》ぇもんなっかなって」

「やりてぇけど、今それどこじゃねぇんだよな」

「そこをなんとか。あ、中でエレキテルのことも触れていただいて構わないんで」

「……あ！　あいつ、あいつに頼んだらいいよ！　喜三二！」

「喜三二って、朋誠堂喜三二のこと言ってます？」

「おうよ。今でもいいんだろ、あいつは。しょっちゅう吉原に」

「……吉原に、いる？」

「お前も会ったじゃない。俺が松葉屋行った時」

蔦重はすばやく記憶を手繰り寄せた。銭内と偽って名乗っていた源内を松葉屋に連れていった時、確かどこかの侍が「源内先生！」と――。

「――あ、ぁああっ！」


翌日、蔦重がウキウキしながら大文字屋に行くと、芸者や禿たちが歌舞伎舞踏「雀踊り」の稽古をしていた。平沢は少し離れた場所で、稽古を熱心に見ている。

蔦重は足音を忍ばせて近づき、平沢の前にぬっと顔を出した。

「朋誠堂喜三二先生っ」

平沢がビクッとなる。明らかに「まずい」という表情だ。蔦重は構わず、「もう、どうしておっしゃってくれねぇんですか」と拗ねるような上目遣いで着物の袖をクイクイ引っぱる。

平沢こと喜三二は慌てて蔦重を大文字屋から連れ出し、九郎助稲荷までやってきた。

「おおっぴらになれば上から怒られるんだ。あんなふざけた話を描いておるなど。扶持のほかの稼ぎはまかりならん建前なんだよ。武家はお固いから」

「じゃ、内緒にしますから、一つウナで青本書いてもらえません？」

蔦重が交渉すると、喜三二はうんざりしたようにため息をついた。

「……青本はぁ、もう書きたくないんだよね。だってさぁ、去年からどれだけ書いてるって話だよ。もうネタもないし」

それでは困る。喜三二先生が書きたくなるような材料はないか。蔦重は思いつきを口にした。

「たとえば、この祭りの裏側なんかをそのままネタにするってなぁ、どうです？　この喧嘩を、たとえば源平合戦なんかに見立てて」

分かりやすいくらいに喜三二の目が輝きだした。

「……竹取ってのはどう？　吉原の祭りを制するには、いにしえの花魁・高尾の霊を落とさねばならないわけさ」

「高尾の霊がかぐや姫ってことですか！」

「で、いろんなことするわけさ。どちらが通《つう》か張り合って、本多を細くしすぎたあげく、月代に髪一本だけペターとかさ」と自分で言って笑い、「床も奪い合うんだけど、なんせ霊だからさ。いたせないのよ、そこは。で、布団相手に吸ったーl揉んだーって」

蔦重も「くだんねぇ」と噴き出してしまった。

「しょうがないから、こりゃ芸事で決着つけようってさ。で、それが俄の祭りそのものになる……とかさ」

粗い筋立てを聞いただけなのに、蔦重は全身に鳥肌が立った。

「面白《おもしれ》ぇ」

「……そぉ?」。喜三二は満更でもなさそうだ。

「面白れぇ面白れぇ! いや、もうめちゃくちゃ面白ぇ! 俺! それ読みてぇです!」

「そ、そうか? いや、でも、書くってなぁ、どうだろう」

「書き上がった暁には、吉原あげておもてなしでいかがです?」

蔦重が伝家の宝刀を抜く。喜三二はゴクリと唾を呑んだ。

「……吉原あげて」

「へぇ、『吉原あげて』です!」

無類の吉原好きには、刀どころか鉄砲の威力があったようである。

その日、鱗形屋の奥の座敷には喜三二と恋川春町がいた。鱗形屋で出す新しい本のためだが、喜三二がこっそり書いているのは、蔦重に頼まれた竹取の原稿である。

そのかたわらで、春町は喜三二の原稿を読みながら絵を描くための割り付けをしていた。

「喜三二さん。ここちょいと絵に合わせて変えても構いませんか？」

「いいよいいよ、もう春さんのやりやすいようにして」

喜三二は細かいことにはこだわらない。しかし春町は何事にも真剣に、慎重に取り組み、おっとりした風貌が絵を描く時は別人のようになる。

喜三二は画《え》が描けない。なのでこの頃、『当世風俗通』など喜三二作品の画はすべて春町が仕上げていた。性格は正反対、年も十近く離れているが、二人はとても仲が良かった。

「あの、喜三二先生、少しよろしいですか？」

夜食の握り飯を運んできた鱗形屋が、喜三二だけを廊下に連れ出す。

そこには息子の長兵衛と万次郎、妻のりんが神妙な顔で佇んでいた。

「な、なんだい？」

「喜三二先生。近頃、蔦重と懇意にしてらっしゃると聞いたのですが。耕書堂から何かお出しになりますか？」

「――えっ」

吉原で二人を見かけた忠七から西村屋へ、西村屋から鱗形屋に伝わったのである。

鱗形屋が膝を折って両手をついた。妻子もそれに倣う。

「とてもかようなお願いができる立場ではないとは承知の上ですが、どうか、青本を出すのはウチだけにしていただきたく！」

一家全員、揃って喜三二に頭を下げる。

「お恥ずかしい話、ウチは春町先生と喜三二先生の青本だけが頼り！　これで持ち直せなければあとがないのでございます！」

「いや、あ、ま」

今度は一家全員が揃って顔を上げ、喜三二をじいいっと見つめてくる。

「ここを乗り切れねば店は倒れ一家は離散！　店の者も路頭に迷い末は物乞いか博打うち！　どうか、どうか我らをお救いいただけませんでしょうか！　喜三二大明神様！」

鬼気迫る鱗形屋の眼力に圧倒され、喜三二は何も言えなくなってしまった。


「蔦重というのは、人の食い扶持をかっさらってくトンビのような男ですよ。初めは細見、このあいだは富本本」

帰り道、憂鬱な面持ちの喜三二に春町が苦々しく言った。

「そもそも偽板に手を出したのは鱗形屋だろ」

「でも、蔦重が恩を仇で返したのは違いないし、富本は明らかな横取り。俺はとても組む気にゃならないけどね」

義理堅い男なだけに、蔦重を快く思っていないようだ。

「けど、面白《おもしれ》ぇこと言ってくんだよ。蔦重ってな」

「まぁ、やりたいならやればいいんじゃないですか？　喜三二さんがどうしてもやるって言うなら、鱗形屋は受け入れるしかないさ」

こうして板挟みになった喜三二は、悩みに悩んだ末にクッと涙を呑んだ。

「……さらば、『吉原あげて』」

蔦重は駿河屋のふじから、喜三二が当分吉原に来られなくなったと知らされた。

「……急にお勤めが忙しくなったんですか」

蔦重宛ての文をふじに託してあり、そこに理由と謝罪が記されていた。

「俄、楽しみにしてらっしゃるって」

「そっか……」

西村屋の店先では〝吉原俄の揃いもの〟と銘打った錦絵『青楼俄狂言』が大々的に売り出されたというのに、蔦重はいつものように貸本の整理だ。ふと喜三二の青本が目に入る。

「鱗の旦那の手前、やりにくかったってことかなぁ……」

落胆して独りごちていると、大文字屋がなぜか足取り荒くやってきた。

「重三、平沢様、今度いつおいでになるか聞いてねぇか」

「とくには。何かあったんですか？」

「それがよぉ！」

また若木屋と揉めたのだろうか。そこへ、「どうしたんだよ。お二人さん」と美声が響いた。

「なかなか来れずにすまなかったな」

午之助である。颯爽とした立ち姿は、まるで錦絵から抜け出してきたようだ。

「太夫、太夫！　どうかお助けくだせぇ！」

救世主現るとばかり、大文字屋が午之助に泣きついた。

「大文字は雀踊りを出すんですが、若木屋ってのが演目を被せてきやがったんです。しかも向こうは藤間勘之助《ふじまかんのすけ》に振りつけ頼みやがって！」

「何ぃ！　じゃあ、こっちは西川扇蔵《にしかわせんぞう》を担ぎ出すしかねぇな」

藤間勘之助と西川扇蔵、二人とも日本舞踊の名跡である。大文字屋と午之助はあれこれ相談しながら去っていった。蔦重が二人を見送っていると、今度は留四郎が話しかけてきた。

「重三さん。本当に番付以外に何も出さないんですか？　俺、今一つ気合いが入らなくて」

「……実は俺もだ」

「ですよねぇ！　何か出しましょうよ！」

「けど、引いた目で見りゃ、西村屋が錦絵で客呼んでくれてるわけでさ。客引きについてはウチは何もしなくてもいいと思うんだよな。そこはありがたく乗っからせてもらって。そのうえで、来た客に『耕書堂』って名を覚えて帰ってもらう手はねぇかって考えはすんだけど」

「名をあげるための何かってことですか？」

「うん……。けど、じゃ、何をってのが、てんで浮かばねぇんだけどな」と照れ笑いする。

「まぁ、でも、初めての祭りなわけじゃない。祭りが始まりゃ、おのずと見えてくるモンもあんじゃねぇかなって」

ジタバタして中途半端なものを作るより、腰を据えて構えようと決めたのであった。

いよいよ祭り開きとなった。俄は女子供も出入り自由、通行切手も不要とあって人出は快調だ。西村屋の錦絵を手にしている人も大勢いる。

貸本は休業にして蔦重が茶屋の仕事をしていると、派手な扮装をした次郎兵衛が出てきた。

「笠、笠知らない俺の笠！」

留四郎がさっと笠を渡すと、「じゃ！　行ってくるよ！」とバタバタ出かけていく。日頃の趣味三昧が役に立ち、引き車には三味線のほか、太鼓、衣装などが山のように積んである。

「どれだけ出んですかねぇ、次郎兵衛さん」

これだけ趣味に生きる次郎兵衛が通人の域に達しないのは、何事も広く浅くで、一つの道を深く究めるということがないからである。

そこに「蔦重ー」とやってきたのは、北尾重政と勝川春章である。

俄では即興芝居や演奏など、芸者や幇間がさまざまな出し物をしながら仲の町を練り歩く。

「ほんと、芝居から材を得てんだね」

大通りを歩きながら、重政は興味津々であちこちに目を走らせている。

「そもそも『俄』ってなぁ俄に芝居を始めるってぇ幇間の座敷芸が始まりですから」

鳴り物がして三人が振り返ると、音楽と共に大きな引き舞台の上で芝居が始まった。

「トウザイトウザイ。これよりお見せいたしまするは曽我兄弟《そがきょうだい》。十八年の時津風。吹くやめでたき仇討ち。をんな朝比奈、五郎時致の段にございまする」

口上を述べているのは次郎兵衛。演目は歌舞伎狂言の「寿曽我対面《ことぶきそがのたいめん》」である。

続いては浄瑠璃の舞台だ。

「うん？　この声は」

蔦重が重政に答えるより早く「豊前さまー！」「きゃあああ！」と黄色い声が飛ぶ。

「午之助か！　こりゃまた豪儀だねぇ」

次は「虫売り」。松葉屋と扇屋の出し物だ。次郎兵衛ここにも参加している。

芸者たちによる見事な舞に、春章などはもはや言葉もなく見入っている。

「なんか、これものすごいことになってない？」

感嘆する重政に、蔦重は「でしょう？」と、してやったりの笑顔で答える。

その時、ひときわ派手な太鼓の音がして、雀模様の着物を着た花笠の大集団がざざっと現れた。

先頭の花笠の男は大文字屋だ。踊り手の中にまたも次郎兵衛がいる。茶屋での働きぶりが嘘のような八面六臂の大活躍だ。

大文字屋の集団は少し無音で踊ったあと、突然鳴りだした早拍子の音楽に合わせ、信じられない速さの雀踊りを踊り始めた。

蔦重は思わず「すげ」と呟いた。群衆は息をするのも忘れて見つめている。

「重三、あれ！」

そばを通りかかった次郎兵衛が指さすほうを見ると、色違いの着物を着た雀踊りの一団が逆側からやってきた。若木屋だ。技量は互角、大文字屋と同じくらいの速さで踊り進んでくるが、振り付けはまったく違う。若木屋は大文字屋のほうへ、真っ向から突き進んでいく。

双方譲らず、「ぶつからない？」「どうなってんの？」と群衆がざわめく中、ある地点で相対した両者は、踊りながら火花を散らして睨み合った。

「おい、これどうすんの!?」

「ど、どうすんでしょう」

重政と蔦重がヒヤヒヤして見守っていると、踊り疲れたらしい若木屋の一人が踵を返した。息の上がっていた次郎兵衛も便乗して踵を返し、来た道を踊りながら戻っていく。

一人去り二人去り、気づかずに踊り合いを続けているのは大文字屋と若木屋だけだ。

「おい！　もう誰もいねーぞーー！」

飛んできた野次に二人が振り返ると、それぞれの踊り手たちはすでに遠くに行ってしまっている。二人も慌てて踊りながら去っていく。その様子に群衆から大笑いが沸き起こった。

「引き揚げちゃったよ！」

「いやぁ。こうなるたぁ！」

重政と蔦重も腹を抱えたが、春章はたまたま拾った錦絵を不機嫌そうに見つめていた。


三人は蔦屋に戻ってひと息つくことにした。

「はぁ、負けじと張り合ったあげく、ああなったのか」

「へぇ。喧嘩と祭りは相性がいいって教えてくれた御仁がいまして」

重政と蔦重が話している横で、春章は一人黙りこくって錦絵『青楼俄狂言』を見ている。

留四郎が「春章先生、具合でも悪いんですか？」とお茶を出しつつ気遣う。

「ちくしょう、なんで湖龍斎《こりゅうさい》なんだよ。こりゃ俺の仕事だろうが！」

絵師は『雛形若菜《ひながたわかな》』を手掛けた礒田《いそだ》湖龍斎。だが『俄』は芝居、芝居絵と言えば春章だ。

……これだ！　春章の負けず嫌いが顔を出し、蔦重の目におのずと見えてきたものがある。

「あの、俄の絵、描きますか？　春章先生」

「描くって。もう始まっちまってるじゃねぇか」

「祭りはひと月続くんで。錦絵は難しいですけど、墨摺りの冊子とかなら出来ますよ。今日のアレが春章の手にかかればどうなるのか俺も見てみてぇし」

「だよな！　今日のはこんなじゃねぇ、これじゃねぇよな！」と湖龍斎の錦絵を指す。

「先生の今日見たもの描いてくださいよ！」

その時、「蔦重」と声がした。喜三二が店先で所在なさそうに立っている。

「平沢様！　いらしてたんですね！　どうぞどうぞ！」

「いやいや！　いやぁ、済まなかったねぇ。青本。反故にしちまって」

「いえ！　こちらこそお忙しいのに無理言っちまって……」

「いい出来になったね。最後のありゃもうなんだい。大笑いしちまったよ。いやぁ、皆、立派に仕上げてさ！」

ばつが悪いらしく喜三二は早口でまくし立てる。蔦重の目に、再びはっきりと見えてきた。

「……あの、序ぐらいなら、書いていただくこと出来ませんか？　急ぎ祭りの絵本を出すことになりまして、人もおらず。お頼みしんす！」

こうして、序・朋誠堂喜三二、絵・勝川春章の『明月余情《めいげつよじょう》』が耕書堂より刊行された。

『鳥が啼く東の花街に速戯をもてあそぶこと。明月の余情を儲けて、紅葉葉の先駆けとせんと。ある風流の客人の仰せを秋の花とす……我と人と譲りなく、人と我との隔てなく、俄の文字が整いはべり。朋誠しるす』

情趣に富んだ喜三二の序文であった。また墨摺りながら春章の絵は生き生きとして、まるで祭りの活気をそこに閉じ込めたかのようである。

「……なんだこの冊子は……これではウチの錦絵が霞むではないか！」

西村屋が地団駄を踏んだのは言うまでもない。

『明月余情』は祭りの記念に飛ぶように売れ、江戸じゅうに評判が広がったのであった。


雀踊りは喧嘩雀と異名を取り、祭りも明日で終わりという今日は、なぜか双方全員が褌《ふんどし》一丁で踊り比べを始めた。着物を脱いで乱入する見物客もいて、吉原全体が興奮と熱気に満ちている。

花魁は馴染みと一緒に茶屋から祭りを見るという役目があり、うつせみは松の井たちと、客の座敷から喧嘩雀の様子を眺めていた。祭りの最初の頃は似た人影を見かけて新之助かと身を乗り出したこともあったが、今はもう自分のことなど忘れたのだろうと諦めている。

そんなこんなで連日盛況のまま、祭りは最終日を迎えた。

蔦重がもの凄い人出の中をやってくると、「蔦重！　こっちこっち！」と声がかかった。群衆の中で喜三二が手招きしている。重政と春章も一緒だ。

「皆さんお揃いで」

「そりゃもう、最後、喧嘩雀がどうなるか見なくちゃ！　もう今日は褌取るしかねぇんじゃねぇか」

ぞんぶんに絵筆を振るった春章は、晴れ晴れとして楽しそうだ。

「お、来ましたよ」

いつものように、大文字屋の行手に若木屋が立ち塞がる。互いに踊りながら睨み合い、

「……もう、やることねぇな」

「……おう、三十日よくやったぜ」

まるで打ち合わせていたかのように、自分の花笠をパッと脱いで相手に差し出す。すわ殴り合いかと固唾を呑んでいた群衆はぽかんとした。二人の親父はそれぞれ相手の花笠を被ると、若木屋の一団が踵を返し、一緒に並んで踊り始めた。

「いよっ！　粋だね！　ご両人！」

群衆の熱気は沸騰せんばかり、人々がどんどん雀踊りの列に加わっていく。

祭りも佳境に入り、松葉屋では江戸っ子の血が騒いだ馴染み客が花笠まで用意して、うつせみたち花魁を外に連れ出した。

花笠を被って人波の中に出てきたうつせみは息を呑んだ。少し離れた場所に、新之助が笠を被って立っている。視線を感じたのか、新之助もうつせみに気づいて目を見開いた。花魁は祭りに出てこないと聞いてはいたのだが、諦めきれずに足を運んだのだ。

その時、松の井が、立ち尽くしているうつせみの背中をとんと押した。

「祭りに神隠しはつきものでござんす。お幸せに」

いたずらっぽく微笑んで、踊りながら去っていく。

今や誰もが祭りに夢中だ。おまけに前代未聞の人出で出入りは自由、切手もいらない——うつせみと新之助は互いを見つめて笑顔になると、笠を被ったまま二人並んで踊り始めた。

大文字屋と若木屋、敵対していたほかの女郎屋の親父たちも仲よく一緒に踊っている。

「我と人と譲りなく、人と我との隔てなく、俄の文字が整いはべり——」

その光景を見ながら、蔦重は思わず喜三二の序を口にした。

「こういうことだったんですね。すげぇや」。心から感嘆する。

「見越してたわけじゃない。そう願って書いただけでさ。けど、まぁ、祭りは神様が来てるから、常には起こらないことが起こるもんでさ」

蔦重は知る由もなかったが、ちょうどその時、大門を出ていく新之助とうつせみの姿があった。

「あの、ひつけぇんですが、吉原の案内本ってなどうですか？　青本じゃなくて、この店はどんなだこんな女郎がいるってのが、面白おかしく書いてあるだけのもんを吉原大好きな馴染みとして書いてもらうこたできませんか。それでも、鱗の旦那に気まずいですか？　俺や、平沢様と本が作りてぇです」

「どうだろう、まぁ……ってなぁどう？」

「どうって？」

「戯号。吉原大好きな馴染み客の」。茶目っ気たっぷりに言い、踊り始める。

「――そりゃあ、どうだろう、まぁ！」

新しい風が吹く。これから一緒に仕掛ける仕事にワクワクしながら、蔦重も喜三二と並んで踊り始めた。

我と人との隔てない幸せな時。けれどそれは俄のこと、目覚めれば終わる、かりそめのひと時。

その裏側で、世の仕組みは少しずつ軋み始めていた――。

森下佳子 もりした・よしこ
一九七一年生まれ、大阪府出身。二〇〇〇年、「平成夫婦茶碗～ドケチの花道～」で脚本家デビュー。主な作品に「世界の中心で、愛をさけぶ」「JIN－仁－」シリーズ、「天皇の料理番」、「義母と娘のブルース」シリーズ、「ファーストペンギン!」など。NHKでは、連続テレビ小説「ごちそうさん」(第32回向田邦子賞)、「だから私は推しました」、ドラマ10「大奥」など。大河ドラマは「おんな城主直虎」に続き二作目。第22回橋田賞受賞。

装画　木内達朗
装幀　児崎雅淑
帯写真提供　NHK
DTP　NOAH
校正　松井由理子
編集協力　向坂好生

べらぼう～蔦重栄華乃夢噺～（一）

二〇二四年一二月二〇日　第一刷発行

著者　作　森下佳子
　　　ノベライズ　豊田美加

発行者　江口貴之
発行所　NHK出版
〒一五〇-〇〇四二　東京都渋谷区宇田川町一〇-三
電話　〇五七〇-〇〇九-三二一(問い合わせ)
　　　〇五七〇-〇〇〇-三二一(注文)
ホームページ　https://www.nhk-book.co.jp

印刷　共同印刷
製本　共同印刷

Printed in Japan
ISBN978-4-14-005750-6 C0093